长篇小说

窗外那棵樱桃树

高蕾

著

台海出版社

图书在版编目（CIP）数据

窗外那棵樱桃树／高蕾著. - 北京：台海出版社，
2023.5
ISBN 978 - 7 - 5168 - 3527 - 2

Ⅰ.①窗… Ⅱ.①高… Ⅲ.①长篇小说-中国-当代
Ⅳ.①I247.5

中国国家版本馆 CIP 数据核字（2023）第 051454 号

窗外那棵樱桃树

著　　者：高　蕾	
出 版 人：蔡　旭	责任编辑：吕　莺

出版发行：台海出版社
地　　址：北京市东城区景山东街 20 号　邮政编码：100009
电　　话：010-64041652（发行、邮购）
传　　真：010-84045799（总编室）
网　　址：www. taimeng. org. cn/thcbs/default. htm
E - mail：thcbs@ 126. com

经　　销：全国各地新华书店
印　　刷：河北信德印刷有限公司
本书如有破损、缺页、装订错误，请与本社联系调换

开　　本：880 毫米×1230 毫米　　　1/32
字　　数：257 千字　　　　　　　　印　张：11.5
版　　次：2023 年 5 月第 1 版　　　印　次：2023 年 5 月第 1 次印刷
书　　号：ISBN 978 - 7 - 5168 - 3527 - 2

定　　价：68.00 元

没有什么比成为自己更重要。

要思考事物本质。学会从事物本身看天、看树、看一切。

无论多么艰辛和默默无闻，我们的努力都是值得的。

——弗吉尼亚·伍尔夫

目 录

序　章

林小樱在她二十三岁那年真正明白了一件事，那就是，坏事情和好事情一样，有时会突然降临，又会神秘地隐去，让人无所适从，难以应付。

那时候的林小樱，正沉浸在和陈一楠的恋爱中。

当年的我，和他们俩都住在燕江城里的"安平院"。

安平院是一座有着两百年历史的老建筑。围合式的方形院落，白墙黑瓦砖木结构，两层楼的房屋分成里外两层，房屋面积大小各异，暗含着当年主人在建造设计时绵密周全的心思。安平院院墙耸立，高达四米，挡开了外面嘈杂的人声、车马声。房屋之间的间隔，是青石板铺就的走道，宽敞的走道可以让两辆卡车并排轻松自在地开过。走道的边沿和拐角，是一片片两米来宽的土地，它们被设计成不同形状的花圃，湿润的泥土里常年生长着各种各样的植物，有蔷薇、月季之类的花草，还有桃树、梨树、樱桃树和梅子树之类的树木。

整个院子的中间，是一个阔大的天井。四周种满植物，天井中央是一个圆形的水池，据说早年是个观景池，后来被填平改造变成一个装有自来水龙头的水泥池，那是住户们每天接水和洗衣洗物淘米洗菜的地方。水池的旁边，有一口古老的水井，边沿已被井绳磨出一道道凹槽。古井里的水夏季清凉，冬季温暖，从来没有间断过。

历经世事，几经战火，外面的世界已经翻天覆地，这座老建筑却安然无恙地留存了下来，年年岁岁，草木繁茂，满园生机。我们居住于此，一年又一年，却没有人想过这几百年来院子存在的来历，直到后来院里的人们买下了各自所住的屋子，这才想起去溯源。院里人从新整理的《地方志》里得知，这座院落原是清代一位姓安的商人发财之后修建的宅院。因为他的祖先姓"安平"，为了纪念他们家族的渊源，便给这院子起了"安平院"的名字。

二十世纪五十年代以后，一些没有自己宿舍的单位将各自的无房户们上报给市里的房管局，经过统一调配后，按照各家各户不同的情况，六十户人家被安置进安平院面积大小不一的房子里，把这院子填了个满满当当。

住户们来自燕江城里不同的行业，有在单位里当领导的，有在单位做普通职员的。既有教师和文艺工作者，也有工厂的工人、开货车的司机和拉板车的师傅。邻居们有的住的时间长，有的住的时间短。这样的院子，在当时的燕江市里大大小小有好多个，被统称为"杂院"。

住杂院时的我正值青春年少，在那段充满奇思异想的岁月里，我经常站在高高的阳台上，悄悄观察院子里熟稔或并不熟稔的邻居，然后暗自揣度，这院子里里外外、楼上楼下的五十九户人家，他们每天的生活是怎样的？他们是开心快乐地生活着，还是一点儿也不开心地过着每一天？

我的邻居们有的长得高，有的长得矮，有的容貌俊美，有的长相一般。林小樱是院子里长得最好看的女孩，陈一楠和林小樱同岁，陈一楠是院子里男孩中长得最好看的一个。后来，他们俩相爱了。

这样的两个人相爱，似乎也是情理之中的事情。可是有一天，我妈对我说：

"我还真觉得小樱这丫头挺好的。"

我看着她，知道她是想跟我说林小樱和陈一楠的事。

"可惜啊，陈奶奶看不上。"我妈接着说。

"这是他们俩人的事情，她看不上管什么用？"正值叛逆期的我，一脸鄙夷地说。

我妈看了我一眼，脸上闪过一丝为林小樱鸣不平的神色，说道：

"陈奶奶说，小樱配不上一楠。"

"小樱哪点配不上他啊？"

"陈奶奶说，他们两家人是八竿子打不着边儿。"

"什么才叫八竿子打得着边？"我开始愤愤不平了起来。

我妈白了我一眼，觉得一时间跟我解释不清这个并不简单的问题，便敷衍着我说：

"可能是门不当户不对吧，就是那个意思。"

"哪个意思？"

我不甘心，追问道。

我妈又白了我一眼，说：

"等你长大结婚了，自然也就知道啦。"

"都啥年代了，还这么封建？"我觉得说这个问题十分地可笑。

然而，自从我妈跟我说了陈奶奶不喜欢林小樱，我就有种怪怪的感觉。我预感到，别看林小樱和陈一楠两个人现在是相亲相爱的样子，以后他们不会那么顺利地在一起，肯定会出点什么事儿。具体会出什么事儿？我那时年少，没什么生活的阅历，所以一时间还难以判断。

很不幸的是，后来的事实证明了我的预感是对的。

只不过，多年之后发生的一切，完全超出了我的想象力，是我连做梦也不可能梦到的，这令我一想起他们的事情来，就不禁感慨万端，唏嘘不已。我知道在我的心底里，仿佛潜藏着某种不安分的东西，时不时就要跳出来蹦几下，这使我总有想要诉说的冲动，这冲动时常搅得我有些心神不宁，于是我决定，说一说他们的故事……

第一章

一

那是一个初冬的早上，天空碧蓝，阳光明媚，林小樱像往常一样下了九路公交车，径直走进燕江服装厂里上班。

阔大的厂房，一台台脚踏缝纫机整齐地排列，清一色的女工在工位上低头做着制作流程里属于自己的工序。随着她们双脚的踩踏，机器发出的"嗒嗒"声汇集成片，此起彼伏，响彻空中。

林小樱正神情专注地缝制一件帆布工作服的口袋，车间传达室的门卫大叔举着一只红色小喇叭，站在车间大门口高声地叫喊：

"林小樱，电话。林小樱，电话……"

林小樱听到小喇叭里的喊叫声，连忙停下飞速旋转的机器，站起身，穿过层层的工位，一路小跑来到传达室接电话的小窗口。电话是陈一楠打来的。

"小樱，你能请个假回来吗？我晚上要走了。"陈一楠语调低沉，语气中透着一股无奈。

林小樱听了这句话，一时间有些迷惑，赶紧问道：

"要走了？要到哪里去？"

"我妈要我去上海，他们把我的户口迁到上海了。"陈一楠嗫嚅地说。

林小樱只觉得脑袋里突然响起一片"嗡嗡"的声音，这声音比车间里一齐响着的缝纫机发出的噪音还要大，让她眼前发黑，说不出一句话。

陈一楠说："我爸给我买好了今晚的船票。"

林小樱的心更乱了，依然说不出一句话。

"我们见一面吧，这次去了，可能有段时间不会回来了。"电话那头的陈一楠，声音越来越小。

然后，两个人拿着电话都不说话。过了好一阵，林小樱抬头看见门卫大叔正瞪大着眼睛看着她，这才清醒了过来。她轻轻"嗯"了一声，说："知道了。"

然后放下电话就往车间主任办公室里跑。

车间主任赵建新以前是林小樱父亲的徒弟，对她家里的情况很了解，看着脸色发白心神不宁的林小樱问道：

"是不是你妈的头痛病又犯了？"

林小樱本能地摇头否认，赵建新狐疑地看着她，等她回答请假的理由。

"是有别的事情。"

林小樱话音刚落，眼圈就开始发热，连忙低下了头。

"那赶紧回吧。"

赵建新没有再追问。

林小樱转身走出车间办公室，疾步飞奔到公交站，正赶上一辆九路车靠站。她在座位上坐下之后才发现，自己竟忘了换衣服。她穿着连身的蓝色工作服，坐在公交车的座位上，心里七上八下，脑子里想着陈一楠刚才说的话。

"他要走了。"

她呆呆地望着窗外，早上明媚的阳光已经消失，原来蓝色的天，现在已是灰蒙蒙的一片。

开始下雪了，寒风裹挟着纷乱细碎的小雪花，将街道两旁的法国梧桐已经枯萎的树叶，吹得四处飞扬。林小樱的心，也像车窗外被风吹起的树叶，飘摇不定，没着没落。

几天前，林小樱跟着陈一楠去山里写生，闲聊的时候，陈一楠说他在上海的妈妈给他写信了。当时，他从军绿色的上衣口袋里掏出一个白色的信封递给她，她看了看信封上娟秀的几行字，寄信的地址是：

"上海市静安区云中路 101 号"。

她看了一眼那信封，一下就记住了上面的地址。那些字写得真是好。她没有打开信，而是将信递还给了陈一楠，说：

"你妈妈的字，写得真漂亮。"

那是陈一楠在他父母离婚之后第一次跟她提起他妈妈。虽然只说了这么一句话，可是从那一刻开始，林小樱便有了一种奇怪的感觉，仿佛觉得哪里不对劲，但是一切又依然如故。再后来，她渐渐感觉出一丝丝的蛛丝马迹，她发现那以后的陈一楠，跟她在一起的时候总是一副心不在焉的样子，而且，这个日常总是不停说话的人，突然间变得沉默了起来，再也不像从前那么没完没了地爱说了。

原来，他是要走了。

林小樱明白了，陈一楠为什么突然变了一个人。可是，她不明白的是，昨天他们在一起的时候为什么他不说这件事，他为什么连一丝的信息也没有向她透露呢？

林小樱想着这件事的前前后后，只觉得生活真是太折磨人了。

早先陈一楠的突然表白，让她猛然间就陷入激动与幸福的感觉里，两个人长达三年的恋爱更让她觉得，陈一楠就是那个要和自己厮守一生的人。

可是，现在这突然的消息，立刻让看似确定的一切变得不那么确定，一想到马上就要到来的离别，林小樱的心，仿佛掉进了冰窟里，难过不已。

林小樱的父母都是服装厂的职工，他们住在院子北面楼下的两间屋子里。他们家的后窗，正对着一片很大的花圃，花圃里有一棵樱桃树，还有几棵月季和几棵栀子花，而贴墙生长的是一片蔷薇花。

林小樱的父亲脾气温和，人也长得高大帅气。她父亲和陈一楠的父亲同样都是画画的，不一样的是，陈一楠的父亲是燕江市著名的国画家，而林小樱的父亲是服装厂的机修工，画画只能算是他的业余爱好。

林小樱父亲在他刚刚二十来岁的时候，跟随上海支援贫困省份的队伍来到了燕江，后被分配到服装厂，当了一名机修工。多年以后人们知道，这男人不仅长得帅，还很会画画，不过他的家庭出身"有问题"，所以那些爱慕他的女人都只是悄悄地害着相思病，却不敢真的靠近他。只有林小樱的母亲，一天天地围着这个男人转，为他洗衣做饭熬鸡汤。

林小樱母亲是服装厂里的缝纫工，长相平平很不惹人注意，但却是个身材纤细的女人，她的身体似乎比较羸弱。经过一番痴痴迷迷执着不已的爱恋，两年后，林小樱母亲不顾父母不依不饶的反对，断了跟父母家人的联系，和林小樱父亲结了婚。

又过了两年，他们有了林小樱。林小樱出生的那天，正值早春二月，南方的天气乍暖还寒依然十分寒冷，但是窗外的樱桃树一夜之间开了花，她父亲被花满枝头的美景深深地感动，便为刚出生的女儿起了"小樱"这名字。

那时候，父亲每当空闲的时候，就会到花圃里给那些植物浇水剪枝或松土，不厌其烦地清理着树叶和掉落的花瓣。林小樱从小就跟在父亲的身后，兴致勃勃地学着父亲的样子，做些浇水捡拾落花的事情。

林小樱上学的年代，除了上学的课本，是没有"闲书"可读的，她父亲就时不时教她背诵一些五言七律之类的古诗。在她九岁那年的二月初，窗外那棵樱桃树，却是出人意料突然鲜花怒放了起来，邻居们都跑来看花，他父亲领着林小樱和她妈，一家人也站在那棵樱桃树的下面，兴高采烈地赏花。

"山深未必得春迟，处处山樱花压枝。桃李不言随雨意，亦知终是有晴时。"

林小樱听见父亲轻声念这几句诗，便问父亲：

"这诗是什么意思？"

她父亲眼神飘向远处的天空，心情有些激动地告诉她：

"这首诗，是南宋诗人方岳的七言绝句。樱桃花也叫山樱花，诗人在深山里看见处处盛开的樱桃花，突然便得到了人生的感悟。"父亲说着话，眼里仿佛含着一丝对未来的盼望。

林小樱问："是什么感悟呢？"

父亲回答她：

"就是啊，在深深的山林里，不一定就比别的地方更晚迎来春天。寒风冷雨来临的时候，那些花们不会在意，因为它们知道，无论怎样严酷的风雨，总会有过去的一天，天总是要晴朗起来的。"

父亲说完，轻轻抚摸了一下林小樱乌黑的头发，又轻声地说道：

"小樱啊，大自然真是太美妙了，我要教你画画，教你画出自然界里美好的东西。"

就是从那天晚上起，林小樱父亲从中国画的白描和西洋画素描的排线开始，教林小樱画画的基本功。

几天后，父亲又将林小樱领到樱桃树旁边，父亲说：

"要学会观察，观察事物的变化，比如你看这樱桃树，要看它是怎么开花又是怎么落花的，看它怎样长出果实，然后想一想，它为什么开花？又为什么结果？"

那会儿的林小樱，还无法回答父亲提出的问题，但是父亲的话，却像一粒种子那样种在了林小樱的心里。

有一天，林小樱站在那樱桃树的下面，在父亲的指导下，歪歪斜斜地画出了她人生的第一张速写画。父亲微笑着看画，一边笑着说"我的宝贝女儿以后一定会画出好画的"，一边在那画上提了一个名儿：一棵樱桃树。写完名字后，又在后边用括号标上一句话："小樱的第一幅作品。"然后，他小心翼翼地将画放进他的一个速写本子里，又将本子收藏进他的木箱里，那木箱上面放着一床厚厚的棉絮，里面是她父亲悄悄藏着的一些绘画书。

二

一九七六年春天快要结束的时候，服装厂来了一位姓杨的新厂长。

杨厂长不知听谁说了林小樱父亲的身世，心里十分同情他的遭遇，出于爱惜人才的考虑，杨厂长随即将小樱父亲调到厂里的宣传科帮忙，他想，再过些时日，就将小樱父亲正式调到宣传科。

修了二十来年缝纫机的林小樱父亲，当时最大的梦想就是能做些写字画画的工作。面对这样一个突然降临的好消息，他激动得整个晚上睡不着觉。他对身旁的妻子说：

"命运是不会辜负人的，我的好日子终于快要到来了。"

林小樱的母亲说："是啊，世上还是好人多，杨厂长就是个好人。"

面对这个十分难得的机会，林小樱父亲自然特别地珍惜，每天都比别的同事到得早，认真地干完领导交代的活儿，还经常加班加点地工作。可是谁也没想到，命运有时候不仅辜负人，而且无常又残酷。

有一天，林小樱父亲手持一支大号的排笔，站在一个木板架子上往厂门右侧的大墙上写字。

初夏的阳光从高高的天空直刺了下来，照在林小樱父亲疲惫的眼睛上。他突然感到眼前变得昏暗，然后有些晕眩。他低下头，想用拎着油漆桶的那只手，擦一下难以睁开的眼皮，就在那一瞬，他的身体失去了平衡。

林小樱父亲想稳住自己的身体，他想抓住点儿东西，但他失败了，那一米八的身躯，猝然间从十米高的木板架子上掉落下来。

自此之后，他再也没睁开过眼睛。昏睡了整整两个月以后，就匆匆地离开了人间。那时的他，刚四十岁出头。

出殡的那一天，林小樱父亲躺在一张木板上，脸上盖着淡黄色的草纸。窗外的樱桃树正在结果实，鲜红的樱桃上闪动着晶莹的光亮，樱桃树不知道，常来看它的那个男人从此再不能给它浇水和剪枝了。

安平院里的徐妈主动承担起操持丧事的任务。她用一双长满褶皱和褐色小斑块的手，使劲掰开了林小樱父亲紧紧攥着的右手，她往里面塞了一个油炸的花卷，又在他的左手手心里，塞进了一枚五分的硬币。

"这下，他以后就有的吃，也有钱花了。"徐妈面色严肃地对林小樱的母亲说。

当时的林小樱，被眼前的情形吓得魂飞魄散不知所措。她目光呆滞地站在墙角里，一会儿看看号啕大哭的母亲，一会儿看看一动不动的父亲，她满脸都是泪，不停地抽泣。那会儿的她刚满十二岁，虽然还不能明白世事有多艰难，但是她已模糊地意识到，父亲的离世，带走了从前的欢乐，一切再也回不到从前。

林小樱母亲因为丈夫扔下她们母女俩撒手离去而伤心不已，那以后，她的哀恸令她神志不清而一病不起。在病床上躺了三个月之后，再去上班的母亲，每次走进服装厂大门，抬眼看到丈夫曾经写过字的那面墙，便头晕眼花浑身发抖。有一次，她在一阵颤抖之后面色苍白瘫软在地上，之后便昏厥了过去。

杨厂长觉得林小樱父亲的死，是因为自己将他调到宣传科这个决定造成的，所以心中很内疚。他了解了林小樱母亲的情况后，就决定让她在家中休息，工资照常发放，所有待遇都跟上班的职工们一样。

然后，杨厂长在厂里的办公会议上做了另一个决定，那就是，等林小樱成年之后，可以顶替她因公去世的父亲进服装厂工作。这件事，作为厂部的集体决定被确定了下来，厂长和书记，还有几个副厂长，都在决议上签上了自己的名字。

每当春日来临的时节，窗外的樱桃花照常盛开，粉白的花朵在春寒料峭之中，静静地绽放。当短暂的花期过去，花瓣便会一片一片地飘落在地上。

自从父亲离世后，林小樱再也没有像父亲在的时候那样，去清理那些落花。地上粉白的花瓣，有一些被来来往往路过的邻居无意间踩踏；另一些则在泥地上慢慢枯萎，失去原有的颜色，最后失去了痕迹。但是，每年花开的季节，或者樱桃结果子的时候，林小樱就会长久地站立在樱桃树下面，观察树上的花朵，从小小的花骨朵，到逐渐绽放的过程，以及青色的小果子慢慢变成了黄色，又从黄色成为鲜红透明果子的过程，然后，她将观察到的细节一一记在心里，等到晚上忙完家务，照料母亲睡下后，坐在自己的小桌前，用笔慢慢画下记住的东西。

从观察樱桃树开始，林小樱又注意到其他的植物，和一些让她印象深刻的人和物。随着岁月的流逝，林小樱一直在悄悄地画画。她不停地观察，再观察，然后将观察物画出来，在这些过程里，林小樱渐渐从中得到一种来自内心的安宁和乐趣。每当她画画的时候，她就会感觉父亲依然在她的身边，父亲的教诲，也会弥漫在心间，令她觉得生活中虽有苦痛，可是依然还有美好的一面。

安平院里的人都知道，院子里有两个喜欢画画的孩子，一个是陈一楠，一个是林小樱。只不过，自从林小樱的父亲去世后，他们便再也没有见过林小樱在院子里画画。

林小樱和陈一楠是那种从小学一年级到高中毕业都在一个班上学的同学。那时的学校，小学、初中和高中在一块儿，学生都是按片招生，就近入学。所以，一条街，一个院子里的孩子，从小学同班到高中毕业同班的屡见不鲜。

上小学那会儿，美术课老师经常表扬陈一楠的画画得好，有天分，将来一定会像他爸爸那样成为一个画家，可是一次也没表扬过林小樱。所以，从小林小樱就知道，陈一楠才是天生要当画家的孩子，自己只是喜欢跟着爸爸乱画的孩子。

当年，陈一楠和林小樱也常跟安平院的孩子们一块儿玩耍。那时大家默认的孩子头，是徐妈的儿子徐志伟。

徐妈是个好心眼儿的家庭主妇，那时她还没有居委会主任的头衔，但这丝毫也不妨碍她全心全意为大家服务的热情。她总是主动承担下一些出力却挣不到钱的工作，尽心尽责地为安平院的住户们服务。比如每天按时间放送自来水，打扫院子的角角落落，谁家有什么难事，总是少不了她的身影。

她的儿子徐志伟像他的母亲一样，经常在安平院里主动承担一些公共事务，渐渐地，他在孩子们心中有了一种领头人的形象。徐志伟从小就在带小伙伴玩什么、怎么玩这样的事情上占有绝对的话语权，而林小樱和陈一楠，从小性格似乎很相像，属于比较文静内向的孩子。经常是别的孩子玩得昏天黑地疯疯癫癫，他俩默不作声地坐在花圃的石头边沿上，或者谁家门口的台阶上，静静地看着小伙伴开心的样子。在他们幼年的生活里，只有两件小事，林小樱将它们一直藏在心里，那是她和陈一楠之间的秘密。

上三年级的时候，有一次学校组织去郊区的农村里学农劳动，同学们的任务是帮着农民搬稻谷。林小樱个子小，搬不动，陈一楠就主动跑过来，一只手拎两捆，腾出另外一只手，帮着林小樱一起拎一捆。

另一件事，发生在他们刚上初一时。

那时林小樱的父亲刚去世，她每天上学不再和班里的女孩们一起玩耍。她的眼睛每天都是红红的，那是晚上想念父亲时哭泣之后的痕迹。

那是一个深秋的下午，天空突然间就乌云密布下起了瓢泼大雨，雨水像是从天上直接倒下来，很多同学的父母或者爷爷奶奶都到学校给孩子送伞。林小樱的妈妈那段时间正在生病，那样的雨天是无法出门的。林小樱只能待在教室里，等着大雨停下来。她坐在座位上，侧身望着窗户外，看着那些来接孩子的家长带着自己的孩子离去。忽然，她看见陈一楠的妈妈一只手撑着一把已经褪色的油布伞，正将手里的一把黄色雨伞递给陈一楠。

林小樱看见陈一楠接过那把黄雨伞，没有跟着妈妈离开，而是掉头返回了教室。

陈一楠走到林小樱的身边，将雨伞放在她面前的课桌上，然后转身跑出了教室。林小樱看了看放在眼前的黄雨伞，又看了看窗外的陈一楠，她看见大雨之中，陈一楠和他妈妈在那把褪色的雨伞下面互相依偎着走远，陈一楠的左手从后面拽着他妈妈右边衣服的衣角。他妈妈撑着伞，身体向儿子那边倾斜着，右手搂着陈一楠小小的肩膀，两个人慢慢消失在雨雾弥漫的人群中。

林小樱撑着黄雨伞回家的路上，瓢泼大雨突然就停了。阳光冲出厚厚的云层，天空变得越来越亮。林小樱收起雨伞，小心翼翼地抱在胸前，湿漉漉的雨伞浸湿了林小樱的衣服，她的心里却充满温暖的感觉。

上高中之后，陈一楠英俊的长相，引起了班里女同学们的注目。

那时候，准备考美术学院的他，经常背个画夹形单影只地在校园穿过。他的个头已经长到了一米七五。他的体型在他的青春期，长成了造型感很强的 T 形。他的脸很瘦，肤色很白，轮廓分明的面颊边沿，开始长出一层黑黑的胡子，这一特征使他比同龄的学生显得更加成熟，也使他平添了几分艺术家的气质，加上他那双带着一丝忧郁的眼睛，将班里的很多女生迷得神魂颠倒。这中间有长相漂亮的女生，有成绩优秀的班干部，她们抑制不住内心的渴望，常给他递纸条，还有人给他写过长达十几页的情书。而陈一楠对她们的追求，似乎并不在意，整个中学时期，并没有传出有关陈一楠的绯闻。

然而，没有人知道的是，林小樱也在偷偷喜欢着陈一楠。只不过，那不仅是一个少女情窦初开后对异性的喜欢，更是一种夹带着感激与信赖的深情。

三

林小樱长得小巧瘦削，皮肤白皙细致，继承了母亲的身材，同时有着和父亲一样大而明亮的眼睛。青春期的她，白白的皮肤里透着一种凝脂般的光泽，人也变得越来越好看。整个少女时期，她被各种男孩以不同的方式追求过，但是，林小樱没有接受任何男生的喜欢，因为，她知道自己喜欢的是陈一楠。

安平院里的人都知道，徐妈的儿子徐志伟是院子里最早开始追求林小樱的人。他也是林小樱这一生中第一个向她求爱的男孩。

他们是同学校不同年级的同学，那时徐志伟在上高二，林小樱上初三，徐志伟经常会忽然出现在林小樱回家的半路上，然后就一路跟着她，像个护花使者一样地跟着她。

有一次，他送给林小樱一个纸盒装着的纸扇，说是他姐姐到杭州游玩的时候买回来的，林小樱说不能无缘无故收别人的礼物，他就将那盒子往她的手上一放，撒腿就跑。盒子掉在了地上，粉红色的纸扇从盒子里面滑落了出来，林小樱看到盒子里面还有一张叠成长方形的纸条，她打开一看，上面写着：

"小樱，我好喜欢你，请求你做我的女朋友，好吗？我永远爱你！志伟。"

林小樱回到院子就去了徐志伟的家，像徐志伟递给她东西时那样，将那扇盒往他手里一放，扭头就跑。她是想明明白白地告诉他，她不接受他的请求。但是，这件事并没有打消徐志伟固执的念头，此后他仍然像从前那样不断地出现在林小樱放学的路上。再之后又时不时地出现在她从服装厂下班回家的路上，还时不时地来她家里对她母亲嘘寒问暖。但小樱母亲心里知道，女儿喜欢的人不是他。

然而，所有暗藏的心思，都被那个冬日的一件事打破了。

　　安平院里突然搬来一户姓陶的人家，那家的男主人据说是从部队转业的干部，来燕江某局做局长，因为一时没有适当的住处，便暂时住进了安平院。陶家有个长相俊俏的姑娘，名叫陶曼丽，听这名字就知道她的出生不一般。陶曼丽有张圆圆的脸庞，以及一双很像日本电视剧的女主角小鹿纯子那样圆圆的眼睛，嘴两旁深深的酒窝，让人记忆深刻，过目难忘。

　　一天，林小樱看见她出现在陈一楠家的阳台上，和陈一楠面对面地说着话。又过了些时日，陶曼丽又出现在陈一楠家阳台上，这次和她说话的是陈奶奶，林小樱看见她们两个说笑着，笑声飘过阳台传遍了整个安平院。

　　林小樱意识到，自己虽然和陈一楠、陶曼丽同样住在安平院，可实际上，他们是不同世界的人。这让她突然间不敢再去多想那个备受宠爱容貌英俊的男子。以往的每一天，陈一楠房间的那盏灯，就像是她心里的烛光，看见它，她的心就暖暖的，仿佛疲惫庸常的生活里有了一丝希望，现在她打消了自己心底里对陈一楠的情感，她忍着不再去张望那盏灯，她让自己心里只想着一件事，那就是赶快从学校毕业，然后进工厂上班，挣钱养活自己，照顾好妈妈。

　　大约过了一年半的光景，陶曼丽的父亲升了官，调到省城里工作。陶曼丽跟着父母离开了安平院，离开了燕江，再没出现在陈一楠家的阳台上。

　　陈一楠的家在院子靠南的二楼上，和林小樱家一上一下正对面。

　　陈一楠妈妈是燕江京剧团的台柱子，演过《红灯记》里的李铁梅和《杜鹃山》里的柯湘，也算是燕江的名人。陈一楠的父母本来应该是琴瑟和鸣的夫妻，可是不知为什么两个人总是不停地吵架。从前，他们只要一吵架，陈一楠的妈妈就会花五块钱买一张轮船票，坐一夜的轮船，去她嫁到上海的妹妹家。一开始，他爸会紧跟着买一张船票，渡过长江去上海将他妈接回来。但是后来情况发生了变化，他妈赌气去上海后，他爸不再去接他妈回家了，因为那时候，他爸爱上了跟他学画的女学生。

直到有一天，陈一楠的母亲无意间发现了这件事，她没有去找那个夺了她丈夫的女学生，而是在那一天的晚上，将陈家祖宗八代来来回回骂了有十遍。那个晚上，安平院里的叫骂声响彻了院子的上空。第二天，这对结婚二十多年的夫妻，一前一后穿过院子宽阔悠长的走道，去了民政局，将红色的结婚证，换成了绿色的离婚证。陈一楠的妈妈从此再没回过安平院。听邻居们说，她在上海的妹妹很快就给她介绍了一位丧偶的老干部，再婚之后便永久地定居在上海。

林小樱中学毕业后，没有像别的同学那样去高考，而是直接进了服装厂，成为一名缝纫工。陈一楠高中毕业后，参加了当年的高考，但是没考上。他父亲为他找了一位画西画的老师，让他每周去学习两次美术基础课，然后一边继续复习，准备来年参加艺术类的高考。

一年以后，陈一楠的父亲也搬出了院子，和他的学生结了婚，院子里只留下备考的陈一楠，和他年过八十的奶奶。

有一天，林小樱看到陈一楠瘦削的身影走在走道上。风将他又黑又长的头发吹得乱蓬蓬的，他的军绿色外套门襟上少了一粒纽扣，风就从那个裂缝吹进去，将他的上衣吹成一个鼓胀的圆球，这让陈一楠不得不一边迎风走路，一边用一只手按压住胸前那个没了纽扣的地方。整体看上去，人越来越瘦了，两条腿瘦得像竹竿。林小樱当时心里禁不住地难过了起来，她想，陈一楠父母找到了幸福，可陈一楠却没了家，也没了爱，他父母把原本应该给他的爱分给了他不认识的人。现在的他，不仅没有爱，还要自己洗衣做饭，照顾越来越老的奶奶。林小樱感到，陈一楠其实是和自己一样不幸的人。

在连续两次高考失利后，陈一楠停止了学习和考试。除了每周两次到父亲为他指定的美术老师家里去学画，他什么也不干。

他留起了络腮胡子，将长至肩膀的头发梳得一丝不乱，油光发亮，他上身穿着一件雪白的的确良衬衫，下身穿着一条裤脚大大的喇叭裤，背着一个大大的画夹，孤零零地在燕江城里四处地游荡，一转就是一整天。

林小樱在服装厂工作两年后，从学徒工转成了正式的职工，她那有些青涩的模样，也在悄悄发生着变化。她将头发从之前的马尾辫，扎成了两根靠耳的长辫子，显得老成而持重。院子里的她，依然是那样无声无息。但是，从人们准备过年的那时候起，住在对面楼上的陈一楠，开始悄悄地观察起林小樱。

那阵子，陈一楠每天早上都在阳台上画画，时而专心致志地画着画，时而双手叉着腰站在阳台上看着遥远的地方，他看的地方是长江。鳞次栉比的房屋挡住了日日奔流的江水，但挡不住他心里的那条江在奔腾。

每次，画完了画之后，他就回到自己的房间里，偷偷站在窗户后面观察林小樱，看楼下的小樱早上在自家门口生炉子，看小樱在院子里的公用水池边淘米、洗菜、洗衣服，看小樱挎着那个洗得发白的黄色帆布包，去服装厂上班又下班。然后，他在纸上画下了一张张林小樱的速写。

四

之后的一天，陈一楠把他的络腮胡刮得干干净净，在服装厂的大门外徘徊了两个多小时。

他的右胳膊下夹着一叠画稿，那是他的一些速写作品。他的两条细腿在水泥铺成的人行道上走来走去，看似悠闲的他，其实内心焦躁不安，他在等林小樱。他对自己这个行动能否成功并无多大把握，相反，他觉得自己有点冒失。

当他终于看到林小樱从服装厂里往外走出来的时候，他快步上前，直接站在大门的中央，高声地喊叫她的名字。

林小樱循声望去，当看见叫她的人是陈一楠时，她感到一阵惶然和困惑，她的第一反应是她母亲发生了什么事。她快步走到陈一楠的身边，看着他，等他说话。但令林小樱没想到的是，陈一楠是来约她周末去燕江郊区写生的。

"那里很美，有山有水，还有各种鸟类，那是白鹭栖息的地方。"

陈一楠说完自己的邀请后，没有等林小樱回答，而是将胳膊下那一叠速写作品交给了她。林小樱打开那些纸，低头看到一张张速写，每一张速写的边沿，都写着一行小小的字：

"愿得一人心，白首不相离。"

那一刻，林小樱惊呆了。她抬起头，迷惑地看着陈一楠，正想问他为什么要画她？为什么在她的画像下写下这样的话？陈一楠已飞似的跑远了，快要消失在她的视线里。

抱着陈一楠的画，林小樱心情激动地回了家。

"写生"这个词，对林小樱来说，有着一种难以抵抗的诱惑力。小时候，每逢休息日，父亲就会带着她和妈妈在燕江城里游玩。母亲总是提前做好一些可以随身携带的食物，父亲会带上一些平时积攒下的纸片和各种笔。林小樱看父亲画画，在那些纸片上反反复复地画，各种线条，各种形状，用铅笔、毛笔、排笔画。父亲一边画，一边讲解，他希望女儿能够像他一样学习绘画，热爱绘画。母亲在父亲离世后，把父亲所有画画的物件，藏在了他那只木质的大箱子里。

当时，林小樱看着母亲一边流泪，一边小心翼翼地将一些笔用一块布包裹在一起，放进箱子里。看着母亲将父亲仅有的几本绘画书籍仔细地叠放在箱底，又把几座石膏像放在了上面，用一些棉花小心地隔开，以免它们相互碰撞的时候被损坏。这些东西是父亲留下的唯一遗产，那只箱子被锁上之后，再也没被打开。当母亲想念父亲的时候，或者当母亲谈起父亲的时候，她会不知不觉地走近那个箱子，用她瘦骨嶙峋的手指，轻轻地抚摸它。那只大箱子，成为一件替代物，在母亲孤寂的岁月里，成为她的一个安慰。

林小樱一个人想了整整三天，最后决定跟着陈一楠去燕江郊外的山里写生。

三天后的清晨，林小樱和陈一楠并肩坐在了长途汽车上，两人默默无语。然后，她跟在他的身后，走过一个有白鹭嬉戏、觅食的水塘，来到山脚下的溪水边，静静地坐在他的身旁，看着他画画。

陈一楠有一双非常好看的手，关节匀称，手指细长。林小樱看着他握笔的手，在雪白的纸面上缓缓移动，而后，变成纸上各种各样的风景。陈一楠让她一起学着画，可林小樱在陈一楠面前根本不敢画，她知道，自己的基础和他比起来，实在是差距太大了。

此后，每到周末的时候，陈一楠就会去找林小樱，约她一起去写生，而林小樱每次都用和同事换班的办法挤出时间，和他一起去山里，看着他画画。

约莫两个月后的一天，他们在山里路过一处山涧时，发现这里突然出现了一处瀑布，水流虽然并不大，但是却让那一片郁郁葱葱的山林多了一份灵气，陈一楠十分欣喜，便在瀑布的下方找了一块平地，然后开始画瀑布。

由于陈一楠画得太投入，时间飞一样地过去，直到光线明显暗淡，视线里的景物已经全然发生了变化，陈一楠才依依不舍地收起画具，带着林小樱飞快地跑去长途汽车站。

他们坐车回家的时候，天已经完全黑了下来。车上原有的五六个乘客，后来在半道中陆续地下车，最后只剩下他们两个人。汽车一路颠簸，道路两旁的田野此时一片漆黑，司机又关了车内的照明灯，黑暗之中，林小樱不免有些害怕起来，便将身体向身旁的陈一楠挪了挪。

陈一楠感觉到了林小樱的恐惧，抬起紧靠着林小樱的那只手臂，放在了她的肩上，又将她轻轻拉近自己。汽车快到站的时候，陈一楠突然将林小樱拥入怀里，然后吻了她。

这是林小樱第一次被男人亲吻，她先是想要抗拒，但是，陈一楠的手臂紧紧地箍住了她的肩膀，使她动弹不得，然后，一种她从未体会过的晕眩感让她不再抵抗，她感到自己落入了一个温柔的旋涡。突如其来的冲击，让她长久地处在眩晕的感觉里，直到汽车到站，司机重又打开了车厢里的灯。

自从父亲去世以后，林小樱还从来没有这样快乐过，陈一楠的爱情，就像阳光照进了她的心中，驱散了她所有的忧伤和烦闷。

在夏季那段酷热难耐的日子里，每当林小樱上夜班的时候，陈一楠就会出现在夜幕里，仿佛一阵风似的闪出院子的大门，然后在夜色阑珊之际，和林小樱一前一后地回家。

那阵子，林小樱的脸上开始有了隐约的笑意，这笑意透露出她心里幸福的感觉。她的脸从原来的白皙，变得有些红润，整个人看上去，也比以前漂亮了许多。爱情，填满了她暗淡无光的生活，使她的世界，由寒冷慢慢变得温暖。林小樱将陈一楠画她的那些速写，一张一张地临摹下来，临了一遍又一遍。

一个闷热的午后，陈一楠走在回安平院的那条长长的巷子里，突然间，徐志伟出现在他面前，堵住他回家的路。

徐志伟的手里拎着一个东西，那是一盒上好的油画颜料。他将它递给陈一楠，说：

"这是我送你的，这东西对你有用处。"

陈一楠看到这是一盒三十六色的颜料，十分高兴，但片刻间便觉出了不对劲，他警惕地问道：

"你为什么送我东西？"

徐志伟斜眼看了看陈一楠，然后冷笑道：

"我看见你跟小樱一起了，我送你东西，是要告诉你，你把小樱让给我，不要跟我抢，我早就喜欢上她了。"

陈一楠听他说完话，一声不吭地将那盒颜料往徐志伟的手上一放，然后快步地往前走。

徐志伟几步追上去，一把抓住陈一楠瘦瘦的脖颈，一边用力往下摁，一边狠狠地说道：

"你要是还跟我抢，我就扭断你的瘦脖子。"

陈一楠一条腿跪在了地上，说我什么都可以让着你，就这个不行。

"打死你也不让吗?"

"不让。"

一阵拳头砸在陈一楠的头上和背上，陈一楠就那么弓着腰，不还手也不说话，直到徐志伟打累了，陈一楠依然不说一句话。

那天，陈一楠的头上隆起了两个鸡蛋大的包，嘴角流着血，脸上青紫了好几块。回家之后，陈奶奶问是谁干的，陈一楠说，是自己不小心跌进了一个深坑里。此后的一周，陈一楠没再出过门。但那之后，徐志伟也没找过他麻烦，这件事就这样做了个了结。

五

这个冬天有点冷。当林小樱请假回到家的时候，看见陈一楠正坐在堂屋的桌边和她母亲说话。

她叫了声"妈"，又看了陈一楠一眼，没有说话，径直进了自己的小房间。那是父亲还在的时候，专门为她隔出来的一个小空间。

陈一楠微笑着对林小樱的母亲说："伯母，我和小樱说点事儿。"然后紧随其后，进了小房间，又随手关上了房门。转过身来，看见林小樱的眼睛红红的，脸上沾着眼泪的痕迹，正怔怔地看着窗外。

　　樱桃树的树叶全部不见了，只留下光秃秃的枝干，在夹着雪花的风里摇晃。恍恍惚惚间，林小樱的眼前突然出现了那棵樱桃树花满枝头的样子。

　　陈一楠坐在椅子上看着林小樱颓丧的表情，知道她现在心里不好受。两个人沉默良久后，他站起身走到窗边轻轻抚摸林小樱的肩膀，然后将她的身体转过来，面对着自己。

　　林小樱低着头，眉头紧锁，压抑着声音问道：

　　"你为什么突然要走？"

　　林小樱心里真正难过的是，陈一楠在这之前从来没有跟她提过要去上海的事情。

　　"我妈说上海教育资源好，让我在那里高考。这之前我完全不知道，都是他们决定的。"

　　陈一楠一脸无奈地解释，好像这一切完全不关他的事。

　　林小樱看到，陈一楠摊开双手摆出一副无可奈何的样子，但在他的眼睛里，却闪着一种她从未看见过的光芒。他的眼睛很大，有些凹陷，在浓密而平顺的眉毛下面，永远带着一丝忧郁，但是现在，陈一楠的眼睛因为这光芒而有了一种从未有过的神采，这神采让林小樱意识到：他的妈妈虽然嫁了人，但并没有忘记自己的儿子，她一直在努力，她要带走自己的儿子。而陈一楠，显然也是迫不及待地要去他妈妈那里了。林小樱想起从前她觉得陈一楠没有父母之爱的认识是错误的，陈一楠并不是没有人爱的人，他的母亲和父亲虽然彼此分离，不再相爱，但是他们的心，却依然爱着他们的孩子。

　　现在，他要离开自己去上海了，这是一件好事情，可是他走了，她是不是因此就会失去他了呢？一想到要失去眼前这个人，林小樱的心禁不住揪在了一起，隐隐地作痛。

"你还记得自己说过的话吗？"林小樱问。

陈一楠一时间有点茫然，他对她说过的话太多了，便温柔地亲吻了一下她，说道：

"我爱你，你知道的。"

"愿得一人心，白首不相离。你还记得吗？"

陈一楠看出了林小樱神色里的不安，他用双臂将她拥在自己的怀里，亲吻了一下她乌黑的头发，轻声轻气地说：

"我记得，当然会记得。"

"你到了上海，我们是不是就要分开了？"林小樱的声音，低到快要听不见。

"放心吧，我不会离开你的，等我考上大学，我会回来找你的。"

林小樱无言以对，她用力推开了他。刚背过身，眼泪就涌出眼眶，渐渐地，无声的流泪变成一阵呜咽。

陈一楠走上前，又将她揽到了怀里，一边抚弄着她披在肩上的长辫，一边说：

"到上海又能改变什么呢？你还是你，我还是我，等一切有了着落，我会把你接走的。你没事的时候，帮我多照顾奶奶。"

听了这话，林小樱放下心来，用力地点了点头。

陈一楠又重复了一遍刚才的话：

"你放心吧，没有人会像你一样懂我，我是不会离开你的。"

陈一楠将瘦小的林小樱抱在自己的胸前，他说话的时候语气很轻柔，态度却很坚定，他那带着光芒的眼睛，越过了林小樱面前的窗户，投向窗外的天空。

天空中，乌云密布，几只鸽子正在远处飞翔，那是院里魏叔家养的鸽子。白色和灰色的鸽子们，转着圈儿地飞，飞了一阵之后，又回到魏叔家的窗台上，神情淡定地吃着一些黄色的谷物，不停地发出"咕咕"的声音。

晚上七点钟，林小樱送陈一楠上船。

码头上人头攒动，有人神色匆匆，飞奔赶路；有人悠闲地踱着步，消磨上船前空余的时间。白日里土黄色的长江此时隐入夜幕，由燕江开往上海的客轮停泊在江面上，船上灯光明亮，人影晃动，船身下的江水，在白炽灯的照射下闪着亮光，如同无数金色的小鱼儿浮游在水面。陈一楠的身体依靠在船舷边的栏杆上，他一边伸出瘦长的手臂不停摇摆，一边高声喊道：

"再见了，我会给你写信的。"

林小樱站在岸边的水泥平台上，抬头仰望船舷上正在告别的人们。冬日早早来临的夜色，遮蔽了灯光之外的一切，她循着陈一楠的声音找到了他，却只能看到一个模糊的身影。她的眼睛里噙着泪水，身体不自觉地向前倾斜，仿佛想要努力靠近即将启程的轮船。

她抬起一只胳膊，手在空中无力地晃动了几下，她想对着船上的陈一楠喊一句话，但是她不知道自己该说什么话，所以，她只是望着他站立的方向，一动不动地望着，等到船已开出老远，岸上的人群已陆续散尽，她还是孤零零地站在那里，眼睛依然盯着轮船的方向，直到船的身影完全消失，她才慢慢地转身离开。

这是林小樱和陈一楠恋爱以来的第一次分别。

沉浸在爱情里的林小樱，没有想到陈一楠会去上海，更没有想到，天天泡在一起耳鬓厮磨的人，没有给她一丝一毫的心理准备，就这样说走便走了。

每日生活的内容和习惯陡然间被打乱，让她一时拐不过这个弯，她感到自己的魂儿也突然被那只硕大的轮船带走了，心里空荡荡的。

她回到安平院之后，没有回家，而是去了对面楼上陈一楠的家。她想看看陈奶奶。要是奶奶还没有睡觉的话，她想跟她说说话。

门关着，窗户里也是一片黑暗，静悄悄的，屋子里没有一点声音。林小樱心想，陈奶奶肯定是已经睡觉了，就没打扰，回了自己的家。

第二天，她一下班就又去了陈一楠的家，敲了半天门，里面一点声音也没有。隔壁的魏叔听见敲门声，从屋里探出头来，一看是林小樱，连忙告诉她，昨天一大早，陈一楠他爸就把陈奶奶接走了。

林小樱心里一沉，赶紧对魏叔说了声"谢谢"，有些落寞地转过身下楼。魏叔看着她离开的背影，皱了皱眉头，又摇了摇头，脸上露出一种奇怪的表情。

一个星期后，林小樱收到了陈一楠的第一封信。

陈一楠在信上告诉林小樱，自己已经进入繁忙的复习阶段，每天去学校上补习班，去美术学院学习绘画，生活变得充实而紧张，可是他想念她，非常地想念，他希望自己赶紧考上大学，然后就回来接她去上海。一看完信，林小樱就立刻写了一封长长的回信。

陈一楠的信总是语言简洁，只有几句话，不像林小樱会写上好几页纸，但林小樱感到十分地满足。每次收到信件的当天晚上，林小樱就会给陈一楠回信，倾诉对他的想念，还有绵长的爱意，第二天一早，就去邮局将信放进绿色的邮筒里。

连续好几个月，陈一楠每周给林小樱写一封信，倾诉相思之情。进入初夏的时候，林小樱虽然恨不得每天都能看到陈一楠的来信，但她知道，如果陈一楠想考上大学，那就必须放下一切的挂念，一门心思放在学习上。她思前想后，决定给他写一封信，告诉他停止给自己写信，不要太想念她，而是要在后面几个月里专心致志地复习功课。

这封信寄出之后，很快，陈一楠就写来回信，这是一封长长的信，是林小樱记忆中最长的一封信：

亲爱的小樱：

闷热的天气，夹杂着忐忑而期待的心情，让我觉得这个夏天格外难熬。

我最近几乎不出门，对什么也没兴趣，心里只有这一件大事。揣着太多对前途的憧憬，对失败的恐惧，时而想象倘若真的考上了，自己该是多么高兴，也许会大笑，尖叫，振臂高呼，可万一失败了呢？这么多年的努力，无数个通宵达旦，实实在在地印刻在了房间里随处可见的画稿上，一笔一画，碳素深浅，颜料浓淡，全都清晰地存在着。但是，如果最后换不到一张录取通知书，一个光明的前程，一个体面的人生，这些刻骨铭心的付出就会在顷刻间变得滑稽可笑。

我时常翻看自己的作品，觉得如果有一天成功了，我画里的每一道线条都会变成人生中有意义的一笔，最深色的炭笔也会散发出熠熠光辉，证明着我的天赋和尊严，以及光荣和奋斗。而如果失败，画稿上的每一寸印记都会丧失所有的光彩，最亮的颜色也不会在阳光下反射出任何光泽，每一笔都会变成一把刀，看一眼，就会在灵魂上刻下一道，喷出鲜血，提醒我失败的可怕，命运的暗淡，直到消耗完我眼里的最后一丝希望，和画稿一起被痛苦深渊的火焰吞噬。

到那时，谁会在意呢？谁会在意我的作品？如果它们化成了灰？

每天都在期待和恐惧的两极摇摆，而恐惧正占据着主导。每天，我简直都不想睁开眼睛，既期待，又想逃离。我这时才明白，努力并不算辛苦，这种心怀期待又无法控制的分裂状态才真的把我折磨得死去活来。

遇到你，是我的幸运，你是如此的懂事，理解人。有你在，我已经很满足，很幸福。从明天开始，接下来的日子，我会全力以赴，准备考试。我要好好地面对我的人生了，我不会让你失望的。等到七月份，高考一结束，我就回燕江看你。

谢谢你给我的爱，我爱你，永远！

你的楠

陈一楠的信里虽然只是谈及他面对高考复杂而痛苦的心情，但是情真意切，真诚又坦白，林小樱感觉到陈一楠对自己的信任，她知道他在向她诉说自己最隐秘的内心，这使得她的内心也随之充满了安慰。

她想，像陈一楠这样有才华又好看的男人，没有选择那些条件比自己好很多倍的女人，对追求他的女孩一律无视，却选择了平凡的她，这让她心里不禁又涌起一阵感激之情，一个女人的幸福，不就是能找到一个爱自己的人并与之相爱相守一辈子吗？她暗暗祷告，希望上天能保佑一楠实现他的愿望，让他少受些折磨，尽快地考上大学。

接下来的时间里，为了不再打扰陈一楠的学习，林小樱没有再给陈一楠写过一封信。她将陈一楠的信，和他的那些速写画放在枕头的下面，一到晚上，她就会打开它们，一张一张地看，同时在黑暗中不断回味信里的那些话。她还一遍遍地回忆他们在一起的一些细节，某天陈一楠到服装厂接她的情形，某天他们一起坐在长途汽车的后排，彼此相爱却默默无语，还有那些拥抱、亲吻和喃喃细语。

一天夜里，林小樱做了一个梦，梦见陈一楠考上了大学，之后，她就再也找不到他了。

梦醒之后，她失声痛哭，感觉自己的心已经被一把尖利的刀子刺破。她知道自己深深地爱着陈一楠，知道现在需要忍受思念的煎熬，可是她也知道，如果陈一楠真的考上了大学，他就会有跟从前完全不一样的生活，会有新同学和新朋友，那他还会每天想念她吗？另外，会不会有别的女孩爱上他呢？还有，他的父母会接纳她吗？

只要一想到这些，林小樱就感到自己很被动，很无助，她的命运和幸福，她自己完全无从把控，无论她多么爱那个人，她都必须接受别人的裁决，她唯一能做的，就是等待。

日子就这样在焦虑不安的等待中，一天一天地过去。但是，这一年陈一楠高考再次失败，他也没有如约回燕江看望林小樱。

第二章

一

　　燕江是紧靠长江的南方小城，依山傍水，人口稀少。据说最早的时候，这里叫沿江，就是沿着长江的意思，后来，不知从哪个朝代起，由于口误的缘故，"沿江"变成了"燕江"。这是一个传说，并无史料可以考证。林小樱所在的燕江市服装厂，坐落在城市最繁华的街道。这条街的两旁，是两排种植多年的法国梧桐，树干粗壮，枝叶繁茂，离服装厂大门五十米的一棵梧桐树下，是一个汇集了城市主要干道的公交车站。

　　这天晚上，大约九点来钟，天开始下雪，从细碎的冰粒，变成片状的雪花，越下越大，不一会儿，雪就给城市灰黑色的建筑和道路，裹上了一层白色，这白色让夜晚的一切散发着奇妙的光亮，整个街道像是电影里的画面，有一种清新迷离的美感。林小樱这天上的是晚班，下了班等候回家的九路车。天已很晚，加上大雪纷飞，车站等候汽车的只有她一个人。

这时，从马路对面缓缓走过来一位身材矮小的老人。她走近林小樱，声音有些颤抖地问道：

"姑娘，请问去市木材厂怎么坐车？"

"木材厂？"

林小樱惊讶地脱口而出："木材厂不在这里坐车啊。"

林小樱记得，上中学的时候，学校每年会有几次学工或者学农活动，初二那会儿他们去过那个工厂劳动。燕江市木材厂位置靠近郊区，具体是哪个方向的郊区，她一时想不起来，但她可以肯定，这个车站没有去木材厂的路线。

老人家站在风雪中，露在围巾外面的白发被吹得四处飘散。她嗫嚅地说道：

"我是坐错了。刚才售票员让我下车，让我过来马路对面重新坐车。"

林小樱听老人这么一说，知道老人是迷了路。连忙问：

"您是要回家吗？您家住在木材厂吗？"

"是啊。"老人回答道。

林小樱正要说话，九路汽车鸣着喇叭从远处驶来，紧靠着马路牙子停下来。林小樱转身准备上车，可一想，这位老人搭错了车，已经不知道怎么回家了，要是没有人帮她问到该坐的车，她就回不了家了。林小樱脑子里闪过前几天一位同事的母亲走失了一夜，第二天才被人送回家的事，便想，要是不帮一下老人，可能她这一夜就真的回不了家了。

汽车司机看她迟疑着不上车，立刻关了车门，林小樱一边拍打着汽车门，一边大声喊叫"师傅，师傅"。

公交车司机又将车门打开，以为她要上车，不耐烦地说"快点快点"。

"师傅,请问去木材厂要坐几路车?这个老人家坐错车了,我想帮她找到能坐的公交车。"

司机是位胖胖的中年男人,听林小樱这么一说,愣了一下,接着说:"你们赶紧上车,赶紧上车,到前面站转车。"

林小樱谢了司机师傅,赶紧招呼老人,扶着她上了九路车。

车上一个乘客也没有。林小樱拿出乘车的月票给售票员看,又帮老人付了车费,然后和老人在座位上坐下来,凑着车里的灯光,林小樱这才看清老人的模样。这位老奶奶用一条黑色的围巾包裹着雪白的头发,看上去应该是七十多岁了,她的面容很慈善,但是神色很焦急。

她从厚厚的棉衣口袋里掏出一角钱递给林小樱,说:"这是车钱,谢谢你啊。"林小樱说不用给我了,老人说那哪成啊,硬是将钱塞进林小樱手里。

"您怎么这么晚还在外面坐车啊?"

"我家老头子住院了,我每天到医院去陪他,今天不知道怎么坐错车了,我回不了家了。"

看着老人焦急的样子,林小樱安慰她道:

"不要着急,我帮你找到该坐的车,然后送你回家。"

"谢谢姑娘,你真是个好心的人啊。"

老人一边说,一边伸出手抓住林小樱的两只手,用力摇晃了几下。林小樱感觉到老人的手比自己本来就凉的手还要凉,她便翻过手掌,双手合拢,捂住了老人的两只手。

老人感动地看着林小樱,这时司机师傅说话了:

"下一站你们就下车,接着坐十二路,一直坐到终点站,木材厂就在那旁边不远。"

林小樱带着老人坐上十二路车，到了终点站，两人一起下了车。老人四周看看，白茫茫的一片，一时有点难以分辨出回家的路。老人转了几下身，慢慢地就知道了方向，指着远处说："我认识路了，我家就在那边。"

林小樱还是不放心，扶着她，按照老人指的地方，一直将她送到一个巷子里。还没走到老人的家，就看见一个高高的男子快步地奔过来。

"妈，您到哪儿去了，急死我了，来回找了两趟了，快急死我了。"

男子的声音沉稳柔和，语气里没有半点的嗔怪，而是带着着急和担心。

老人对林小樱说，这是我儿子。又对儿子说：

"多亏了这位好心的姑娘啊，不然妈今天回不了家了。"

那男子嘴里不住地说着谢谢，林小樱连忙跟他们说再见。老人说已经到了家门口了，进屋喝口热水再走。林小樱推辞不过，只好跟着老人和那个高高的男子走了十来米，进了他们的家门。

那是一座临街的平房，屋里灯光明亮，屋中间有一个火炉，炉子上烧着一壶水，正冒着热气。那男子一进屋就过去倒水，他将一只军用的搪瓷水杯递到林小樱手里时，林小樱才看清楚了男子的模样。他的皮肤微微有点黑，但有着和母亲一样的五官，面庞消瘦，鼻梁挺直，单眼皮的眼睛，眼角微微向上翘，眼神中含着温柔的笑意，显得很温和谦逊的样子。整个人给人一种清新干净的感觉，很精神，也很帅气。

老人从屋子拐角的一个灰色铁桶里，摸出一袋米花糖、一袋芝麻糖和一袋花生糖，拿出一些塞到林小樱的手里。

"折腾老半天，肯定饿了，快坐下吃点东西。"老人让林小樱坐下，自己坐在林小樱的旁边，看着林小樱说。

林小樱盛情难却，吃了一块芝麻糖，香甜的味道旋即在口中弥漫。

林小樱说道："真香啊，真好吃。"

老人像是想起了什么，起身找了一张报纸，然后将铁桶里的食物倒出来，又小心地包好，一定要林小樱带上。

"都是我自己做的，带回家吃吧。"

林小樱推辞不了，就接了过去，说着谢谢，又看了一眼摆在堂屋条桌上的一只座钟，时针指在了十点钟，说道："我得走了，得回家了"。

老人对她的儿子说："太晚了，你送一下姑娘吧。"

林小樱没想到就这么一阵子忙乱，已经一个小时过去了，她想起公交车的末班车时间就是晚上十点钟，一时间着急了起来，赶紧跟他们告辞。

"大概没有汽车了，我骑车送你。"老人的儿子说，语气很坚定。

林小樱面对一个完全陌生的男人，心里自然是觉得这样不合适，所以一再地谢绝。但是，看着漆黑的夜，和静静飘落的雪花，她又有些犹豫。心想，虽然并不认识他们，可是这里是他们的家，这漫天飞雪的夜晚，要是在外面遇到坏人，就更加没辙了。

老人看出她的不放心，指了指她的儿子说："好心的姑娘，他叫石北海，放心吧，北海是个好孩子。"

林小樱连忙尊敬地叫了声"大哥"。

石北海微笑着看着他母亲，等母亲说完，转身对着林小樱说了声：

"走吧。"

出了屋子，石北海打开自行车车锁，抬起右腿跨上车，双腿控制住车身后，让林小樱在后座上坐好，然后开始骑行。

那天晚上，他们从城北到城南，穿过了整个城市。雪依然在飘落，地上积起一寸来厚的雪。南方的雪是潮湿的，自行车的轮子在路面上驶过，留下黑色的辙印。

石北海说："我妈怎么遇上你这么好的人呢？"

林小樱说："以后可不能让老人家这么晚还在外面坐公交车了。"

石北海说："我爸生病了，我妈下午在医院陪他，我下班看她还没回家，赶紧去医院找她，没想到，她是坐错了车。人年纪大了，真是让人担心啊。"

原来是这样。林小樱明白了，老伴病重，心情沉重忧伤，在这样的风雪天，老人搭错车是很正常的事情。林小樱因为母亲常年生病，十分了解这其中的苦楚。

"是啊，我下晚班的时候，在车站遇上她的。"

"你是在那附近上班吗？"

"是的，就在旁边的服装厂上班。"

"我在木材厂工作。"石北海主动自我介绍。

林小樱说："我小时候去过你们厂，学工劳动一个月呢。"

"啊？那时你多大？"

"初二，十四岁吧。"

"那么小，你们来我们厂干的是啥活？"

"帮忙搬木材。"

"啊？你们怎么搬得动啊？"石北海笑着问，"你们老师的心可真大啊！有没有伤到同学啊？"

"好像没有人受伤。"

"那还好，我刚进厂那会儿在车间里搬木料，还被砸伤过一次呢！"

"是吗？"

"可不是吗？厂里被伤过的职工有好几个呢！"

林小樱的脑子里，浮现出了当年在木材厂看到过的那一排排巨大的木料，关心地问道：

"伤得严重吗？"

"很庆幸，伤不重。可你们那么小，怎么能让你们搬木料啊？真是的。"石北海说。

林小樱说："还好，当时让我们搬的不是那种很大的木头，是比较小的碎木头，是在堆废料的地方。"

石北海说："哦，那还差不多。"

林小樱说："就那小的也是两个人一起抬，一个在前面，一个在后面。"

石北海一边用力踩着自行车，一边对林小樱说：

"啥时候再请你来我们厂，不让你劳动了，让你好好参观参观我们厂。"

"好啊，你现在的工作还是搬木料吗？"

"我现在已经调到厂里供销科工作了。"

两个人说着话，就到了安平院的大门口。石北海看了看院门，因为是晚上，看不清大门细致的模样，只能看见黑乎乎的两扇门，他停下车，走到门口，用手在有着斑驳油漆的门上摸了摸："哇，还是铁门呢，是百年老宅吗？"

"是的呢，这门是后来做的，也好些年了，看这油漆都开始掉了。"

安平院的规矩是，一到晚上大门就关上，住户们进出，只能走大门里挖出来的小门。林小樱站在小门口向石北海道别。

"谢谢大哥！"

石北海说："该谢谢的是我啊！要不是你，我妈今天肯定回不了家了。如果真是那样的话，指不定会出什么事儿呢。你真是个好姑娘！人美心更美！"

林小樱被夸得不知道说什么好，只好连声说"没有没有"。

石北海弯腰对着林小樱鞠了一个躬，然后走近自行车，伸出一条腿跨过车身去，脚踩在车踏板上，正要踩下去，又下了车，问林小樱：

"对了，我能知道你叫什么吗？"

林小樱犹豫了一下，但想着他们母子俩看上去不像是坏人，就说了自己的姓名。

"我姓林，双木林，大小的小，樱桃树的樱，林小樱。"

石北海咧着嘴笑起来，说：

"名字也好听。"

然后挥了一下手，蹬车离去。林小樱注意到，他笑的时候，露出了牙齿，月光下，林小樱看见，他的牙齿洁白而整齐。

林小樱进家的时候，母亲正坐在床沿上坐着等她回家。她说了晚回的原因，她母亲说：

"真是跟你爸一模一样，你爸以前就经常干这种事。"

然后，母亲长长地叹了一口气。林小樱知道，母亲又开始想念她苦命的父亲了。

日子过得飞快，转眼春节就要到了。一天，林小樱正上着班，有人给她打电话，是石北海，他说知道她在服装厂上班，找了一圈，才找到她车间的电话。

原来，石北海的母亲一直惦记着这位送她回家的姑娘，眼看着快要过年了，就将自己做好的米花糖和芝麻糖包了一些，让儿子石北海给林小樱送过来。

林小樱想推辞，可是石北海说，这是他妈妈的一点心意，如果不收下的话，老人家会难过。林小樱只好告诉他自己下班的时间，约好了到时候在厂门口的公交车站碰面。

下班以后，林小樱刚出厂门，就看见石北海站在车站的路牌旁，在缩着脑袋候车的人群里，他显得更加高大。她走过去，看着他笑眯眯的眼睛里闪着温和的光泽，林小樱突然对眼前这个人有种似曾相识的感觉，仿佛这个只有一面之交的人，是自己早已熟悉的人一样。

石北海将手里的东西递到林小樱手上，然后咧开了嘴，露出那白而整齐的牙齿微笑着说：

"这是我妈交给我的任务，我必须得完成。"

说完这话，石北海向林小樱道别，说是要去医院陪父亲。

林小樱很感动，想说点什么，可是又不知道说什么，只好连声地说"谢谢"。然后，看着石北海骑上车远去。这时候，她的心里忽然闪过一个念头，如果自己真的有这样一个大哥哥，该有多好啊！

二

这年的七月，高考一结束，陈一楠就回到了燕江。

那天，在陈一楠的家里，林小樱和陈一楠坐在客厅的沙发上。那是一只咖啡色的三人沙发，那个年代，这样的沙发很少见，林小樱只在陈一楠的家中见过。它很软，坐下去就会深陷其中。沙发靠着窗户和另一堵墙，墙的拐角是一张书桌和一个竹子做成的书架，上面放满了各种关于绘画的杂志和画册一类的书籍，下面那一层，有些杂乱地堆着些画稿，那是陈一楠学画画的习作。

林小樱坐在沙发扶手的边上，陈一楠平躺着将自己的头枕在她的双腿上，陈一楠说："这是最后一次，这一次如果再失败，那就彻底放弃了。"

他们说着话，说着说着，陈一楠就睡着了。

林小樱低头看着他的脸。他比分别的时候更加消瘦，眼睛也更加凹陷，原来的双眼皮又多了一道褶皱，变成了三层。他的胡子已经好多天没有处理了，黑黑的络腮胡，令他的脸看上去有些泛青。此时，他像个孩子一样睡得很安稳。他睡着的时候，喉咙里发出轻轻的鼾声。林小樱想，他是太累了，他需要好好地休息。于是，她就那么坐着，一动不动，生怕将他弄醒。

等陈一楠醒来的时候，已经是晚上十点钟。

陈一楠张开眼睛，怔怔地看着屋顶，面色灰白，一句话也不说。林小樱知道，每当他想到什么令他痛苦的事情时，他就是这样的一副表情，她太了解他了，所以，她还是一动不动，等他渐渐地缓过神来。

那个夏天，林小樱除了上班之外，所有的时间都在陪陈一楠。

给他做饭，洗衣，陪他在燕江城里闲逛，在电影院里看电影，在录像厅里看一些盗版的录像，在这个城市里刚刚兴起的舞厅里，跳着让人迷醉的交谊舞。这段彻底的放松，里面夹带着鼓胀的青春肆意放飞的快感，这快感，抵消了等待的焦虑，以及对未来的茫然。

直到八月末的一天。林小樱正和陈一楠聊天。

"砰砰砰！砰砰！"

门外传来急切而又有力的敲门声，节奏紧凑，迫不及待。陈一楠打开门一看，是他的父亲。

父亲一见到他，立刻双手用力拢住他的手臂：

"你考上了！儿啊！你妈刚打电话来，考上了。"

陈一楠听见"考上了"这三个字，嘴里挤出一声"啊？"

"考上了！"

他父亲又说了一遍。

在确定自己真的被上海一所大学的艺术系录取之后，陈一楠双手抱着自己的头，向后退了两步，然后躬身坐在沙发上，紧紧闭上了双眼。片刻之后，他又睁开了眼睛，看向书桌上正摊开的画稿，桌上凌乱的纸笔在阳光所及之处，闪耀着温暖的光晕。陈一楠将脸埋入双手，向后一仰，张开嘴，闷闷地发出一声长啸：

"哈哈……考上了……我考上了！"

陈一楠那一刻的神情，完全不像一个刚刚踏入社会的青年，而像是一个饱经沧桑，需要歇息的老者，他没有欣喜，只有一种攻克一座城池之后的疲惫。

陈一楠父亲扭身看了看站在屋子拐角的林小樱，没有说话，而是背过身去，走向沙发，然后坐在了儿子的身旁。

"终于考上了。"

他父亲看着身边的儿子，高兴得像个十几岁的少年。

林小樱的心，也跟着他们父子两人的激动而激动着，在她的心中，有为陈一楠终于考上了大学的高兴，还有因拥有陈一楠而有的骄傲感。她没有在意陈一楠父亲对她的冷淡，而是想到，自己现在应该回避一下，把时间和空间留给这父子俩，让他们单独在一起享受成功的喜悦。

她对陈一楠说："一楠，我回家了。"

陈一楠没有说话，也没抬头看她，只是重重地点了点头。

"砰"的一声，林小樱刚刚走出房间，身后便响起了重重的关门声。

林小樱的心跟着这"砰"的一声狂跳了好一阵，她感到自己的心脏就快要蹦出身体了。她想，这一定是陈一楠父亲关的门。

两天之后，陈一楠的母亲打来电话，要他立刻回上海，说是有很多事需要提前准备。临行前的那天晚上，陈一楠告诉林小樱，父亲安排了一场盛大的家庭告别仪式。

"你不用去送我了，在燕江的亲戚都会来的。"

林小樱没有说话，只是轻轻地"嗯"了一声，心里涌出说不出来的悲伤。她看看墙上的挂钟，时针指在九点半，她从沙发上站起身说："不早了，我该回了。"

陈一楠晃了晃头，站起身，没有说话，而是伸出手将她拉到怀里，开始吻她，他轻声地说："别走，陪着我，我需要你。"

第二天早上，他们分别的时候，林小樱问陈一楠：

"你会忘了我吗？"

"不会。"

"你会爱上别人吗？"

"我只爱你。"

"你会和我结婚吗？"

"会的。"

这天早上，林小樱没有回家，而是直接去了工厂上班。

等她下班回家的时候，母亲看着一夜未归的她，嘴唇微微颤动着想说什么，但是终究没有说出口。作为过来人的母亲，心里当然明白发生了什么。可是，现在说什么都已为时过晚。此后，她的眼睛里，除了含着失去丈夫的哀伤之外，又多了一份对女儿的担忧。

陈一楠走后的第一个月里，林小樱收到一封来信。从第二个月开始，也就是陈一楠正式开学的那个月起，他没有再给林小樱写信。

林小樱依然每周写信，寄信。寄信的地址还是原先的地址，因为她只知道他考上的学校，不知道具体的地址，虽然知道是艺术系，却不知道哪个班。这些信，犹如石沉大海，再也没有了回音。

林小樱每天除了上班，就是陪着母亲。自从陈一楠不再回信，林小樱就再也没有和母亲说起陈一楠。而这一切，母亲都看在眼里，林小樱不说，她也不问。

等待回信的失望，慢慢成了一种习惯，林小樱知道，担心的事情可能真的就要发生。只是，想起陈一楠刚刚进学校上学，大学校园里都是来自祖国各地的天之骄子，一定需要格外地勤奋和努力，才能跟上大家的进度，她就又对自己的怀疑和失望，做一番自我检讨。她想，陈一楠是在为他的前程努力，自己不能影响到他，一点都不能。这么想着，林小樱就觉得，只能继续地忍耐，等待陈一楠的消息。

转眼到了十一月，陈一楠还是没有一点音讯。

有一天，林小樱和母亲吃晚饭的时候，突然觉得一阵恶心。母亲紧张地问道："怎么了？"

"没事没事，吃东西不小心被呛着了。"林小樱回答。

因为怕母亲为她操心，她忍住了胃里翻江倒海的感觉，慢慢地喝了一点粥，又趁母亲没在意，将碗里的食物全部倒在了簸箕中。

已经有两个多月没有来例假了，林小樱听厂里那些有了孩子的同事闲聊的时候说过，怀孕的时候都是要犯恶心的。

"难道，是怀孕了吗？"林小樱不敢往下想。

第二天，正好轮到林小樱休息，她就到市人民医院去做检查。结果出来，妊娠期八周，林小樱果然是怀孕了。

林小樱虽然心里早就猜到，可是一听到结果，魂魄还是飞离了身体。

为她做检查的，是一位中年女医生，她看着林小樱一副怯生生的样子，猜出她是第一次怀孕，便声音柔和地说：

"是第一次吧？要吃点有营养的东西，定期来医院做检查。另外，夫妻生活要注意。"

林小樱不敢看那医生，更不敢回答医生的问题。医生的话音刚落，她便从座位上一下弹了起来，几步就冲出门外，一路小跑地出了医院。离开医院足足一百米之后，才在路边一家小吃店门口停下来。她装作看食物的样子，脑子里像是有无数飞着的小虫子，搅得她头痛。她盯着橱窗里的点心，脑子清醒了一些。

那天，她一个人在小吃店里坐了好久。她点了几个做成不同颜色的糯米糕，这是她最爱吃的点心。她一边吃着，一边想，接下来，自己应该怎么处理这件事。糯米糕只吃了半块，她就再也吃不下去了。她向店里的服务员要了包装纸，将剩下的那几块糯米糕装好，起身离开了小吃店。

林小樱的恶心感越来越强烈。她每天忧心忡忡的样子，没有逃过母亲的眼睛。

"小樱，陈一楠跟你还有联系吗？"一天晚上吃饭的时候，母亲问她。

林小樱一听这话，知道母亲早就明白了一切。只觉得眼眶一热，眼泪就止不住地涌出来。她没说话，她不知道该怎么回答。

"你得告诉他。"

林小樱依然没有说话，然后，转身回到自己的小房间。

"是啊，我得告诉他，必须得告诉他。"

林小樱躺在床上，眼睛直直地看着床对面的那面墙。

年代久远的房屋，墙壁上有五片大小不一的黄褐色水印，那是暴风骤雨时从墙外渗透进来的雨水留下的痕迹。那些水迹有的像云朵，有的像一只羊。林小樱想，这房子曾经住过的，都是一些什么样的人？发生过什么事？是些达官贵人，还是有如我们这样平凡病弱的人家？在这安平院的一间间房屋里，有多少爱恨情仇，纠缠争斗？曾经的那些女子是否也有过我这样的爱情？她们会像我一样，在尚未成为别人妻子的时候，就已经怀上了别人的孩子吗？

她将两只手放在自己的小腹上，轻轻地抚摸，想摸到那个已经八周的婴孩。可是，腹部平滑，和从前没有一丝异样，什么也摸不到。她想到医生告诉她，妊娠期八周。她想，八周的孩子，是多大的呢？还需要多久，这个小小的胎儿才能长成一个真正的孩子呢？这些她都一无所知。

林小樱就这么一直想着关于这个孩子的事情，她想，她的肚子里已经有了一个新的生命，这是她爱的人陈一楠的孩子，是一个男孩还是一个女孩？这孩子长得会像谁呢？会像他吗？我现在是一个妈妈了，而陈一楠已经是一个爸爸了。

想到这里，她起身坐到桌子前，从抽屉里拿出纸和笔，开始给陈一楠写信，告诉他自己已经怀孕的消息。

三

寄出信的那一刻，林小樱就隐隐地预感到，可能不会有什么好结局。果然，两个星期过去了，依然没有任何的讯息。

林小樱决定，去上海。

她在心里决定之后，便向车间主任请了两天假，她估摸着加上自己的一个休息日，三天的时间，是足够找到陈一楠的了。

那天下午一下班，她就背着装了换洗衣服的黄色帆布包，直接去了码头，可是当天的船票已经卖完了。她失望地走到公交车站，准备坐车回家。在等候汽车的时候，她看到有一路汽车的终点站是火车站，于是，她上了那辆去火车站的车。

在火车站，她买了当天晚上的火车票。那时候的燕江没有过江的桥梁，必须坐轮渡到对岸去坐火车。林小樱跟随着人流，过了轮渡，踏上去上海的火车。

火车在黑暗的晚上飞驰，车厢内灯光通亮，人声嘈杂。林小樱坐在靠窗的座位上，想闭目休息一会儿，可是怎么也睡不着。

上海，是个让她魂牵梦绕的地方，她的父亲是上海人，但是她们在上海已经没有一个亲人了。上海并不遥远，父亲从来也没有带她和母亲去过，更是很少跟她们提起自己的故乡，仿佛那里是他的禁忌地，是一块伤心地。除了父亲不自觉间脱口而出的上海方言，和他那带着上海口音的普通话，还有外滩、黄埔公园、南京路这些名词之外，林小樱对上海，再无任何概念。

林小樱拿出包里随身带着的纸和笔，放在列车的小隔板上，借着灯光，开始信手画些人物造型。画着画着，她感觉有人站在座位旁边看她，不由抬起头来。

当她看到那个看她画画的人时，简直不敢相信自己的眼睛。那个人不说话，只是咧着嘴笑，他是石北海。

"石大哥，怎么是你？你怎么会在这里？"

"我去上海出差，你呢？去上海干吗？"

林小樱不由自主地皱了一下眉头，没有回答。

石北海看她不想回答，赶紧转换话题，说了句：

"我的座位在那边。"他向后面指了指，林小樱向他手指的方向看了一眼，点了点头。

石北海看坐在林小樱身边的是一个中年的男人，就冲着那男人笑了笑，掏出自己的火车票递给他，说：

"我们能换一下座位吗？我的座位在后面。"

那男人看了看车票上的座位，扭头往后看了看，又看了一眼

林小樱，笑着说："可以可以。"然后，脸上露出成人之美的
表情。

石北海忙说了声谢谢。坐下之后，伸手去翻看小隔板上林小
樱画的那些画。

"你还会画画，真了不起。"

林小樱被他看得有些不好意思，赶紧将那几张画纸摞在了一
起，放进帆布包里，不想让他看。

"画得挺好的啊。"

林小樱笑着说："我是瞎画的。"

两个人坐在座位上好久没说话。行进中的火车时而发出"哐
当哐当"的声音，窗外一片漆黑，林小樱坐在座位上，两只手搁
在小隔板上托着下巴往外看，看着远处或明或暗的灯光由远及
近，又在眼前迅速地划过。过了一会儿，石北海打破了沉默，问
林小樱：

"你去上海干吗？是出差？还是去那玩儿？"

林小樱没有回答，但是，连她自己也不知道为什么，眼泪突
然就涌出眼眶。她怕石北海看到她流泪，就侧过身，背对着石北
海，两眼一直盯着窗外看，没有说话。石北海这才知道，自己不
该问这问那，之后不敢再说话了。

夜已渐深，车灯熄灭，车厢里的各种声音也渐渐寂灭。火车
在黑夜里穿过沿途的各个城市，停下，又启程。一路上，两个人
半睡半醒，都没有再说一句话。

第二天早上七点，火车到了上海。林小樱跟着石北海一起走
出了车站。

"我要去宝山办事，你呢？要去哪里？"

林小樱看着人头攒动的上海火车站，阔大的广场，周围一片鳞次栉比的房屋，茫然不知所措。她从口袋里掏出一张纸，递给石北海。

"上海市静安区云中路 101 号，应该怎么走？"

石北海看了一下那张纸上记着的地址，想了一下说：

"这样吧，我们先去吃早饭，然后我陪你去。"

"不用不用。"

"你是第一次来上海，对吗？"

"是。"

"我把你送到目的地，然后我去办事，我的时间充裕得很，今天办不成，明天可以继续办。"

石北海没等林小樱说话，就向车站旁边的一个小卖部走去。他买了一张上海地图，又在小卖部隔壁的小吃店，买了些生煎包。早点摊的座位坐满了人，两个人就站在那里吃完了早点。

那时的上海，没有高架桥，没有出租车，公交车里还有一些带着两根长辫子的有轨电车。石北海拿着地图找到去静安区的公交车，按照纸上的门牌号码找到了地址。

本来说好石北海帮着找到地址就去办事，可是，林小樱从下火车开始，就像小孩一样跟在他后面，一切听他安排，不提问题，也不说话，石北海马上意识到，这个敢在风雪之夜护送一个陌生老人的女孩，可能从来没有走出过燕江。所以，找到门牌号码之后，他没有马上离开。

林小樱敲了一阵门后，里面有人出来开门，是陈一楠的母亲。她看上去不仅没有在安平院住的时候衰老，相反，现在的她显得更加年轻，风姿翩翩。

开门的时候，她的脸上还挂着笑意，看到林小樱之后，大吃一惊，好像忽然看到了什么不祥之物，脱口而出地问道：

"怎么会是你？"

随即，她带着一层薄薄脂粉的脸上，露出一丝不易察觉的不悦，仿佛林小樱的突然出现，将她从繁华的大上海，一下拉回到燕江的安平院。但是很快，她的脸上又充满了微微的笑意。

"小樱啊，你真是越长越漂亮了。"她一边以一种欣赏的目光看着林小樱，一边问道，"你来上海玩啊？"

显然，她一看到林小樱，就知道她来的目的是找陈一楠，但是她装着什么也不知道。

"不是的阿姨，我是来找一楠的。"林小樱回答道。

陈一楠母亲连忙说："一楠不在家啊。"

"那他什么时候会回来？"

"他不回来的啊，他考上大学就住校了。"

林小樱感到自己一阵头晕，她用手摸了一下额头，定了定神，好一会儿没说话。看着林小樱失望的表情，陈一楠母亲突然客气地说道：

"进屋坐坐吧，大老远地来上海，快进屋里吧。"

林小樱没有进屋，只是说："阿姨，您能把一楠学校的地址告诉我吗？"

"哦，可以的，可以的。"

陈一楠母亲转过身回到屋里，不一会拿着一张小纸片出来，递给了林小樱。

"这是学校的地址。你找他有什么事吗？"

林小樱听她问话的口气，好像完全不知道她儿子和眼前的自己有什么关系。林小樱一时拿不准她到底知不知道自己和陈一楠谈恋爱的事情，她想，也许，陈一楠从来都没有跟他妈妈说过他们的事。所以，她突然觉得自己很失礼，涨红了脸说：

"不好意思啊阿姨，打搅了。"说完看了一眼石北海，转身快步离去。

石北海看着这一切，心里早已猜出这是怎么一回事儿了。出于礼貌，他对陈一楠母亲说了声"再见了阿姨"，然后紧跟着林小樱，离开了"云中路101号"。

石北海追上林小樱，用手拉住疾步快走的她，这才看到林小樱的眼睛里全是泪。林小樱从口袋里掏出手绢，擦干净眼眶边的眼泪，对石北海说：

"我要去学校找人，你去办事吧。"说完就要走。

"你知道学校在哪里吗？我帮你找，我陪你一起去。"

石北海看着眼前这个比自己小很多的女孩，想到她曾经在那样的雪夜里帮助自己的母亲，一种保护她的责任感油然从心中升起，他决定，先帮她找到要找的人，然后再去办事。

按照地址，倒了好几路车，才找到陈一楠在虹口区的学校。

此时，太阳高挂天空，天色已至正午。林小樱站在学校大门外面，仔细端详着这所学校的外观。巨大厚重的校门，由石头垒砌而成，非常大气有气势，明亮的阳光照在门头镀金的校名上，折射出一排金色的光芒，让林小樱一时有些眼花。她想：一楠真的了不起，能进这里读书，他是多么幸运的人啊。

在校门口登记完信息，两个人顺着校园的林荫大道边走边打听，终于找到了艺术系男生宿舍那座灰色的三层楼，又几经周折找到了陈一楠二楼的寝室。可是，陈一楠不在，他同寝室的同学告诉他们，陈一楠和几个同学去外地写生了。具体去了哪儿，什么时候回来，他们不知道。

一个剃着小平头的同学，两眼直盯着他们两个人，警觉地问：

"你们是他什么人？"

林小樱回答他："我是他朋友，"她又看了看身边的石北海说，"我们是他老乡。"

"老乡？"

小平头满脸狐疑地打量着他们两个人，然后操着一口四川普通话问道：

"陈一楠不是上海人吗？上海户口啊，你们是哪里的？"

林小樱一听，知道自己不能多话，便对那位同学说：

"我们下次来吧。"扭头就离开了陈一楠寝室，石北海见状，也赶紧随着她一块儿走出宿舍大楼。

四

离开学校，石北海看着失魂落魄的林小樱，知道这个陈一楠对林小樱来说，是太重要的一个人了。因为不知道他们之间具体发生了什么事，又不便多嘴，想到当天的火车和轮船都已经没有了回去的班次，便提议说：

"今天是回不了燕江了，先找个地方吃饭，然后找个旅馆住下，明天再说吧。"

"我明天回燕江，你去办事，我耽误了你太多时间了，石大哥。"

"不要客气了，先去吃点东西吧。完了你先休息，我去办事。"

石北海领着林小樱走进街道旁边的小饭馆，买了两碗盖浇面，两个人吃完面，又在附近找了一家简陋的地下旅馆。

旅馆是由防空洞改造而成的，简易的房间没有通风口，顺墙排着一长排铁皮隔成的小房间。由于空气无法流通，旅馆内有一股淡淡的霉味，和住客身体鞋袜散发出来的难闻气味。

石北海给旅馆服务员看了单位为他出差上海写的证明，然后指了指林小樱，告诉服务员，林小樱是他妹妹，他们要分住两个房间。

"你妹妹叫什么名字？"

"林小樱。"林小樱赶紧回答。

服务员是个年轻的姑娘，她看了一眼林小樱，又看了看石北海，问道：

"你姓石，她姓林？"

石北海连忙赔着笑脸说："是表妹，表妹。"

年轻姑娘低头想了一会儿，没说什么，从桌子抽屉里拿出一个挂着好多钥匙的铁圈，领着他们去到各自的房间。

林小樱刚在床铺上坐下，就觉得头开始犯晕，恶心的感觉又来了，把刚刚吃下去的盖浇面也全部吐了出来，然后，她倒在床上迷迷糊糊地睡去。

晚上，石北海从外面办完事情回来后，准备带林小樱出去吃晚饭。他敲开了她的门，只见她一手拉开门，一手捂着头，眼神涣散，目光呆滞。石北海看她那样，吓了一跳，忙问：

"是不是不舒服？"

林小樱把手从额头上放下来，说：

"好像是发烧了。"说完就是一阵咳嗽。

石北海心想，这估计是着凉感冒发的烧，连忙让她躺下，自己去旅馆外面的街道上找到一家药店，买了些退烧药和咳嗽糖浆，又在小吃店里买了些生煎包和茶叶蛋，自己快速地吃了一些之后，将另一半包裹好，带回了旅馆。

他让林小樱把药吃了，又将买回来的食物放在桌子上，对她说：

"你这样子明天不能走。你先躺会儿，有什么事，让人来叫我。你好好休息，饿了，就吃点东西。明天再看看，如果严重的话，咱们上医院。"

第二天一早，石北海来看林小樱的时候，她的烧已经退了，不过身体还是很虚弱。他摸了摸她的额头，确定真的不再烧了之后，出去给她买早点。

早点买回来之后，看着她喝了点粥，吃了点东西，又让她把药吃了，然后说：

"我今天还得去宝山办事，离这儿有点远，可能要到下午才能回来。你要好好休息，饿了，就吃点东西。"

林小樱说："好的，放心吧。"

石北海这才离开了旅馆，坐上去宝山的公交车，去那里的木材加工厂谈工作。

石北海走后，林小樱躺在床上休息了一段时间，渐渐地觉得自己的病好了一些，头也没那么晕了，于是决定，再去一次陈一楠的学校。她想，兴许他就回来了呢。于是，按照昨天她和石北海走过的路线，再次找到了陈一楠的宿舍。这次，房间里没有一个人，她就在宿舍楼附近转悠。一直等到临近傍晚，太阳西斜，学生们已经下课，都在操场上踢球、散步、玩耍。可是陈一楠的宿舍依然没有人。看着天色渐晚，林小樱心想，陈一楠今天是不会回来了，只好沮丧地离开了学校。

石北海在宝山的工作完成后，便乘车回了旅馆，直接去敲林小樱的门。一看林小樱不在，立刻明白她去了哪里，于是就在自己的房间里等。一直等到下午六点钟，天已经擦黑，林小樱才回到了旅馆。

看着面色苍白的林小樱，石北海问：

"你是不是去了学校？"

林小樱点点头，问道："你怎么样？工作顺利吗？"

"很顺利，你身体是不是还是不太好？"

"我好了，我们明天能回家吗？"

石北海沉吟了片刻，说："你好像还是第一次到上海来吧？你不想看看上海吗？"

林小樱掉过头，内心突然涌出一阵悲伤。她想到父亲，他曾经说过，原本是住在黄埔区的，她记得他说过外滩、黄埔公园，还有南京路、"大世界"这些地方。

"这里离外滩远吗？"

"有点远，不过坐公共汽车很快就到了。要不，明天我带你去看看吧。"

林小樱想了一下，轻声说：

"算了，不看了，以后再看吧。"

石北海心想，林小樱这么着急回家可能是因为他们并非是十分熟悉的朋友，所以他也就没有坚持。他说："那行，我们明天坐船回去吧，那样，你也能看到外滩了。"

林小樱感激地说："谢谢石大哥。"

第二天一早，他们提前到了十六铺码头。买好了船票，离开船的时间还有三个多小时，石北海就领着林小樱看外滩。

他们看了黄埔公园，海关大楼，国际饭店。在长长的水泥人行道上，林小樱缓慢地行走，人群熙攘，如同梦幻。她想象着这是父亲曾经走过的道路，想着许多年前，父亲是怎样在这样一个城市里生活，他的生活里到底发生了什么？想着父亲悲剧性的人生，她的眼泪不知不觉又盈满了眼眶。

石北海看到林小樱凄惶苦楚的面容，以为一定是那个陈一楠又在让她伤心难过了。他决定，在回燕江的途中，打探一下这个人和林小樱的事情。

五

这是林小樱第一次坐轮船，一切对她来说，都是新鲜的。

石北海看着她久久地站在船舷旁，看着江水翻腾，江岸远去。他怕寒冷的风对她的身体不利，便让她回到船舱休息。

船舱里旅客们有的在睡觉，有的在下棋，有的在聊天，有的在哄孩子。这两天的经历和旅途的劳顿，让林小樱十分疲惫，在一片嘈杂的声音里，她在船舱的座位上坐着坐着就睡着了。等她醒来的时候，看见对面的石北海，也坐着睡着了，于是，林小樱就安静地坐着，看着窗外的风景。

外面水天连接，一些白色的云朵在天空中不断变换着形状，江面上浮游着各种船只，大小不等，仿佛置身于无所依傍的空间里，孤独地前行。

林小樱突然觉得，自己，还有父母，以及很多活在这尘世间的人，就像这些大大小小的船舶一样，一生都在朝着一个方向前行，想要抵达某个地方。只不过，那些船，知道自己的目的地，知道何时能够抵达，而人呢？常常是眼前茫然一片，不知所去何处。曾经的父亲就是这样，为了自己心心念念想要做的事，努力地活着，却不曾想自己的生命突然就中断，从此再也不能到达设定的目标。母亲虽仍挣扎地活着，可是她唯一的目的，似乎只是为了活着。

林小樱的思绪快速地飞转，联想到现在发生的事情，她想，这一切都是为了什么？自己为什么活着？为了爱吗？可现在，她的爱人像只飞离了自己的风筝，那根风筝线，也不在自己的手中，唯一可以确定的是，他留下了他的孩子，这是他们爱的痕迹和证明。

想到这里，林小樱突然暗自决定，她要将这个孩子生下来，无论能不能找到陈一楠，也无论他要不要这个孩子。

石北海醒来的时候，抬手看了看手腕上的表，已经是下午三点多钟。他对林小樱笑了笑，说：

"其实，燕江离上海不远，你可以经常来上海的。"

然后，他从口袋里掏出一包烟，撕开上面的锡纸封口，从里面抽出一支，用火柴点燃，放进嘴里。

林小樱看着他抽烟，有点惊讶，心想：一个抽烟很勤的人，牙齿怎么会这么白？

"我过段时间还要来上海出差，你有时间吗？可以一起来。"石北海说。

林小樱羡慕地看着他，说：

"可是，我没假期啊。"

石北海抬了一下右眼的眉毛，瘦瘦的脸上带着一点调皮的神情说：

"傻，你可以跟同事换班啊。"

林小樱笑了笑，说："我总是跟同事换班的。"

"那换班的时间都干吗去了？出去画画吗？"

"不是的，我妈身体不好，常年生病，说不行就不行了，所以得经常地请假。"

石北海一边吸着烟，一边看着林小樱。等林小樱说完，他从嘴里吐出一口烟雾，说：

"我爸也是常年生病，但我妈不许我请假。唉，这些年真是辛苦她了。"

林小樱点点头，说："可是，我们家只有我一个人可以照顾妈妈。我爸不在了。"

石北海的脸上露出惊讶的表情。然后，他轻声说了句：

"对不起。"

"我妈本来身体就不好，我爸突然去世，对她打击太大了，从那以后，她基本失去了自己生活的能力。"林小樱稍稍停顿了一下，问道，"你知道吗？"

"什么？"石北海问。

"我爸其实是上海人。"

"是这样啊，那……那个陈一楠是你什么人？是亲戚？还是男朋友？"

林小樱摇了摇头，本来不想和石北海说起陈一楠，但是，石北海这么一问，她觉得自己压抑在心里好久的心事，突然蠢蠢欲动，想要对着眼前这个人倾倒出来。

"是我男朋友，我们在一起已经三年了。"

"那他是从燕江考上了上海的大学?"

"不是，他是回到上海考上的大学。"

石北海若有所思地点点头，说:

"原来是这样"。

那天，在回燕江的船上，林小樱第一次对另一个人说出自己的秘密。她和陈一楠的恋爱经历。她有了陈一楠的孩子。自己的父亲是个画画的，不过是业余的，他是在给服装厂写标语的时候不小心摔下来去世的。

石北海听完林小樱的故事之后，好久没有说话。他不断地抽烟，直到林小樱被他的烟呛得咳嗽起来。

然后，他把烟盒装进左边的上衣口袋，抬起头，对林小樱说:

"你知道吗? 前年我弟好不容易考上大学，结果和同学一起出去玩儿，出了车祸。"

听到石北海的话，林小樱大吃一惊。

"天哪!"

"几个同学都没事儿，就他没了。"

"天哪!"林小樱不知道说什么好，只是呆呆地重复着这两个字。

"我弟读书好，本来是我爸妈的指望。唉!"

石北海看了一眼林小樱，接着说:

"我弟去世以后，我爸太伤心了，突发脑溢血，做了脑部手术之后，成了植物人。"

林小樱的眼前，浮现出风雪之中，他母亲独自一人穿过马路的样子。想起老人满头的白发被风吹得飘散开来，她用干枯的手轻轻拢起头发，又用黑色的围巾重新裹好的样子。想起她笑吟吟的面容，弯弯的眼睛，柔和温暖的声音。

"五年前，我的爱人得了胃癌。"

林小樱简直不敢相信自己的耳朵。她一声不吭，听着石北海慢慢地讲述。

"我们从农村回城以后进工厂，然后结婚，结婚才一年，她就查出了病。"

在林小樱的心里，自己是这世界上最不幸的人了，她没有想到，眼前这个看起来积极乐观的男人，他的生活中居然藏着如此巨大的不幸。

"原来白白壮壮的人，眼看着就瘦得皮包骨。看了好多医院，试过好多办法，后来听说上海大医院的医术好，就把她送到了上海。可是，还是没有用，人是在上海走的。从生病，到最后，前后也就两年的时间。"

石北海说完，先是摇了摇头，又抬头看着远处的天空。

林小樱连声说着"天哪"，眼睛直愣愣地看着石北海，好久之后才说：

"为什么我没有从你的脸上看到一点点的悲伤？"

林小樱的脑海里又浮现出石北海的母亲，想象着她一个人每天奔波在医院和家里的身影，眼睛一热，也向远处的天空看去，没有让眼泪掉下来。

过了一会儿，石北海收回了自己的目光，继续说着：

"我爱人在我们下到农村的时候救过我的命。有一次我得了伤寒，连续高烧好几天，没医没药的，要不是她没日没夜地守着我，照顾我，我大概会没命的。她去世那阵子，我太难过了，天天喝酒。有一次，喝多了，把人家饭店的门窗玻璃砸个稀巴烂。还有一次，喝醉之后睡了整整一天一夜，差点醒不过来了。那会儿，人真的差点就废了。"

说到这里，石北海停顿了一下之后，又将头转向窗外，目光再次移向天空。林小樱看到，他从来都很明亮的眼睛里，此时闪动着黯然的忧伤。

冬日的白天总是短暂，很快，天色已近黄昏。窗外，夕阳西坠，和江水连成了一片。天边橙红色的云彩里，透出一道道金色的霞光。

石北海轻声地说："太美了，走，出去看看晚霞。"

两个人站在甲板上看着天际壮美的景象，深深地陶醉在眼前的自然美景中。过了一会儿，林小樱问道：

"那后来呢？"

石北海转过身子，后背靠在船舷上，眼睛看着甲板，继续对林小樱说着自己的家事：

"后来，我妈跟我好好谈了一次话。我妈说：'儿子啊，妈跟你一样伤心，可是你这样一天天地喝酒，早晚有天会出大事，要是那样的话，你的这一生，是不是也就完了？'我妈说：'她已经走了，这事儿已经改变不了了，伤心难过也改变不了。如果说改变，只有我们都好好地活着，先好好活下来，才能度过这样的难关。不然的话，你要是再出事，我们这一家子，你让我和你爸怎么办？'"石北海说完之后，掉转身体，眼睛又看向天空，似乎陷入沉思。

天越来越暗，远处有几艘小渔船正在江面漂浮而行，速度缓慢，灯火闪烁。

"你妈说得对啊！"林小樱感慨地说道。

"是啊，她退休以前是中学教师，可会教育人了。"石北海为了缓和一下气氛，用回了他一贯的轻松语气，故意打趣地说。

"难怪呢。"

林小樱的心里对那位老人更增加了一份敬意。

"我弟那时还在上中学，他也跟着我妈教育我，说是无论发生什么，都要振作起来，要像个男人的样子。"

"你弟弟……"

"我弟去世的时候，我妈真的是撑不住了，她就那么关着门，躺在床上，一个星期不吃不喝。后来，她终于从床上爬起来，然后，每天去医院照顾我爸。"

林小樱的眼泪止不住地滑了下来，她被眼前这个人家里发生的事情深深地震动了。之前，她不曾想过，遭受巨大苦难的家庭，还能如此平静地生活着。

石北海看了看林小樱，接着说道：

"也许人生就是这样吧，很多事情都是由不得你的，就像这太阳，它不会因为你家里出事了，就不落下。刮风下雨，都不是我们能控制的事儿。我们能做的，也许，只是让自己好好的，好好地活着。无论将来出现什么问题，一个一个地去解决它。即使是遭遇了大灾难，也不要太伤心，不要太害怕，有句话说得好：时间是最好的良药，它能抚平一切的伤痛。"

林小樱知道，石北海这是在用自己家庭的事情，告诉她人生的道理，她擦了擦眼泪，说：

"你现在还喜欢喝酒吗？哪天我请你喝酒。"

"我弟去世的时候，我就彻底地戒了。"石北海说。

第三章

一

回燕江这一路上，林小樱反反复复地回想石北海说的关于他们家发生的事。

她想，自己和母亲因为父亲的离世经年累月地哀伤，这样不断地恶性循环下去，母亲的身体只会越来越差，来日不会太多。自己呢，人生刚刚开始，这样下去会怎样呢？不行，这样下去不行。还有，万一陈一楠真的想要甩了自己不再和自己联系了，那自己该怎么办呢？难道因为有了他的孩子，就要死乞白赖地非要嫁给他吗？那将来会有个好吗？

那天晚上，林小樱下了一个决心，她要改变自己的心情，也要试着改变母亲的心情。

回家之后，她把在上海没见到陈一楠的事情告诉了母亲。

"我就知道会是这样。"

母亲说话的声音中含着愤懑和埋怨。她愤懑的是，陈一楠一家人对小樱的轻视；她埋怨的是，小樱这样傻傻地爱那个男人，却不知保护好自己。

林小樱一阵羞愧，她明白母亲话里的意思。可是，她也知道，事已至此，后悔已经没有任何意义，况且，她只是没有找到陈一楠，并不代表陈一楠真的会抛弃她啊。

于是，为了让母亲的心情放松一点，她又将认识石北海的经过，和他家里发生的事情，一五一十地告诉了母亲。

"妈，我们俩要学习一下人家那种坚强呢。"

母亲面色发青，余怒未消。

林小樱又说："石大哥听说你身体不好，说要来看你呢。"

母亲还是一句话也不说。

晚上，林小樱等妈妈睡觉之后，从抽屉里拿出纸和笔，给陈一楠写了一封信，信中只有一句话，就是告诉他自己已经怀孕，问他应该怎么办。这封信的地址改到了陈一楠学校的寝室。

信发出后的第四天，陈一楠的回信就到了。也就是说，按照当时邮递的速度，信件从燕江到上海，再从上海到燕江，陈一楠是一天也没耽搁地回了信。

小樱：你好！

来信已收悉，勿念！

你知道的，我刚刚大学一年级，如果此时结婚生子，可能会非常不利我们今后的生活。我的建议是，先把孩子做掉，我们都还年轻，以后会有更好的未来。好吗？

一楠

信中言辞如林小樱的信一样简洁，但是称呼发生了变化，没有了以前"亲爱的"三个字，也没有了那个"你的楠"，林小樱感到了一股寒意从这信中透露出来。之前，陈一楠虽然很久没有给她写信，但是在林小樱的心里，陈一楠是她的一楠，他们的关系也是亲爱的人。可是，称呼的突然改变，两个人的关系似乎旋即发生了变化，林小樱感到了一种和陈一楠从未有过的距离感。

她想，这是陈一楠故意制造出来的距离感吗？他想让她明白什么？他让她打掉这个孩子，是什么意思？是真的为他们的未来着想吗？还是想要推脱责任？

林小樱有些头晕，她想不出他的用意，更确切地说，她不想往不好的方向揣测他的用意和目的。在一种惶惑不安的思忖中，林小樱睡了过去。

第二天一早，母亲就关切地询问：

"他的信说了怀孕的事情吗？"

"嗯。"

"那他怎么说的？"

"他说先打掉。"

"我就知道是这样。"母亲愤怒地说，"你太傻了，你这么傻，以后怎么办啊？"

是啊，以后怎么办呢？看着母亲既焦急又担心的神色，林小樱心里想。

"你知道打胎是多么伤人的事情吗？"

林小樱虽未经历过堕胎这件事，但是和厂里的同事闲聊的时候，也听说起过它对女人的伤害。但是，如果陈一楠不要这个孩子，不打掉又能怎么办呢？

林小樱的心情沮丧到了极点，勉强喝了几口粥后，妊娠期的恶心感，让她再也不能吃进任何的东西。

上班的时候，林小樱神情恍惚，魂不守舍。她不知道自己应该怎么办，但是她知道，一个女人未婚先孕意味着什么。院子里就有一个活生生的例子。

那个养鸽子的魏叔，他曾经有个十分漂亮而且优秀的女儿叫魏大红，当年还是工厂的先进工作者。因为和相爱的人没结婚就怀了孕，两个人害怕被父母发现，就决定偷偷地堕胎。本来是想躲避当地的熟人，特地跑到外地的医院做手术，哪知天底下竟有那样的巧事，魏大红厂里的厂医刚好去那城市出差，顺便去那家医院看望老同学，正好被她撞见。这个不怕事大的厂医，打探了魏大红的事情后，向厂领导汇报了这件事。结果，魏大红没结婚就大了肚子的事情，成了人们口口相传的新闻，虽然后来两个人草草结了婚，可是在人们异样的眼光中，和指桑骂槐的冷言恶语下，那个原来活泼可爱的魏大红还是没有扛住，最后精神出了问题。

魏大红变得眼神呆滞，时常胡言乱语。每当犯病的时候，就会哭叫着骂她的丈夫是刽子手，说是他毁了她的人生。从此，魏叔也从一个开朗爽快的汉子，变成了低眉顺眼的"废人"。魏大红的母亲因为这事弄得心情抑郁得了癌症，拖了一年多，便撒手人间。

老婆没了后，魏叔每天只干一件事，就是喂鸽子，喂大了之后，再一只只地杀掉，然后熬成汤。浓香的鸽子汤气味，时常飘荡在院子的上空，让经年累月很难吃上肉食的邻居们，馋得口水满溢，羡慕不已。

林小樱一边低头在缝纫机上缝合帆布工作服的口袋，一边满脑子想着关于未婚先孕的各种事。

突然，她感到左手食指一阵刺痛，接着一颗鲜红的血珠从指尖冒出，越来越大。这时，她才突然清醒了过来，这是缝纫机针头穿过指甲，扎进了她的手指。

她连忙用脚调整了一下脚踏板，等针头缩回的当儿抽出手指，此时的血珠已经变成血流，她慌乱地站起身来。紧挨在身边的工友李春梅看见了林小樱满手的鲜血，惊恐地大声喊道："不得了，不得了了！"

她一边喊一边停下自己的机器，奔到林小樱身边，从口袋里掏出一条手帕，一只手捏着手帕往林小樱的手指上面绕。

"赶快去医务室。"李春梅说。

李春梅帮着林小樱用手帕紧紧扎住手指止血，然后拉着她就往厂里的医务室跑。还没到医务室，手帕已经被鲜血浸透，顺着手指流出来。

原来，针头扎破了血管。这种工业缝纫机比普通缝纫机大得多，针头也粗许多，导致林小樱受伤的手指流血不止。

厂医一阵忙碌，又是止血又是消毒又是包扎。等处理好伤口之后，原本紧张的情绪变成了责备，她大声地对着林小樱喊道：

"你以为这是你们家缝纫机扎一下没事呢？怎么这么不小心，肯定是思想开小差了。"

林小樱伏在桌子上，好半天一声不响。李春梅拽了拽她的衣服，想带她赶紧离开医务室，省得被厂医教训个没完。这个厂医是个上了年纪的妇人，心地善良，但脾气不太好，经常是帮生病了或者受伤了的工人解决问题后，就开始长时间地进行安全生产教育工作。

林小樱依然伏在桌子上没抬头。这时，车间主任赵建新闻讯之后，匆匆忙忙地跑到医务室。他一进门，看了一眼趴在桌子上的林小樱，马上询问厂医林小樱的伤情：

"怎样了？怎样了？"

"针头扎破了小血管，打了破伤风，应该没事了。"

厂医回答了赵建新的问题之后，又对着林小樱说：

"先观察一下，如果血还是止不住，就得上医院了。"

此时，一直伏在桌上的林小樱慢慢抬起头来。多日以来的惶恐不安，让她的心理接近崩溃的边缘，加上手指突然受伤之后的流血，使她短暂地失去了意识。林小樱好像是睡了一觉一样，醒来的时候，恍惚之间听见厂医在嚷嚷，却不知道厂医在说什么。林小樱脸色白得发青，额头上湿漉漉的全是汗，她茫然地看了看四周，这才想起自己是在医务室。

赵建新看着林小樱惨白的脸，对厂医说："我去厂部要辆车，她这样自己回不了家。"又转过身对李春梅说，"你在这看着她，我去要车。"说完转身离开医务室。

厂医接着刚才的话，叮嘱林小樱：

"好好休息，别吃辣椒，每天按我写的方法换药。"

大约十来分钟之后，赵建新从一辆小型货车的驾驶室里跳下来，他让李春梅将林小樱扶上驾驶室坐好，然后对李春梅说："你回去上班吧，我送她回家。"

李春梅连忙答应，将装着厂医开的药膏、纱布、胶布的塑料袋递到林小樱手上，对她说：

"记着每天换药啊！"

然后闪在一边，看着赵主任坐上驾驶室，亲自护送林小樱回家。

将林小樱送到家之后，赵建新告诉她，她这是工伤，先好好观察，要是没事就好好养着，别担心厂里的活儿，安心休息就是了。

林小樱感激地说："谢谢赵主任，我好了就去上班。"

赵建新这才放心地离开。

林小樱的母亲站在门口看着赵建新远去的身影，有些感慨地说：

"他还记着你爸当年对他的好呢，真是个好人。"

"是啊，在厂里，他总是对我很照顾的。"

二

在家养伤的几天里，林小樱心里琢磨着的就一件事，她要去上海做手术。

她又给陈一楠写了一封信，提出到上海做手术的请求。她害怕自己未婚先孕的事情被邻里和同学、同事们知道。她想，要是那样，自己不像魏叔女儿魏大红那样疯掉，也会被吐沫星子淹死，再没脸活在这个世界上了。

林小樱以为，陈一楠一定会答应她的这个要求，因为，即使不说是他犯下的错，这也是他们两个人的事情。再说，他们一直是深爱着对方的，谈恋爱的那三年里，只要是林小樱上夜班，无论是刮风下雨，还是酷暑寒冬，陈一楠没有一天不去接林小樱回家的。单单就这一件事，这世上又有几个男人做得到？这也是让林小樱最受感动的一件事，因为自从那以后，她就再也不用担心回家的路上会遇上坏人了。每当她下夜班的时候，看见站在马路对面的陈一楠，她的心里都会油然生出一股幸福的感觉。她觉得，自己虽然早早就没了父亲能给她的依赖感和安全感，但是，她遇到了一个如此爱她的男人，她相信，陈一楠就是上天为她特地安排的那个人。

林小樱记得，有一年冬天，燕江城遇到百年不遇的大雪天，一连下了一个星期的雪，为了防滑，路上跑着的汽车轮子上都带上了重重的铁链子。陈一楠没办法骑车，就坐着公交车来接林小樱。因为无法正好赶上下班那个点，他就早早地到厂门口，在风里，在雪中，一边来回踱步，温暖自己的身体，一边安静地等候下夜班的林小樱。因为公交车回家的站点离安平院还有一里地，而这一里地里有一多半是深长的巷道，往年曾发生过多起抢劫强奸之类的恶性事件。

有几次，林小樱实在不忍心让他跟着自己一起风里雨里的受罪，就让他别接了，说自己已经是老青年了，啥也不害怕。陈一楠就打趣地说：坏人就喜欢你这样的老青年。

如果没有爱，他怎么会担心她发生意外呢？如果没有感情，他又怎么能够做到接送自己呢？在林小樱心里，倘若当年把自己的雨伞让给她是出于怜悯，那现在这样的呵护和关心，就是爱情，她对此是深信不疑的。

其实，在这一点上，不只林小樱确信陈一楠对她感情至深，连她的母亲也确信，陈一楠是很爱小樱的。林小樱母亲甚至觉得，自己这么好的女儿，这么漂亮的女儿，陈一楠喜欢她，爱她，那是再正常不过的事情了。

林小樱没有想到的是，信发出后的第四天，就收到了回信，陈一楠同样是一天都没耽搁地写了回信。他在信中是这样说的：

亲爱的小樱：

很抱歉你来上海的时候我没有在。

时间真快，转眼间我来上海生活已经好几个月了，我来到这里之后才明白，原来，除了我们原先的世界外，还有更大的世界。这里是我今后要生活的地方，也是你今后要生活的地方，我们今天的一切努力和忍耐，都是为了将来的生活，我们需要重新开始。

据说堕胎并不复杂，只是一个小小的手术，在燕江做完全不会有危险，这是我的建议。当然，最后还是由你自己决定。

你的楠

称呼又变回到了从前，但是林小樱还是感觉到一种说不出来的距离感和隔膜。

是自己太敏感了吗？猜忌心太重了吗？

林小樱仔细琢磨这封信里每一个字后面的含义，最后得出结论，陈一楠并非想要离她而去，并且他还在有意识地引导她，让她对未来的生活充满希望。

上海，父亲的故乡，父亲却不愿提及它，这是为什么？父亲在那里经历过什么？他的家人和他的生活究竟是什么样的一个情形？

随着林小樱的长大，这些疑问在林小樱的心里变得越来越清晰，也越来越凝重。那座城市，对她来说完全是陌生的，可是，因为父亲的缘故，一根看不见的链条，早就将林小樱的心和它连接在了一起，让她对它充满了想要探究的欲望。而她爱的人，现在就在那里，在那里生活，在那里开始了他新的人生旅程。于是，这座城市就这样渐渐变成了一个幻境，既遥远又真实，既可以看见，又无法企及。

原先，上海像是一块看不见的磁石，隐秘地吸引着她。现在，上海已经成为她的渴望之地，成为她生活的方向。这种渴望和方向，突然之间变成了一股力量，这股力量已经足以支撑她面对眼下所有的痛苦和困扰。

林小樱决定，听陈一楠的话，就在燕江做手术，然后，等他大学毕业。

第二天一早，林小樱在母亲的帮助下，给受伤的手指换了药。

"妈，你说，你喜欢我爸啥？"

母亲愣了一下，心想："小樱怎么想起问这个？"

为了避免伤心，母女俩多年来已经形成了一种默契，彼此都不提她们深爱的那个男人。

"你爸帅，又有才，好多女人喜欢他。"

"好多女人是什么样的女人？"

"什么样的都有。"

"说说嘛！"

"有厂里的，也有厂外面的。以前有个市委书记的女儿，跟你爸在宣传队认识的，好像是个跳舞的，一直追你爸。厂里的就更多了。"

"长得都没你好看吧？"

林小樱故意这么说。她小时候从父母的谈话间知道，有个做会计的阿姨曾经追求过父亲，她上班之后还特地去会计室看过那个阿姨，长得比妈妈好看。

"才不是呢！有的比我长得好看，工作又比我好。"

"那，我爸怎么跟你结婚了？"

"那些女人是喜欢你爸，可是一知道你爸的出身不好，就不干了，有的是家里不同意，拗不过，就都退缩回去了。"

"那你为啥不退缩回去？"

林小樱知道，外公外婆当年也是反对父母这门婚事的。

"我就是个死心眼，一条道走到黑。反正我又不想干什么大事，找个自己喜欢的人，两个人在一起好好地过一辈子，不好吗？"

林小樱的外公外婆都是根红苗正的工人阶级出身，自从女儿和一个家庭成分不好的男人恋爱，就开始陷入惶恐不安的状态。他们每天轮流劝说自己的女儿，使出浑身的解数让女儿与对象断绝关系，可是没有用。后来，他们就找到林小樱的父亲，请他不要害了他们女儿这一辈子，因为在那个年代，和一个成分不好的人结婚，无异于斩断自己成长发展的道路。

林小樱父亲之前已经经历了好几次这样的事情，巨大的压抑感和自卑感让这个男人早已心灰意冷。他告诉两位长辈，自己已经决定独身，不会再和女人来往了。

可是，林小樱母亲不愿意结束自己的爱情，她依然每天为他做饭、洗衣、整理房间。慢慢地，天长日久的关心，还是打动了这个孤独的上海男人，尽管他和这个女人并没有多少共同的语言，但是，当他发现没有什么能够阻碍这个女人爱他的时候，他就果断地和她结了婚。

"这点我随你。"

　　林小樱觉得自己对一件事情一旦认定，便很难改变的个性，是传承了母亲的性格。

　　"是啊，我也知道，你跟我一样，就是个傻子。"

　　母亲忧虑地问："孩子的事，你准备怎么办？"

　　"明天去医院。"

　　"唉！"

　　母亲叹息了一声，回了自己的房间。

　　林小樱一边收拾东西，一边想到自己肚子里有一个鲜活的生命，而她，明天就要去医院将他毁灭掉，不禁一阵揪心地难过，眼泪也不由自主地掉了下来。

　　第二天一早，林小樱来到了妇幼保健院。

　　当班医生还是那个中年女医生。她听说林小樱想要打掉这个孩子，脸色立刻变得严峻了起来。

　　"你结婚多久了？"女医生声音温和地问。

　　林小樱没有直接回答这个问题，而是低声说道：

　　"我现在不能要这个孩子，你可以帮我做手术吗？"

　　女医生的声音立刻高了好几度，说：

　　"你怎么回事？是不是没结婚就怀孕了？"

　　林小樱没吱声，有些羞愧地低下了头。

　　女医生有一双眼白很多的大眼睛，此时，她的大眼睛带着愠怒，死死地盯着林小樱，语气严厉地说道：

　　"不是我说你，你年纪轻轻的，也太不爱惜自己了，你只知道一时快活，不知道这对身体伤害有多大吗？"

　　林小樱还是低着头，不敢看女医生的眼睛。

　　"你男朋友呢？他怎么不陪你来？"

林小樱皱了皱眉，有些无奈地说：

"他在外地，来不了。"

女医生看着林小樱这样一副无可奈何的神情，心里不禁又生出一丝同情，未婚先孕想要堕胎的女孩子她见得太多了，但是，像林小樱这样长得文静好看，又是一个人来医院的，其实并不多。

"你让他从外地回来，两人一起来医院，不然手术中万一出了什么问题，你家里得有人在，这是医院的规定。"

女医生的声音突然又温和了起来，但是一字一顿，语气坚决，不容辩驳。她说完这话，便不再搭理林小樱，转身对身边的护士说：

"下一个。"

一个衣衫破旧的农村妇女从门外怯怯地走进来，她的丈夫跟着妻子进了房间。

林小樱只好起身离开，听见身后传来女医生的声音：

"回去跟他商量一下，到底怎么办，赶快做决定。"

林小樱嘴里"嗯"了一声，没敢回头，快步离开了医院。

在回家的路上，林小樱决定，她要乘着这几天工伤的假期，去上海找陈一楠。

三

第二天一早，林小樱赶到火车站，登上了去上海的列车。

因为有了上一次来上海找陈一楠的经历，这一次，林小樱按照记忆里走过的道路和乘坐过的汽车，顺利地找到陈一楠的寝室。

那会儿，黄昏将至，学生们已经下课回到寝室。她敲了几下门，门开了，还是那个小平头，他看了看林小樱，马上反应过来：

"哦，你是找陈一楠的吧？"

林小樱对他笑着说："是的。"

"他和他女朋友去看电影了，刚走没一会儿。"

小平头说完把房门全部拉开，说："你要不要进来坐一下？他估计要很晚才回来的。"

林小樱听小平头这么一说，呆呆地立在门口，好久没有回过神来。

寝室里，两个戴眼镜的男生正躺在各自的床上，伸着头静静地看着她。

"不了，不了，我还是过会儿再来吧。"

林小樱弯腰向小平头鞠了一下躬，转身离开。她听见寝室里传来那几个男生的谈话声：

"陈一楠这小子真有艳福啊！"

"是啊。"

"这个好像是他老家的，是他老乡。"林小樱听得出，这是小平头的声音。

"他老家？他老家哪里的？"

"不知道。"

"他不是上海人吗？"

"……"

林小樱这时才明白，陈一楠不让她到上海做手术的原因。原来，所有人都认为陈一楠是上海人，说明他压根就没想让人知道他是燕江人，他心里真正想的是，他要斩断从前，一切重新开始。并且，他现在居然有了新的女朋友。

悲愤从心底里突然涌出，林小樱觉得自己的血液全部聚集到了头顶，她感到头重脚轻，两只脚像是踩着棉花一样地穿过男生寝室深长而幽暗的走廊。

刚出学校大门，她的眼泪忍不住又流了出来。她太难过了。尽管之前一直很担心，生怕陈一楠命运发生变化之后会变心，但其实，她的心底里是不相信这件事真的会发生的。她觉得，他们在同一个院子里出生，从小就是邻居加同学，看着彼此长大，这种被称为"青梅竹马"的关系，难道是那么容易就破裂的吗？在她的认知里，即使是养只小猫小狗，时间一长，也难以割舍，何况人呢？动物如此，人比动物高级多了，怎么可能对自己爱的人那么狠心，说不要就不要了呢？那些爱得失魂落魄的日子，耳鬓厮磨的记忆，还有那些关于永远相爱的承诺，难道只是为了表演或欺骗吗？不，她不确定陈一楠是否真的会永远爱她，但她可以确定的是，自己会永远爱陈一楠，即使他上不了大学，没有工作，一无所有，沦落街头，她也绝对不会抛弃他，因为他们是彼此相爱的人，相爱的人，不就是应该平凡岁月里互相陪伴，困境之中彼此支撑的吗？

然而，小平头刚才的那句话，犹如一把刀子，一下戳到了她的心底，她觉得痛，痛得难以忍受。

只是，她还是心存疑惑，难以确定。她想，那些男生连他是哪里人都搞不清楚，说明他们并不真正了解陈一楠。小平头说的女朋友，可能就是个误会，他们也许只是一般的同学，而不是什么男女朋友关系。

种种念头和揣测在林小樱的头脑里乱撞，让她的心中像是被塞满了无数块沉沉的石头，那些石头仿佛是从心底快速地往上堆起来，一下就堵到了嗓子眼，她的身体也感觉被这石头压得越来越往下沉。

林小樱在心里做了一个决定，无论如何，这一次，她一定要见到陈一楠，一定要眼见为实，才能确定到底发生了什么事。

暮色苍茫，宽阔的大街上路灯齐刷刷地亮了起来。公交车穿梭不停，下班的人们，有的骑着自行车像鱼群一样顺流而行，有的步履匆忙行走在人行道上。这景象和燕江的街景有几分相似，只是上海的马路比燕江的马路要宽阔得多，人群也庞杂得多。

林小樱抬头看了看天，殷红的太阳正快速地沉没于一片橙黄色的晚霞中，她突然想起了上次和石北海一起在上海找陈一楠的情景，想起了那个由防空洞改造而成的地下室旅馆。

她按照上次跟着石北海找旅馆的记忆，找到了旅馆。

柜台前站着的还是那个年轻姑娘。

因为离上次来这里的时间不长，林小樱以为姑娘会记得她，便冲着她微笑了一下，但那姑娘并没有认出她来，只是平淡地对她说：

"介绍信。"

林小樱说："我不久前刚来过，你还记得那个高高瘦瘦的男人，我哥石北海吗？"

姑娘摇摇头，想不起来石北海是谁。林小樱没有介绍信，只能跟她低声下气地说：

"我就住一晚，明早就走。"

"不行的，没介绍信不能住的。"姑娘面无表情地看着林小樱说。

林小樱望着姑娘冷漠的脸，知道说好话也是没有用的，只好无奈地离开了防空洞。她原本想先登记住店，再去学校等陈一楠。现在，旅店是住不成了，她只能在学校大门还没有关闭的时候先潜进学校，否则等大门关闭，只留小门进出的时候，学校就不再允许外人进出了，那她就进不了学校了。

天已经一片黑暗，林小樱跟着进出的学生进了学校之后，便在校园附近茫然地徘徊。

一天的奔波，让她的身体很快就有些支撑不住。她走到陈一楠寝室楼旁的一个灌木丛边，在暗淡的路灯照射下，她看到一扇紧闭的铁门。那个铁门的前面有一个台阶，她走了过去，在台阶上坐下。那个位置，正好可以看见进出寝室大楼的人。

起风了，天开始变冷，林小樱在寒风中等待着陈一楠的出现。

直到晚上十一点钟左右，林小樱看到一个瘦长的身影从她眼前闪过，她立刻认出这是陈一楠，于是脱口叫了一声：

"一楠。"

那个身影应声停下，转身向四处张望。林小樱确定了这个人正是陈一楠，赶紧起身走了过去。

当陈一楠在微暗的光线里看到林小樱的时候，不由自主地转身跑了起来，他以为自己看到了鬼。

但是，他很快就停止了脚步，从走廊里又走了出来。

"是你吗?"陈一楠问。

"是我。"

“你来学校干什么啊？”

陈一楠走到林小樱身边，声音很低，但带着一丝愠怒。

“我有事找你。”

“走，出去说。”

陈一楠在前面飞快地走，林小樱小跑着跟着他，很快出了学校。

四

在街道右侧的一个弄堂口，陈一楠停了下来。他走到一座高大房屋的下面，后背往房子的墙上一靠，整个身体抵在墙上，两只脚微微向前伸着，他看着林小樱，问道：

“做掉了吗？”

林小樱没想到他们长时间没见，陈一楠最关心的，竟是这个，她的眼泪一下就涌了出来。也许是因为到了陈一楠的身边，平日里积攒的委屈一下爆发了出来，她越哭越伤心，声音也越来越大，陈一楠伸手把她拉到怀里，又转身把她推到墙上，然后一只手撑着墙面，一只手开始抚摸她的头，一直等到她的哭泣停止。

“你是不是有女朋友了？”林小樱抽泣着问道。

“你说什么呢？”

“我去你寝室的时候，你们同学说你和你女朋友一起看电影去了，是真的吗？你是不是真的和别人在一起了？”

林小樱的声音不由自主地大了起来，她觉得自己快要崩溃了，她在等待陈一楠的回答，可是，她又怕他回答，她怕他会说出"是的"两个字。

其实，陈一楠从看到林小樱的那一刻起，就知道她已经见过他寝室里的同学了。上次她来上海找他的事，他那位小平头同学，在他回学校的当天就告诉了他。当他追问林小樱都说了些什么的时候，小平头说什么也没说，就说是你老家的。所以，他知道林小樱对他什么也不知道。现在，有人告诉她他和女朋友看电影，他决定矢口否认，因为，让林小樱尽快打掉肚子里的孩子，才是当前最重要的事情。

"你别听他们瞎说，这些人说话就这样，没正经的，你还当真了？"

陈一楠说完之后，又补了一句"怎么可能啊"。

林小樱不相信，问他：

"那个女的是谁？"

"是我们学生会的主席，我是副主席。你知道吗？我们在排一个剧，莎士比亚的剧。"陈一楠回答。

林小樱听他这么一说，心情稍稍平静了一些，说：

"你不会真的要甩掉我吧？"

陈一楠听到这话，直直地盯着林小樱，然后说：

"你当我是当代陈世美啊？我不是啊，我是陈一楠，不是陈世美。"

林小樱父亲在的时候，经常会给她和母亲说一些中国传统文学里的段子，比如《儒林外史》里的"范进中举"，《三国演义》里的"桃园结义"和"包青天"之类的故事。

有一次，院子里传来陈一楠母亲如泣如诉的声音：

"携儿带女赴京城，万水千山苦难尽．可恨郎君贪富贵，不念夫妻骨肉情。"

父亲告诉她和母亲，这是《铡美案》里秦香莲唱的词，然后，他又跟她们说了陈世美和秦香莲的故事。

林小樱心想，陈世美和秦香莲是夫妻，陈一楠能拿这两人的关系说事，看来是没把自己当外人的，她的心里瞬时生出一丝喜悦，喃喃地说道：

"你知道我一个人有多难熬吗？"

陈一楠一副感同身受的样子说道："我也是啊。"

这时，夜已经很深，一个瘦弱的老人推着一辆摊车在他们两人的附近停了下来。老人将摊车上的物件一件件摆好，在炉子上放上铁锅，又从一个很大的暖瓶里向锅里倒水，然后，从车上搬下一个小凳子，开始坐在摊车前包馄饨。

又累又饿的林小樱，这时才想起，自己从中午一直到现在都没吃饭。她低声说：

"我好饿。"

陈一楠一听这话，知道她没吃晚饭，立刻转身去到摊车前。过了一会，他端来一碗馄饨，说：

"赶紧吃了吧。"

一股浓烈的葱香味和胡椒味扑面而来，很久以来一直没什么食欲的林小樱，感到蛰伏在她体内的馋虫突然爬了出来，她很快吃了这碗馄饨，心也渐渐平静了下来。

陈一楠接过她手里的空碗，送回给老人，然后转身回到林小樱身旁，拉着她离开了弄堂口。他们走到一个商店的台阶前停下，两个人坐了下来，陈一楠问：

"是发生了什么事吗?"

"没什么,就是医院非得要你陪着才给做手术。我没办法,我不知道这事能找谁,只好来找你。"

林小樱抬起左手,伸到陈一楠眼前:"这不,上个星期手给伤着了,正休假呢。"

陈一楠这才借着路灯微暗的光线,看到她的左手食指被纱布包扎着,忙问:

"怎么了呢?"

"干活的时候走神了,扎了手,说是扎破了血管,流了好多的血,厂里说,这个是工伤,让我在家休息呢。"

"唉!"

陈一楠一副心疼的样子,叹了口气。

"医生说,非得有男的陪着,你说咋办?"林小樱问。

陈一楠沉默了一下,口气坚定地说:

"明天我不上课了,就在上海做,我陪你。"

林小樱没想到陈一楠这么爽快就答应了让她在上海做手术,而且还主动说要陪着她,不觉心中掠过一丝喜悦,便说:

"不做掉好吗?你好好读书,我一个人可以把他养大的。等你毕业了,你再把我们接来,好不好?"

"我当然是要把你接过来的。只是……"

"只是什么?"

"只是如果我现在就有小孩了,可能会影响将来毕业分配工作的。"

"那我们结婚吧。"

林小樱鼓足勇气说出了这句话,这句话是她压在心里一直没敢说的话，她怕陈一楠觉得这是她借怀孕的事情来要挟他，她不希望陈一楠对她有误会。她知道，如果这时候他们之间有了误会，那他们的关系就会蒙上一层阴影，这层阴影不会对他们感情有任何的好处，只会让他们的关系更加脆弱。因此，即使在她最难受的时候，她也从来没有跟陈一楠提过"结婚"这个词。

陈一楠低下头，伸出右手在后脑上拍了几下。然后，他将右手叉在腰间，歪着头看着林小樱说：

"你以为我不想结婚吗？我恨不得你现在就是我老婆。可是……"

他停顿了一下，又低下头。林小樱问：

"可是什么？"

陈一楠说："可是现在还不能结婚，我们不能只看眼前，要有长远的打算，得有一点耐心。你知道吗？一个成了家，有孩子的学生，和没有成家的学生，是完全不一样的。"

林小樱听不懂他说的"不一样"是什么意思，她想追问有什么不一样的，但是她忍住了，她没有吭声。

陈一楠接着说道：

"你在工厂相对简单一些，原来在燕江不觉得，到了这里才发现，天外有天，这里的世界太大了，社会太复杂了，以后我会慢慢跟你说的。"

林小樱"嗯"了一声，没再说什么。

林小樱觉得，陈一楠虽然是在这里的大学读书，可是这里，对他毕竟是一个陌生的世界。从父亲偶尔提到上海时的记忆里，和她这两次来上海的感受，她的确觉得上海这个城市真的是太大了。她也的确可以体会到这种大都市的繁盛和复杂。她想，陈一楠在这样的城市如果想有好的前程，一定是非常不容易的一件事，于是，她觉得自己应该体谅他，尊重他的选择。

"现在我们休息一会儿吧，我也累了，就在这休息一会儿。"陈一楠抬起手腕看了看表，已经是深夜两点五十了，"时间过得真快，过会儿天就亮了。"

陈一楠说完，将自己的外衣脱下来，他让林小樱站起来，然后将外衣叠成方形的垫子，让她坐下。等林小樱坐好了之后，他弯腰和她并排地坐着。他将两只手放在膝盖上，又将头埋在了两只胳膊里，像当年上学时趴在课桌上休息的样子，只是课桌换成了膝盖。他歪着头看着林小樱，说：

"睡一会吧。"

林小樱答应着，也照样做了。没一会儿，两个人就在寒风瑟瑟的初冬凌晨里，睡着了。

五

第二天，他们从虹口区坐了四十分钟的公交车，来到一家医院。

陈一楠忙着挂号，付款，一切都很顺利。一个头发已经花白的老医生，给林小樱做了好几项检查后，操着一口上海方言说：

"侬决定做了吗？怎么不早做？老可惜了。侬再想一想，是不是要做掉，好伐？"

林小樱完全听不懂她在说什么，忙喊陈一楠进房间。医生又对着陈一楠将刚才的话说了一遍之后，看着陈一楠又问了一句：

"是不是决定要做？"

陈一楠说："是的，现在就做吧。"

林小樱听不懂医生的话，但是她听懂了陈一楠的话。陈一楠那双忧郁好看的眼睛，此刻正透出急切而坚定的眼神。

医生放慢了语速，对陈一楠说："侬知道伐，已经有胎心音了，第一胎啊，要做掉伐？太可惜了呀！"林小樱听到了胎心音这个词。

陈一楠回答："医生，做吧。"

"胎心音是什么？"林小樱插话道。

医生听见林小樱说话，便改用普通话说：

"胎心音，就是小孩子的心跳声。听到胎心音，说明你这个是活胎，胎儿很正常的。"

林小樱听见这话，下意识地摸了摸自己的小腹。腹部依然平坦并无异样。可是，就在这一刻，她意识到了自己腹中胎儿已经有了心跳，有心跳，就意味着已经是个活生生的生命了。

"医生，我们已经决定了，做手术吧。"陈一楠说。

医生对陈一楠说："好吧，那你到外头去。"

然后，医生让林小樱起来，领着她进了隔壁的一个房间。

这是一个只有几个平方米的小房间，里面放着一张妇科专用的手术床，床边放着一些消过毒的手术器械，一块白布严实地覆盖在上面。

林小樱呆呆地看着那张手术床，脑子却在飞速地旋转，她想：

这是我的小孩，我身上的肉，他的心在跳动，他是活的，如果我现在把他做掉，就等于是我亲手杀了他。而且，这是陈一楠的孩子，我爱一楠，这也是一楠的骨肉，为什么我不能把他生下来，好好把他养大成人呢？

医生开始在旁边的水槽里洗手，准备消毒，她对林小樱说：

"裤子脱掉，全脱了，然后躺下。"

林小樱呆在那里，好像没听见医生的话。

医生回头看了看她，又说：

"放松点，别紧张。"

就在医生说这话的时候，林小樱决定，不做手术了。

"我不做了，医生。"林小樱说完就转身走出房间，然后径直跑出走廊。

坐在走廊上等待林小樱做手术的陈一楠，看见林小樱这么快就跑了出来，知道她一定是改变了主意。

"怎么了？"他跟着林小樱跑出来，一把拉住她的胳膊，问道。

"我不想做了。"

"为什么？"

"就是不想做了。"

"你，你是想为难我，对吗？"陈一楠睁大了眼睛，一字一顿地说道。

"我就是不想为难你，才去了好几次医院，我不想为难你，但是……"

"但是什么？"陈一楠问。

林小樱开始哭泣，她难过得说不出话。

"你要是不想为难我，就去做了，好吗？"

陈一楠左手拿着林小樱的帆布包，抬起右手揪住自己的头发，恼怒地说：

"你知道吗？即使，即使我们现在结婚，我也没有能力把你调到上海来，你如果现在把孩子生下来，就只能你一个人带大他，你觉得你可以吗？你妈那病恹恹的样子，你还要上班，你照顾得了两个人吗？还有，我现在是没有工资的，我还在靠我爸妈养着，你那点工资能养活孩子吗？"

陈一楠说的这些，林小樱已经想过了很多次。她为自己冲动之下犯下的错误感到后悔，所以，一直以来在她的内心深处，她是既想留下这个孩子，又想要做掉这个孩子的，仿佛这个孩子没有了之后，她的错误和烦恼也会随之消失了一般。可是，就在那位老医生说出"胎心音"三个字的那一刻，她的心理突然发生了变化，她现在已经下了决心，不再想着做手术的事情，她要生下这个孩子。

她停止了哭泣，稍稍平稳了一下自己的心情，然后，她对陈一楠说道：

"让我把他生下来吧，我自己能养活他的。"

"别这样好吗？听我一次，别这样好吗？"

陈一楠的声音近似哀求，他那双浓密平顺的眉毛，此刻变成了一个八字的形状，他忧郁的眼神，此刻也变得混沌而可怜兮兮。

"你好好上你的学吧，不要管我了。"

林小樱说完这话，从陈一楠手里拿过自己的那个黄色帆布包，将包挎在右肩上，说：

"我回去了。"然后独自离去。

陈一楠站在原地，一动不动地看着她渐行渐远，心中的无奈，变成了一腔怒火。他看着林小樱的背影，消失在人头攒动的人群里。他不知道她要去哪，是坐火车还是坐轮船，不过，他也不想知道。

第四章

一

　　转眼到了十二月，燕江城里的居民又开始了每年都会做的一件事——腌白菜。

　　菜市场里排队买大白菜的人像一条黑色的长龙，弯弯曲曲地一直延伸到马路狭窄的人行道上。人们买回大量的白菜，放在一口粗制的大缸里腌制起来，这样腌制的咸菜，能使人们不会因没有多余的钱买菜而犯难了。即使是最难以下咽的粗粮杂面，只要有口咸菜就着，也能吃下去。那年头，有些家庭一年到头都在吃咸菜，从早饭吃到晚饭，从年头吃到年尾，所以每到冬季这个时候，一个家庭腌制大白菜这件事本身，也似乎成了一个仪式，大人们光着脚丫子在撒了盐的大白菜上不停地踩，小孩子看着大人的样子也会觉得很好玩儿，从父亲离世后，这个活儿成了林小樱每年必做的事情。

　　但是今年，林小樱肚子里的孩子已经四个多月了，她母亲无论如何也不想让林小樱再光着脚在冰冷的白菜上踩来踩去，这是一定会落下病根的。

这天，母女俩正在说着腌白菜的事情，一个男人的声音从外面传进家里。

"请问，林小樱家住在哪里？"

林小樱仔细一听，是石北海的声音，便连忙走出家门，一看，真的是石北海，他正推着自行车，探着身子问路呢。

林小樱惊喜地喊道："石大哥，石大哥，在这呢。"

石北海转过头来看到林小樱站在那里，咧开嘴笑了起来，微黑的皮肤衬着一排雪白整齐的牙齿，显得整个人又干净又带着一股子英气。

在林小樱的家门口，他停好自行车，将车上放着的一堆东西拿了下来，递给林小樱：

"都是些好吃的，我妈做的，让我给送过来。"

林小樱说："哪能总让她老人家受累啊，太不好意思了。"

"没事儿，没事儿，反正每年总要做一些的，就是多做点而已，她老是念叨你呢。"

进了家门，林小樱向母亲介绍石北海：

"妈，这就是石大哥，我跟你说过的，还记得吗？"

石北海走上前去，叫了一声"伯母"，恭敬地站着。林小樱母亲一看，眼前这位青年看上去不仅高大健壮，而且也很实在，心里非常喜欢，连声说："快坐下，快坐下，"又对林小樱说，"小樱，去给大哥泡杯茶。"

"伯母，您养了一个好女儿啊。"石北海说。

母亲嘴上说着"哪里哪里"，心里却很高兴，她对石北海说："女孩子家，心太善了，我就担心她受人欺负，有你这样一位大哥，也给她壮壮胆儿了。"

三个人说着话，不知怎的就说到了腌白菜的事了。

"家里没个男人，事事都有难处，小樱还吵着要腌白菜呢，我看不行。"

石北海一听这话，赶紧接过话茬：

"这个事交给我，星期天我来办。"

林小樱说："不行不行。"

她母亲也说："那怎么好意思啊。"

"没事儿的，我家都腌好了，我妈说我脚汗大，腌的咸菜好吃，不会烂。"

在石北海的一再坚持下，这件事就这样定了下来。

星期天一大早，石北海骑着从单位借来的三轮车来到了林小樱的家，又载着林小樱一起将白菜买回家，帮着林小樱把菜洗干净，挂在了用来晾衣服的铁丝上，说等菜晾干之后再过来。

两天之后，下了班的石北海来到了林小樱家帮着腌菜。

那天很冷，从下午开始就刮起了大风。外面，北风簌簌；屋里，林小樱将炉子烧得红红的放在堂屋中央，所以整个屋子很是温暖。只见石北海高大的身躯站在靠墙放着的大缸里，一脚一脚用心地踩着，还和林小樱母亲说着话。他用心做事的样子，让林小樱的母亲很感动。林小樱母亲在心里想着，这真是一个很好的男人，高高大大的，面目和善，长得也很清朗，如果这男人是自己的女婿，那该有多好啊。

三个人正在忙着腌菜的事，突然，屋子外面传来一阵鸽子的叫声，这声音不似平时那样平和有节奏，而是一阵阵短促而混乱的"咕咕"声。

石北海正站在靠窗放着的大缸里一脚一脚地踩着白菜，听见这声音便循声看去。透过窗户玻璃，只见一群鸽子惊恐地从对面的楼上往外飞，一片红彤彤的光影将对面的楼台照得通亮。

"坏了，失火了。"

石北海不由自主地大声说着，一边从大缸里跳了出来。

"我过去看看。"还没等林小樱和母亲反应过来，石北海穿上鞋子就冲出了屋子。

石北海一出屋子，就高声地喊叫："失火了，失火了，快救火。"然后朝着火光升腾的方位奔过去。等他找到楼梯通道，从窄窄的木制楼梯上找到火源，院子里的人已经被他的叫喊声惊动了。一些邻居朝着火源的方向跑过去，林小樱这时看见了，火光亮起的地方，正是魏叔的家。

当石北海撞开失火房间的房门时，只见一个男人躺在地上，靠墙放着的火炉，连着床上的被褥，和杂乱堆放在椅子上的衣物正在燃烧，屋外养着鸽子的那扇窗棂已经被烧着了。

那时的建筑物，不像现在，普遍配有基本的防火设备。整个安平院，没有任何防火的器具。石北海心想，这种砖木结构的房子要是烧起来的话，就会连成片地烧。他赶紧对着冲上楼来的几个人大声喊道：

"水缸在哪里？快弄点水上来。"

他自己抓起已经烧到一半的被褥用另一边死死地捂住火苗，等扑灭了火焰之后，又用它去扑灭另一些火焰。这时，两个男人提着装满水的桶，奋力地往燃着火苗的物件上泼水。

"电闸在哪里，赶紧关掉电闸。"

石北海回头对着门外站着的一个邻居喊道。不一会儿，有人关掉了电闸，整个院子，除了魏叔家里火苗的光亮，一片黑暗。

林小樱因为自己有身孕，先前并未跟着石北海过去救火，可是，猛然间，她想到魏叔家隔壁就是陈一楠的家，那墙不是砖头水泥砌成的，而是石灰和着木材制成的墙壁，如果大火真的烧了起来，会很快就烧到一楠家，然后是整个建筑。林小樱脑子里立刻闪过陈一楠放在屋角书架上的一堆画稿和沙发等东西，全是极易燃烧的物品。她想，万一这火烧到陈一楠家里怎么办？

"不行，我得去看看。"

她这么想着，便不顾一切地从家里冲了出去。

此时，全院里的人都被魏叔家的火惊飞了魂魄。男人们拎着水桶往楼上跑，女人和老人们站在院子的空地上观察着火势的发展。徐妈不久前刚当上居委会主任，她穿着一件黑色的斜襟大棉袄，一边自言自语地说着"赶紧打电话，赶紧找消防队"，一边迈着小碎步，一路小跑地出了院子的大门，她要去离安平院一百多米远的居委会，给市里的消防队打电话灭火。

黑暗中，通往魏叔家狭窄的木质楼梯上，拎着满桶水上楼的，和拎着空桶下楼的邻居上下飞奔着，林小樱也夹在人流里不顾一切地往楼上挤。当她爬到一半的时候，一个提着空桶的男人快速地冲下楼梯，黑暗中，他没有感觉到林小樱的存在，直到林小樱被他的身躯重重地撞倒之后，听见林小樱"啊"地叫一声，又"咚咚"几声滚下了楼梯，这个男人才知道自己撞着了上楼梯的人。他愣了一下，看看地上的人，当他看到那个人从地上爬起来又开始爬楼梯的时候，他才放心地离开。

林小樱被撞倒时，只是本能地"啊"了一声。当她倒地之后，除了觉得头和身体被楼梯边沿撞击得很痛之外，并没有感觉到其他的不适。所以，她没有多想别的，只一心想要上楼，去看看陈一楠的家怎么样了，会不会被隔壁的火烧着了。

她上楼之后，看到人们都在魏叔家里救火，陈一楠家这边黑乎乎一片，显然火势并没有烧到这里，林小樱就站在门口，像个守护的卫士，看着火情，准备随时扑进去抢救陈一楠的画稿。黑暗中，她看着石北海和几个人的身影往火苗上浇水，看着一处处的火苗被他们浇灭，此时，石北海原本就很高大的身体，在她的眼里变得更加高大而有力。看着忙着救火的邻居，她清楚地意识到，如果不是石北海发现了魏叔家的火苗，如果不是他不顾一切地跑过来救火，这火要是烧起来，安平院不知道会烧成什么样子。

二

消防队的车开到院子门口时，魏叔家的火已经被石北海和邻居们扑灭了。

电灯重新亮起来的时候，石北海看见了躺在地上的魏叔。

还好，虽然一间大约二十平方米的房间已经烧着了三分之一的面积，却并没有烧到魏叔。只见魏叔双目紧闭，躺在地上一动不动。石北海赶紧弯腰蹲下，伸手摸了摸他的鼻子，感觉还有鼻息。他想起自己父亲病倒时就是这样的情形，便抬头对着刚刚一起救火的几个男人说：

"好像是脑溢血，赶快送医院去。"

刚刚在忙着救火的徐志伟用手擦了擦额头上的汗水，说：

"我去弄板车。"

徐志伟的两个姐姐高中毕业下了乡，他因为是老小留了城，进了市里的运输大队做搬运工，每天用板车运输煤炭砖头等货物。他的板车每天用完之后也不用交回运输队，而是被竖起来，靠在他家房屋外面拐角的墙壁上。

魏叔被石北海和徐志伟等人送到了医院，可是已经晚了，没能抢救过来，魏叔就在那天的凌晨四点钟，离开了人世。

这场火缘何而起，也只能成为一种推测。

所有的人都认为，是魏叔抽烟的时候发了病，身体跌倒时香烟正好掉在了椅子上，点燃了上面放着的衣物，火焰由这衣物慢慢连到旁边的物品升腾了起来。

那个夜晚，整个安平院的邻居是在一种惊恐之后，又满怀庆幸的心情中度过的。每个人都明白，这种砖木结构的房屋要是真烧起来，会是什么样的后果。邻居们都在庆幸，幸亏当时魏叔家的鸽子被惊起，幸亏石北海看到了惊恐飞起的鸽子。只是他们当时还不知道，那个人叫石北海，更不知道他为什么会出现在安平院。

天完全亮起来的时候，石北海和一同送魏叔去医院的几个青年回到了院子里。

石北海面容疲惫，但是脸上依然挂着微笑。林小樱看着他，心中的敬佩重又升起。林小樱母亲这时已经把石北海当作了自己家的人，她用瘦小的手掌拍打着石北海身上的灰尘，不断地啧啧夸赞道：

"多亏你看到哦，多亏你看到了。"

林小樱看着被感动的母亲和有些疲惫的石北海，心里不只是感激，还有了一种从没有过的感觉，这是一种让她感到既踏实又安全的感觉。

此时，天边已是朝霞漫天，一夜的折腾让石北海有些疲惫，他的眼睛里有了一点血丝，头发带着几片灰尘蓬乱着，右边的脸颊上也有几道黑黑的灰痕，但是他还记得腌菜缸里还没压石头，所以进屋就开始做自己的"工作"。

林小樱端来一盆热水，从衣柜里找出一条崭新的毛巾递给石北海，那是她获得"先进工作者"称号的时候，厂里奖励给她的奖品，她一直珍藏着舍不得用。

"石大哥，这毛巾是新的，洗洗脸吧。"她说。

"我得赶紧走了。"石北海说着就往门外墙边靠着的自行车走去，然后打开车锁。

"不行，吃了饭再走，上班还来得及，我这就给你做。"林小樱边说边去炉灶，给他弄吃的。

石北海连忙说："不用，不用，我厂门口有好几个早点摊，很方便的。"

"那也不行。"

林小樱母亲拉着石北海的胳膊将他牵到脸盆边，像守着小孩一样地守着他，看着他洗脸，生怕他一转身就走掉。石北海盛情难却，一边开始洗脸，一边和林小樱母亲说话。

"你妈还好吗？听小樱说你妈身体可健朗了。"

"是的呢，多亏了我妈身体还行，我这一天天的在厂里忙，家里我爸就靠我妈了。"

"你真不容易啊，你是个好孩子。"

"你家小樱才好呢，我妈经常念叨她，说她善良、好心。"

"是啊，小樱就是心肠好，人老实，可怜她从小没了爸，我这身体又不行，苦了她了。"

"没事，以后都会好的，您的身体很快也会好起来的，过去的事咱不去想它了，都过去了。以后我经常过来看望您，好不好?"

"好，好，好。"

林小樱母亲被石北海说得高兴了起来，连声答应着他。

他们正说话的时候，林小樱两手各端了一只碗，小心翼翼地从厨房出来。每只碗里有两个加了白糖的溏心蛋。她将两只碗分别放在石北海和母亲的面前，说:

"你们在说什么，这么高兴?"

林小樱看惯了母亲愁眉不展的样子，忽然看见妈妈满脸的笑意，不由得跟着欢喜了起来。在她的记忆里，母亲虽然算不上美人，可也是很精神很秀气的女人。父亲的早亡击碎了母亲的心，也带走了她的精气神，从那以后，林小樱就再也没有看见母亲精神焕发的样子了。

石北海没想到林小樱给他做的早饭是两颗鸡蛋，他接过林小樱递过来的碗，端在手上有点不知所措。那个年代，鸡蛋对任何一个家庭来说都是奢侈品，人们只在最尊贵的客人上门时，才舍得拿出来招待人，以显示自己对客人的尊敬和诚意。

石北海心想，林小樱肚子里的孩子越来越需要营养，可是她自己却舍不得吃。想到这，石北海将端在手上的碗放在了桌子上，然后一转身出了林家门，快速地推着车就要走。

母亲和林小樱两个人连忙过去想要拉住他，但石北海推说，突然想起厂里有急事，再耽搁下去就要误事了，坚决地推着车离开了她们的家。林小樱和母亲没办法，只能看着他骑上车，消失在安平院外。

"这孩子还是太见外了。"母亲有点失落地说。

林小樱心里明白，石北海一定是不忍心吃下这两个鸡蛋，才突然推说有事离开的，都已经耽误了那么长时间了，哪里还会在意这几分钟的时间呢？想到这里，她的心头掠过一丝感动，不由得感慨，这样的男人，若是哪个女人跟着他，肯定会很幸福的。

下午四点来钟的时候，林小樱下了班在家里准备晚上的食物，突然有人来敲门。林小樱打开门一看，是徐妈带着两个穿制服的警察站在家门口。

"小樱啊，这两位是派出所的民警刘同志和张同志，他们来问问昨天晚上的情况。"

没等林小樱请他们进屋，徐妈已经迈着小碎步跨过门槛进了屋，她也不等主人招呼，从方桌子底下拖出两把椅子，请刘同志和张同志坐下，自己拎起门口的小板凳放在两位警察同志的身旁，弯腰坐下来。

"听志伟说，昨天救火的年轻人是你的朋友？"徐妈先问道。

徐志伟昨天晚上跟石北海一起救火，又是一同将魏叔送到医院的几个年轻人中的一个。那几个年轻人发现是一个陌生人指挥着他们救火，还帮忙把他们的邻居送进医院抢救，觉得很疑惑，便在医生抢救魏叔的空当儿，打听了这个陌生人的来历。

石北海为了省事，就告诉他们自己是林小樱的朋友，说自己是在帮着林家腌白菜的时候，刚巧看到了惊飞起来的鸽子，发现了魏叔家窗户里窜出来的火苗，这才过去救的火。第二天一大早，居委会带着警察开始了关于火灾的调查工作，将院子里的邻居们通通问了个遍，最后，才来到了林小樱家里。

"你的那位朋友姓什么？叫什么？在哪里工作？"

林小樱紧张得说不出话，她母亲从里屋走了出来，接上了话茬。

"小樱，你照实说，老老实实地把事情说一遍。"

林小樱便将自己怎么认识的石北海，和石北海为什么来家里，又怎么发现了火苗，随即冲出去救火的事情，原原本本地说一遍。

听完林小樱的讲述，刘同志感动地说：

"真是一位有责任有担当的好同志啊！"

林小樱听了这句话，悬着的一颗心才放了下来，赞同地说道："是啊是啊，他一看到火苗，就奋不顾身地冲上了楼。"

"多亏了这位石同志，不然，后果不堪设想。"张同志说。

"是啊，他还果断地救了魏大爷，虽然很可惜人没救过来，可是救人的几个年轻人，精神可嘉啊！"刘同志感慨地说，"我们回去就把调查的情况上报，一定要好好表扬一下这样的好人好事。"

两位调查情况的民警走后，林小樱舒了一口气，她本来就为自己能认识石北海这样一位好朋友感到很幸运，现在，她又为自己能拥有这样一位朋友，感到骄傲和自豪。

第二天，院子大门口旁边的墙壁上，张贴了一张大红色的表扬信，信是用非常漂亮的毛笔字写成的，表扬了那天晚上参加救火的所有人，还特地点了石北海的名字，将他带领大家救火救人的事迹，做了一番描述和赞扬。表扬信还号召大家向这些做好事的人学习，学习他们的雷锋精神。

就在同一天里，另一张表扬石北海救火救人的表扬信，贴在了燕江木材厂大门口旁的墙壁上。

也就是那一天，有关石北海和林小樱谈恋爱的事，在整个安平院和燕江木材厂传开了。

当木材厂办公室主任向石北海传达了他受到表扬的消息时，办公室主任拍了拍他的肩膀说：

"咱们厂那么多女职工，怎么恋爱谈到服装厂去了？一定是天仙吧，哪天请我们喝酒，让我们瞅瞅啊！"

石北海说："不是的，你们搞错了，只不过是普通朋友，不是谈恋爱。"

办公室主任揶揄他道：

"什么搞错了？瞧你那样儿，谈个恋爱有啥不敢承认的，你早该找个女朋友啦。"

石北海此时觉得自己是百口莫辩，怎么说，也不会有人相信。于是，便选择了不回答，不解释，因为他知道，这种事，一定是越解释越糊涂，干脆，就由他们说去吧。

三

快要过年的时候，石北海的母亲又想起了林小樱。

他母亲并不知道有关石北海和林小樱的传闻，还惦记着想让儿子给林小樱送点自己做的芝麻糖和米花糖。但是，这一次，石北海拒绝了。

石北海觉得，自己是个结过婚的男人，而林小樱也是有自己男朋友的人，本来正常的朋友来往，并没有什么不对，可是，因为那天晚上发生的事，给大家造成了这么大的误会，他担心再和林小樱来往，会给她带来更大的麻烦。为了避嫌，石北海从那以后，就没有再和林小樱联系过。

林小樱这边，从救火那天起，人们就以为林小樱已经和陈一楠断绝了关系，又有了新的男朋友。

表扬信贴出来的第二天，林小樱在院子里遇到了徐妈。徐妈将她拉住，很认真地对她说：

"这姓石的年轻人不错，是你对象吧？比陈家那个强多了。"

林小樱听出了徐妈的话里，夹带着几分同情和安慰。她知道徐妈误会了，知道徐妈一定是认为陈一楠到了上海就抛弃了自己，而自己又找了新的男友了。她想，大概院子里所有的人都是这么认为的，于是，赶紧解释道：

"徐妈，你们误会了，他不是我男朋友，我男朋友是一楠。"

徐妈听林小樱这么说，本来笑容可掬的脸突然就严峻了起来，她用锐利的眼睛盯着林小樱看了一会儿，然后扬起声音说：

"小樱，你要听我一句话，女孩子家，不要跟男人不清不楚的，否则你会吃亏的。到时候，吃了亏，就晚了，明白吗？"徐妈摆出一副不听老人言、吃苦在眼前的神态，告诫林小樱。

徐妈的话，像是一把尖刀，直接扎在了林小樱的心上。

是啊，我就是跟陈一楠不清不楚，才把自己弄得如此被动。林小樱想到这里，眼泪不争气地又涌上了眼眶，她轻声地向徐妈解释道：

"石北海只是我一个普通的朋友，他来我们家，就是帮忙腌个菜。"

徐妈没吭声，脸上露出了一丝鄙夷的神色。那神态分明是在说，普通朋友？只是帮忙腌个菜？你以为别人都是傻子啊？

多年居委会的工作，让徐妈懂得，说话的分寸很重要。作为新居委会主任，维护全院居民的生活和安全她是有责任的，但是，这种事情话说到这儿就行了，没必要再点破了招人恨。所以，她一声不吭地低着头，转身向院子外面走去，连声招呼也没打。

林小樱本来还想说点什么，却没有了机会说出口。林小樱知道，这下麻烦了，现在所有人大概都认为，这大晚上的，石北海一个大男人在她家待着，一定是在跟她谈情说爱啊，谁会相信他仅仅是在帮忙腌菜呢？

晚上吃饭的时候，林小樱刚想和母亲说碰见徐妈的事情，没想到母亲先开口说话了：

"老徐今天来家跟我说呢，说这小伙子做女婿不错。"

"你怎么说的？"

"我说，可惜不是小樱的男朋友，只是来家帮个忙。"

"难怪？她一见到我就问，是我对象吗？还说，比陈一楠强多了。"

"是啊，本来一件好事，现在跳进黄河也洗不清了。"母亲忧虑地说，"真后悔让人来家里帮忙腌菜了。"

"有什么洗不清的？那又不是真的，以后大家自然就明白了。"

林小樱安慰着母亲，心里也知道这事很麻烦，却也不担心什么。她想，她跟石北海这样清清白白的关系，有什么可怕的呢？她心里相信"清者自清，时间会证明一切的"这句话。

林小樱盘算的是，一定还会有人跟她提到这件事，到那时自己解释清楚就行了，最多是麻烦一点罢了。

但是，出乎她意料的是，除了那天徐妈跟她谈起过石北海，此后，就再也没有人跟她和她母亲提起石北海这个人。表面看起来，大家已经忘记了那天帮忙救火的人，其实，所有院子里的邻居，都已经认定了一件事——那个救火的年轻人，就是林小樱新交的男朋友。

眼见着春节又要到了。从小学到大学都已经开始放假，人们开始准备春节所需的物品。有人开始放鞭炮，整个燕江城里零星响起的鞭炮声，一下就给整个城市带来了节日的气氛。

街道上依然熙熙攘攘，匆忙之中夹带着一丝温暖的气息。在中国，老百姓最看重的就是过年，没有什么忧愁和哀伤能抵挡得住人们对过年的期盼。因为，过年就意味着旧的时期将要过去，新的时期就要来临。所有人都相信，接下来的日子，会是一个新的开始，一切都会变得不一样。那些本来就好的，会变得更好，那些不好的和让人不快乐的事，都会随之过去。这，就是人们心底里隐藏着的东西，这个东西的名字叫——希望。

林小樱也在希望。

她希望陈一楠会在放假期间回一趟燕江，看望他的祖母和父亲，也看望一下她。

到了春节，孩子就快要六个月了，林小樱的肚子已经隆成了半个篮球那么大。好在是冬天，林小樱身上又厚又大的棉袄，遮住了她日渐隆起的腹部。她想，兴许春节的时候一楠就回来了，她要告诉一楠，孩子已经会伸胳膊伸腿了。那天，当她第一次感觉到孩子在腹中动起来的时候，她是多么地欣喜和快乐啊。虽然她也知道，陈一楠是不愿意她生下孩子的，可是，她依然相信，这是他的骨肉，如果他能亲自感受一下孩子的存在，他是不会无动于衷的。

但是，陈一楠没有任何的消息。

除夕的前一天，也就是腊月二十九，吃过晚饭的林小樱，准备和面，包些水饺大年初一早上吃。她一边用力搓揉着面团，一边习惯性地向对面楼上瞥了一眼，那是陈一楠的家。

忽然，她的大脑神经像是被什么狠狠地戳了一下，她以为自己是出现了幻觉。她眨了眨眼睛，摇了摇头，继续往上看。没错，是陈一楠的家。她看到陈一楠家那盏很久没有亮过的灯，现在居然亮起来了。林小樱的第一反应是陈一楠回来了，但她又不敢相信，揣摩着，也可能是他父亲过来有什么事。

她这么想着，觉得自己的心快要从心窝子里跳出来，于是放下了手里的面，又去洗干净手，跟母亲说了一句：

"我出去一下。"

没等母亲反应过来，林小樱就走出了家门。

林小樱上了楼，站在陈一楠家的门口急切地敲门。好一阵以后，里面才传来脚步声，房门打开了。

果然是陈一楠。

陈一楠睡眼惺忪地打开门，看到是林小樱，没有欣喜，没有笑意，连个招呼也没打，转头就走回房间。林小樱跟着进了屋，说：

"你回来了，怎么也没告诉我一声？"

陈一楠没回答，而是一屁股坐在那只墙角的沙发上，摊开两腿，摊开双手，又微微闭上了眼睛，一副玩世不恭的样子。

"告诉你做什么？"

林小樱没想到陈一楠会用这样一副冷漠的态度来对待她，一时不知道怎么接他的话。

林小樱沉默了一会儿，说："我知道你怨我。"

"我怨你什么？"陈一楠反问道。

林小樱答道："怨我不该要这个孩子。"

"哼！"

陈一楠从鼻子里哼了一声，又似乎很无奈地摇了摇头。

林小樱说：

"可这个孩子毕竟是你的小孩啊，你就一点也不在意吗？"

林小樱的情绪开始激动，一直积压在心底的委屈，好像再也压不住地要爆发，她的眼泪像泉水一样奔涌了出来，她的声音也控制不住地高了起来：

"你知道吗？如果你能感觉他每天在你身体里动，你就不会一点都不在意了。"

陈一楠听了这话，一下就从沙发上站了起来，他抬起右手，指着林小樱的肚子，压低了声音说：

"你别再跟我演戏了，你想用小孩来要挟我吗？"

此时，木板楼梯上响起了一阵脚步声，有人从房间门口路过，林小樱下意识地放低了声音说：

"我没有要挟你的意思，我只是，我只是想生下他。"

陈一楠转身又坐回到沙发里，他面带怒色，却用一种平静缓慢的语调说道：

"林小樱，你别再跟我演戏了。以前，我一直觉得你单纯，没想到，原来我是个傻瓜蛋。我问你，你肚子里的孩子是谁的？"

"你这话是什么意思？"

"我就问你，你肚子里的孩子是谁的？"

陈一楠一字一顿，眼露凶光地逼问林小樱。

"你以为我傻是吗？哼，我是傻，可傻子也知道，你就别再跟我演戏了好吗？"

"不是你的，难道还会是别人的吗？"

林小樱心想，陈一楠一定是听到了什么，一定有人把石北海的事情传给了他家里的人，他的家人又将这事传给了他。她想跟他解释：

"你听我解释，那是个误会，我只跟你有过那一次，没有跟过别的人。"

陈一楠又从鼻子里"哼"了一声，说道：

"误会？真的是误会吗？我开始就觉得奇怪，哪里会那么巧，就那么一次，你就怀上了，你觉得可能吗？有这么巧的事情吗？你跟那个救火的男人，白天黑夜的天天混在一起，你说你肚子里的小孩是我的？你是想讹诈我吗？"

林小樱只觉得眼前一阵发黑，小腿一软，一下就坐到了地上。

陈一楠走到她的身边，声音很低，语速很慢地说道：

"你赶紧给我从这里滚出去，别在这儿给我丢人了，听见没有？快点滚，不要让我再看见你。"

林小樱没想到，几年的恩爱换来的竟是这样的结果，不觉潜然泪下。她开始抽泣起来，她还想解释：

"那都是碰巧了，我真的跟石大哥什么也没做过。"

陈一楠蹲下身子，近距离地看着林小樱，问道：

"你带着他见我妈，带着他见我寝室同学，你想干吗？你到底是什么意思？你是想羞辱我吗？你怎么这么下贱啊？"

林小樱被陈一楠问得无言以对，她这时明白了，她说什么也没用了，因为她什么也说不清楚。

她抹了抹眼泪，艰难地从地上爬起来。陈一楠蹲在地上看着她爬起来的样子，只是冷冷地看着，眼睛里满是厌恶的神情。

林小樱爬起来后，说了一句话：

"小孩是你的，我没有跟过其他人。"

说完，她头也没回地往门外走去，又小心翼翼地从黑暗的楼梯上往下走，她怕自己从楼梯上再次掉下去，如果再掉下去，孩子可能就会出问题，她现在要做的，就是好好地守护这个即将降临的孩子。

"砰"的一声，林小樱的身后传来陈一楠响亮的关门声。

这关门的声音，仿佛一记沉重的铁锤，狠狠地砸在了林小樱的胸腔上。她感觉自己的心很痛，痛到快要窒息，她摸了一下自己的眼睛，她发现，她的眼泪在不知不觉中已经停止了流淌，她感到眼睛一阵干涩，她站在楼梯的中间，用双手按住了自己的眼睛，她想，不哭了，以后不要再哭了，因为哭也没有用。

林小樱回到自己的家中。

打开房门，她看见母亲正坐在堂屋的椅子上，面露愁容，眉头紧锁。

母亲在等她回家。

四

林小樱和母亲的这个春节，是在一片沉寂和惶然中度过的。

林小樱的体型已经悄然发生了变化，小腹开始隆起，好在她很瘦，在冬季厚重的棉衣遮盖下，人们暂时是看不出她和从前有什么不一样的。但是，林小樱自己心里很清楚，未婚先孕这件事，随着日子一天天过去，即将成为人尽皆知的事。这是天大的丑事，到时候，她让她母亲的脸往哪里放？她该如何面对安平院的邻居们，还有工厂的领导和同事们呢？

这件事让她越想越害怕，让她天天难以安宁，她的面庞变得更加消瘦，皮肤从原先的白皙透明，变得暗哑微黄。

林小樱明显的病态，引起了车间主任赵建新的注意，他当然不知道她是怀了孩子，但是，他觉得她一定有事。

一天快下班的时候，他试探着问林小樱：

"你最近是不是身体不好？"

"没有没有，"林小樱连忙否认，"谢谢赵主任关心。"

"你是不是需要休息？"

"不用不用。"

林小樱听见赵主任说到休息，立刻想到了女工们的产假，她车间的同事生孩子是有六个月的产假的，可是自己，一个没有结婚的女职工，是没有权利因为怀孕生子而休产假的，不仅没有产假，可能会有一场轩然大波，正在等待她。

那一刻，她开始后悔自己做的决定。毕竟，在当时，未婚先孕这种事，等同于思想作风有问题。一个思想作风有问题的人，一辈子也就不再有任何人生发展的可能性，并且，会永远成为人们茶余饭后的谈资和笑料。

林小樱捏住自己的双手，尽量保持着镇定。她考虑到自己身体已经开始发生的变化，便向赵建新提了一个请求，她请求尽量给她排晚班，也就是每天上下午一点到晚上九点的班，她想，这样的话，她就有一半的时间是在晚间活动的，工作和行走的时候，就少了一半的机会和人直接碰面了。

赵建新紧锁着眉头，转过身想了一会，然后，又转过身来，说：

"行，我给你安排。"

林小樱谢过之后转身要走，赵建新说：

"等等。"

林小樱停下脚步，但没有回头，她害怕赵主任看出自己的窘态。

"要是家里有什么事需要帮忙，就告诉我。"赵建新说。

"谢谢赵主任。"林小樱感激地说道。

正月十三这一天，林小樱下班回到家后，发现母亲早早地睡下了，便没有打扰她。她洗漱完毕之后，也想早一点休息。这些日子，怀孕带来的反应，让她的身体越来越容易疲惫，腹中的婴儿好像突然变得安静了起来，不再不停地动，但是，腹部越来越频繁的下坠感带来的疼痛，让她无论是站着，还是坐着，都非常难受。她独自忍受着这些痛苦，她觉得，这些都是自找的，怨不得任何人，连陈一楠也怨不得。如果按照他的安排，打掉这个孩子，那现在的痛苦，和将来一定会到来的痛苦，不就不会发生了吗？

林小樱躺在床上，望着窗外。风很大，吹得树木东倒西歪地晃动，那棵樱桃树细瘦的枝干在风中瑟瑟发抖，而月亮高悬空中，像一盏挂在天际的夜灯，泛着明亮的光芒，仿佛一个无所不知的神明，在这暗夜里，审视着世间的一切。

里屋传来几声母亲的呻吟声，林小樱没有在意，母亲这样的呻吟是经常会发生的。有时候，林小樱会到母亲的房间里看看，看她是不是有什么不舒服，但是，今天晚上的她，实在是太累了，她看着窗外，不知不觉地沉沉睡去。

大约凌晨四点多钟，母亲一声凄厉的叫喊声，将林小樱从睡梦中惊醒。

她顾不得披上棉衣，快步跑到母亲的房间。拉开电灯，眼前的一幕让她惊呆了。

母亲的身体蜷缩在一起，她的脸朝向林小樱屋子的方向，她的手伸到床沿，五指紧紧地抓住了床单的一角，她的眼睛像是醒着一样，睁得很大。

林小樱吓得浑身哆嗦起来，赶紧奔过去抱住了母亲，失声大叫：

"妈，妈，你怎么了？你怎么了？"

林小樱抱住母亲的身体，不停地喊着"妈妈"，但是母亲已经没有了一点回应。她的身体依然温暖而柔软，但再也没有了一点声息。

林小樱意识到母亲已离她而去，不禁号啕大哭。她的哭声惊起了院子里的邻居。安平院里的灯光，在那个凌晨渐次亮起。然后，人们陆续来到林小樱的家中。

有人还在试探母亲是否还有呼吸，林小樱听见有人在说：

"已经过去了。"

林小樱的脑中出现了当年她父亲离世时的情景，一切又在重演，她不知所措地哭着，脑子里一片空白。

徐妈来了，她走到林小樱母亲的身边，和另外几个邻居一起，将她的身体放平。然后，徐妈将右手放在林小樱母亲的眼睛上面，用力向下按住，她的眼睛就此合上。

徐妈喊道:

"小樱小樱,快给妈妈换一身干净衣服。"

接着又让一位邻居去打一盆热水。

林小樱一边哭一边按照徐妈的吩咐,去母亲的衣柜找出她平日里喜欢的衣服。徐妈带着另外两个中年妇女,仔细地将她母亲的身体擦洗了一遍,又接过林小樱手里的衣物,为她母亲换好了衣服。

林小樱看着徐妈轻轻地将被子盖在母亲的身上,从头到脚,盖得严严实实。

一切忙完之后,天已经大亮。

林小樱目光呆滞,整个人都在一种木然的状态里。面对母亲的突然去世,她的脑子好像陡然变得空洞无物,仿佛灵魂出窍,魂飞魄散。

这世间唯一一个可以依靠的亲人,又一次没有留下一句话地溘然逝去。

林小樱不知道这是为什么,为什么她的父母什么坏事也没做,却在不该死去的年龄死去?她也不知道,自己能做什么,应该做点什么。

林小樱呆呆地坐在母亲的床边,想要再陪一陪母亲。她后悔晚上没有进屋看一下母亲,跟母亲打一声招呼。她恨自己没有给母亲带来荣耀,只是不断地给她带来耻辱。她就这么呆坐着,任凭眼泪默默地流淌。她想,该死的,是她林小樱才对。活着,真是太麻烦、太痛苦的事情。

她听见邻居们在不停地忙碌。听见有人进进出出小声说话的声音,有些声音是她熟悉的,有些声音是她不熟悉的。

突然，肚子的下坠感又开始了。

这次的疼痛和以往完全不同。之前的痛感是阵发性的，然后痛感会自然地减轻，再不断地重复。这一次，是持续地痛，疼痛程度不断地加剧，一直痛到她大声地呻吟了起来。

外屋的人听见林小樱发出的声音，只是以为她在伤心地痛哭，只有徐妈听出了这声音的异样。她踩着碎步快速地走进里屋，看见林小樱双手痛苦地捂住肚子瘫坐在地上，她知道大事不好，连忙跑出去招呼人。

林小樱感觉到外面一阵骚乱，随后便失去了知觉。

很快，徐志伟将自己的板车拉到了林小樱的家门口，之后又和另外两个邻居一起，将林小樱用一床棉被包裹起来，放在板车上拉到了医院。在送往医院的路上，棉被被鲜血染红了一大块。到了医院的时候，林小樱由于失血过多，已经完全处于休克状态。

医生一检查，原来，林小樱怀孕六个月的孩子流产了。因为孩子太大，只能做引产手术，从推进手术室到出来，用了整整一天的时间。

从那天起，林小樱没结婚就跟人怀上孩子的事情，像冬天的西北风一样，迅速传到了她熟悉的所有人耳中。人们大多表示惊讶，我至今依然记得我爸妈当时的表情。我爸是一副百思不得其解的神态，连声问道：

"小樱那丫头？怎么会啊？小孩是谁的？"

我妈倒是没有惊讶，而是一副早就有所察觉的样子，看了看我爸，摇了摇头说：

"不知道是不是陈家那小子的。"

然后，她又转头看着我，对着我不停地点着头，仿佛这是一个活生生的事例，正好可以好好教育我一下的样子，说：

"看看，这就是一个女孩子家不爱惜自己的后果。"

之后，她长长地叹了一口气。

我妈的那一声叹息，让我想起了死去不久的魏叔，想起了他那个已经变疯的女儿魏大红。我在为林小樱难过的同时，恶毒地想着：

幸亏那孩子死了，否则，林小樱迟早也会疯的。

第二天早晨，林小樱清醒过来的时候，仿佛是从另一个世界刚刚回来。她发现自己躺在医院的病床上。石北海站在她的旁边，正轻声地和另外两个人说话。

当林小樱睁开眼睛看见石北海站在她床边的那一刻，仿佛看到什么可怕的东西。她本能地闭上眼睛，又将被子拉上去遮盖住自己的脸，然后向里背过身去。

这一切，石北海全部看在了眼里。他心里明白，是自己给林小樱带来了麻烦，让她成为别人的谈资，让她在本就艰难的困境中，更加难堪。

石北海尴尬地对着身边的两个人笑了笑，用手指了指门外，然后转身向病房的门口走去。刚才站在他身边的两个人向床边走了两步，他们是林小樱的车间主任赵建新和她的同事李春梅。

"林小樱。"李春梅端着一碗放了红糖的白米粥靠近病床，用手拍了拍林小樱，说，"快起来喝点粥，你好长时间没吃东西了。"

此时的林小樱，大脑已经完全地清醒了过来。她的整个腹部都在隐隐作痛，她用手按住下腹，那一刻，她知道就在这一天里，她的母亲和孩子都永远地离她而去，这个世界上，她已经再也没有亲人了。她蜷缩起身体，感到自己被抛弃在这个冰冷的世界里，周围充满黑暗，除了疼痛，什么也感觉不到，什么也看不见。她失声痛哭，那哭声低沉而哀伤，像是一只濒临死亡的困兽发出的哀号。

李春梅听见林小樱的哭声，也跟着难过起来，不断抹着眼泪，然后将粥放在床边的小柜子上，静静地坐在了床边。

赵建新见这情形，低声地对李春梅说：

"你在这陪着她，我先去她家看看还有什么事需要我们做的。"

李春梅点点头，起身送他出去。她看见赵建新和石北海说了句什么，然后两个人一起向医院大门走去。

大约过了半个小时，林小樱掀开被子，一双红肿的大眼睛怔怔地看着坐在床边的李春梅。

"这几天，厂里派我在这里照顾你，你就安心养身子，家里的事情，厂里都已经安排好了。"李春梅说。

"我得送我妈最后一程。"

"你不能去的，你做的是引产手术，比生孩子还遭罪呢，身体吃了大亏了，你哪儿都不能去。杨厂长都安排好了，你就放心让他们去办吧，你不能出去受风寒的。"

"我得去。"

说完这话，林小樱闭上了双眼，再也没说一句话。

原来，早在一个月前的那场失火事件中，林小樱在黑暗中从楼上被人撞到楼下后，婴孩便因脐带绕颈而开始缺氧，孩子是什么时候死去的不得而知。医生用了整整一天的时间为她做了手术，之后又被留在医院输液观察了两天，厂里派了李春梅全天照顾她。

林小樱出院的时候，给她做手术的医生对她的身体又做了一次全面的检查，再三叮嘱她，情绪不能太激动，不能太悲伤，一定要好好休养，因为创伤太重，如果发生并发症等情况，以后可能就再也不能怀孕生子了。

三天之后，母亲出殡的那天，燕江服装厂的杨厂长带着三十多名服装厂的职工来到安平院。

这些人里面有林小樱父母的同事，也有林小樱车间的同事，他们和安平院的十几个邻居一起，为林小樱母亲做了最后的送别。那天，石北海没有到场。

等所有的事情办完之后，杨厂长让车间主任赵建新告诉林小樱，让她在家好好休息一个月，休息好了再去上班，别的什么事都不用想。

五

送走母亲之后的林小樱，依然沉浸在哀痛中，彻夜未眠，第二天凌晨，才昏昏沉沉地睡过去。早上约莫九点钟，一阵敲门声将她惊醒，起床打开门一看，原来是李春梅。她带了一只鸡和一些猪骨头，说是赵建新让她送来的，还说，赵主任专门安排她来照顾林小樱。

林小樱原本觉得自己是个罪人，有愧于所有人，可是，她的领导还是这样细心地关心她，这让她心里有种忐忑不安的感觉，她看着李春梅，一时说不出话。

李春梅看出她的不安，连忙没话找话地说：

"赵主任真是很关心你啊，他本来想自己来看你的，后来觉得他一个大男人不是很方便，他知道咱俩关系好，就让我帮着带过来。"

林小樱不知道说什么好，又觉得不说点什么也不太好，就说：

"他这样真的是……真是太客气了。"

"领导关心职工嘛，应该的。"

"哪有什么应该的？他只不过是当年跟着我爸修了半年的机器而已。"林小樱说。

李春梅进厂的时候，赵建新就已经是车间主任了，所以她对当年林小樱爸爸发生的事情并不清楚，只是听说林小樱爸爸是工厂的老工人，工伤去世了。

"原来是这样啊，我说呢，他这人平时冷冰冰的，怎么还这么会照顾人呢。"

说完，李春梅咯咯地笑了起来，她这一笑，让林小樱原本悲伤肃穆的家里，有了一丝不一样的氛围，也让林小樱一直以来悲伤不已的心，瞬间升起一丝暖意。

在林小樱的记忆里，父亲在世的时候，只是提到过一次，说是厂里来了几个新职工，有部队退伍的，也有从农村上调的。他有了一个姓赵的徒弟了，是个在部队待了四年的退伍兵。

林小樱并不知道赵建新跟着她父亲那半年里，都发生过些什么事，但是，她知道赵建新在自己进厂之后一直对自己格外地关照。她觉得，这说明了一件事，那就是，虽然时间短暂，但是在赵建新的心里，他已经永远地将自己的父亲当作了他的师父，这份师徒之情，并没有因为时间短暂和师父的离世而消失，相反，他还将这份感情延续到了自己的身上，在他的职责范围内，尽可能地给自己一些关爱。这让林小樱感觉到了人和人之间那份真诚而单纯的情感，这份情感让她感动，也让她想把自己的工作做得更好，她不想辜负厂里领导以及同事的好意，所以一直都很认真努力地干活。林小樱进厂一年后，就在厂部举办的"缝纫工艺比赛"中拿了第一名。此后，林小樱每年都是燕江服装厂的"年度单项能手"，获得过好几次"先进工作者"称号，这种业务上的成绩，让领导对她的好感和照顾，在别的工友看来，也是一件很自然的事情。

李春梅从林小樱的脸上微微放松的神态，感觉到了她的心里开始有了一些宽慰，于是接着说：

"这个礼拜，我的任务就是继续照顾你，这是厂里给我的任务。"

"不会吧，我哪能还需要你的照顾啊，我自己能行了。"

"这多好啊，我不用干活了，平时咱俩没时间在一起说话，这下就咱俩了，可以好好说说话了，你不想我陪着你啊？"

林小樱听她这么一说，便没了再客气的理由，赶紧说：

"咋能不想呢，我就是怕你累。"

"累啥嘛，比上班干活好多了。"

林小樱说："也好。"

想起平日的工作，一旦在工位上坐下，便是躬身曲背全神贯注的八个小时，要说中间的休息，也就是喝口水、上个厕所的时间，所以，有些女工上厕所的时间，比在家蹲厕的时间长得多。女工们在那小小的间歇里，可以舒缓一下持续紧张的神经，途中路过车间走道的窗户，向外面望去，看一看远处的景物，让眼睛稍稍得到些许的休息。

林小樱想到这，便对李春梅说："那你就好好在我家歇歇。"

"嗯嗯，我去给你熬鸡汤去。"

林小樱知道拦不住，就没再说什么，由她去忙活。想到刚刚去世的母亲，眼泪又不知不觉滑下来。

那几天，李春梅每天按时到林小樱家"上班"，两个人有了一个长时间说话的机会，聊的内容也越来越多。眼看着一个星期就要过去，那天，李春梅问了林小樱一个她憋了很久的问题。

"最近怎么没看见那个姓石的呢？"

林小樱听她这么问，有些诧异。

"他叫石北海，为什么要看见他啊？"

"哦对，就是那个石北海。"

李春梅个子和林小樱一般高，可身板却比林小樱壮实许多。她有一张圆圆的脸，面颊丰满却不难看，皮肤微黑却很细致，车间里的女工们看着她和林小樱两个人老是在一起，就开玩笑地说，这两个人一个胖一个瘦，一个黑一个白，模样长得正相反，性格也完全不一样，一个开朗一个内向。人们很好奇她俩怎么会好到一块儿的。

但她俩好是好，平时除了上班就是回家，在一起的时间很有限，所以彼此说话也很有分寸。李春梅虽然听到别人说了很多林小樱男朋友和她怀孕的传闻，却一直不忍心问她这一切到底是怎么一回事。看到林小樱这么反问她，她有点不好意思地嘟哝着说道：

"那你男朋友是……是他，还是……还是，那个陈一楠啊？"

林小樱听她这么问，愤懑的情绪一下就塞满了脑际，她叹了一口气，压抑了一下激动的心情，问李春梅：

"那你觉得我男朋友是谁呢？"

李春梅皱着眉头想了一下，说：

"是石北海吧。"

这句回答，印证了林小樱的猜测，她的情绪压抑不住地激动起来：

"你们是不是都这么认为的？"

李春梅点了点头，像是正等待着揭开谜底一样地看着林小樱。

"怎么会是石北海呢？"

林小樱的面颊，因为情绪的激动开始泛出一片潮红，她语气严厉地问李春梅：

"难道就因为我跟这个男人有接触，他就是我男朋友了？你是不是认为那孩子也是石北海的？"

李春梅没有回答，而是怔怔地看着林小樱，不敢再说话。

"是不是呢？"林小樱又追问了一句。

李春梅点了点头，紧接着又摇了摇头，说：

"我不知道，我真的不知道。"

林小樱这时猛然想起一件事，就是那天在医院里，为什么她醒来的时候第一眼看到的是石北海。

"那天在医院，是你们找的石北海吗？"

"不是的，应该是你邻居打的电话。那天赵主任还问我呢。"

"问你什么？"

"问你是不是在和他谈恋爱。"

林小樱一阵心慌，像是五脏六腑都在肚子里搅动一般地难受。那一刻，她想到了陈一楠。她想到自己如此深爱的人，将她置于这样不堪的境地之后，竟然对她完全不闻不问，这是她没有想到的。她知道他们之间有误会，这其中，有陈一楠对她不愿打掉孩子的不满，有对石北海的怀疑。可是就算是这样，也不可能如同陌路人一样毫不关心吧？林小樱的内心悲伤到了极点，但是她发现自己已经不想再做什么解释了。她轻轻摇了摇头，一句话也没说。

两人沉默了一会儿之后，林小樱对李春梅说："这些天辛苦你了，你也该回去上班了，我过几天就去上班。"

"嗯，你别着急上班，好好休息一下吧，你身体太弱了。"

看着林小樱点头答应，李春梅放心地走了。

第五章

一

李春梅走的时候，天已经完全地黑下来了。

北风呼啸，林小樱站在自己房间的窗户边，望着窗外的那棵樱桃树，看着它在风中摇晃不止，仿佛随时都会被连根拔起，被风吹走。但是，她又看到，那并不粗壮的树干，在疾风之中没有晃动，而是坚定地立在那里，任凭枝干左右摆动，它仍牢牢地立在那儿，仿佛什么也未曾发生过。林小樱想，已经是二月了，春天即将到来，樱桃树又要开出它们美丽的花朵，之后，又要结出红润明亮的果实了。

这一刻，林小樱忽然觉得自己虚弱的身体里有了一股力量，她决定去找徐志伟，问问他关于邻居给石北海打电话的事情，她想了解清楚，事情是如何变成了这个样子的？

她轻轻敲了几下门，徐志伟打开房门看到是林小樱，十分惊讶。

林小樱看到，志伟年迈的父亲正坐在堂屋中央放着的木制火桶里取暖，便对他说：

"你能来我家一下吗？我有事想问你。"

"好。"

徐志伟跟着林小樱一进了屋就问：

"什么事？"

林小樱没有关门，从堂屋的桌子下拉出一把椅子，让他坐下，然后说：

"辛苦你了，坐下说话吧。"

徐志伟看了看椅子，并没有坐下的意思，只是问林小樱：

"你有什么事？"

他态度的淡然和急于离开的样子，让林小樱有些尴尬，但是林小樱很快就调整好了心情，微笑着说：

"谢谢你啊，帮了我家好多的忙，真的是辛苦你了。"

徐志伟搓了搓手，说：

"应该的，应该的。"他的语气轻飘而客气。

此时的林小樱，是从心里感谢徐志伟和徐妈的。她觉得，徐志伟不仅没有记恨她，还依然在她们母女两人需要帮助的时候挺身而出帮助她们。她还想到，魏叔家失火的那个晚上，徐志伟和石北海一起救火，又将魏叔连夜送到了医院。林小樱觉得，无论如何，他们母子二人都算是善良的人。但是现在，她知道，在徐志伟的心里，自己早已不是过去的林小樱了，她看出了他不愿在她家里久留的心思，便直接问道：

"那天，是你妈给石北海打电话的吗？"

徐志伟回答："嗯，是她打的，我妈好生气，说这小子这时候跑哪儿去了，咋地对你不管不顾了呢？所以，就去居委会给他打了电话。"

林小樱没说话，徐志伟问："怎么了？最近也没看到他啊，是不是……"

"没事，我就是想问一下，他是怎么知道我们家事情的。"

就在徐志伟一脸迷惑的当儿，林小樱也感到自己的身体有些支撑不住了，她放慢了语速，声音虚弱地问道：

"你妈为什么不给陈一楠家里人打电话？而是给跟我没关系的人打电话呢？"

徐志伟赶紧回答："这不怪我妈啊，是陈叔叔跟我妈说的，说你跟陈一楠分手了，说你早就有了一个新的男朋友。"

"他是什么时候跟你妈说的？"

"就是魏叔家失火以后，我妈告诉他隔壁失火的事儿，让他回家看看有没有什么不对的地方。"

"原来是这样。"林小樱明白了。

林小樱找徐志伟的时候，不仅是想问清楚一些事，也想向他解释关于自己和石北海的关系这件事。现在，她忽然觉得，那种想解释清楚的欲望，突然间已消失得干干净净。

"谢谢你，帮我谢谢徐妈。这些天，辛苦大家了。"

然后，她摊开右手，一边做了一个向外的手势，一边说了句：

"徐大哥走好。"

徐志伟嘴里说着"不客气，不客气"，一闪身出了门，然后消失在黑暗中的走道上。

又过了一个星期，林小樱觉得自己的身体渐渐恢复了一些，胳膊也有了力气，于是在星期一的早晨，给陈一楠写了一封信，告诉他自己的近况和孩子的情况。然后，她去了邮局寄信，之后，又去了陈一楠父亲工作的地方。

当陈一楠父亲看到林小樱出现在他办公室的时候，吃了一惊，心想，她来这里干什么？难道是想来闹事儿？

于是，他连忙站起身来，露出满脸的微笑，一副迎接林小樱到来的样子。他招呼林小樱坐下，又走到门口向外面看了看，发现办公楼的楼道里没有什么人，就将门关好，他不希望这时候有人看见林小樱。毕竟，他是文化局创作研究室的主任，万一林小樱嚷嚷起来的话，肯定会招来同事们，那不是让人看他的笑话吗？

他定了定神，坐回到椅子上，看着林小樱关切地问：

"听说你妈妈走了，哎呀，我最近一直在忙着局里的事情，等我知道已经晚了。哎呀，太不幸了，我知道你妈妈心脏一直不大好。这次是心脏病发作走的，是吗？"

林小樱一句话也不说，低着头，一直听他说完，才慢慢抬起头来，看着他说：

"陈叔叔，我来是想告诉你一下……"她的话还没说完，陈一楠父亲就插话道：

"你说，你说，你有什么事尽管说，不要有顾虑，你跟一楠虽然以后做不成夫妻了，但也是好邻居，好朋友。"

听了这话，林小樱的心都快要碎裂了。她想不通，这么一个文质彬彬的人，为什么这么会装模作样地演戏？

林小樱的心里聚集了满腔的怒火，但是她压住了这些怒火。她来这里，不是为了吵架，更不是为了讨一个说法，这些天，她已经想得明明白白了，那就是，当陈一楠去上海的事情办成之后，他的家人，就没打算再和她有任何的联系，当然也不会认她和陈一楠的这个孩子。现在孩子已经没了，但是事情并没有因此结束，她不想自己不清不白，也不想让石北海莫名其妙地替人背黑锅，所以，她要告诉陈一楠父亲，真实的情况是怎样的。

林小樱说："我来找你，只是想告诉你一件事，就是，我只有陈一楠这一个男朋友，我没有交过第二个男朋友，那个孩子是陈一楠的，请你……"

她停顿了一下，眼睛死死盯着对方的眼睛。陈一楠父亲的脸变得有些僵硬，笑容变得不自然，但是他依然保持着微笑，他在等她把话说完。

林小樱接着说："请你以后不要再胡乱说我的事情了，也不要再提起别人，这不关其他任何人的事情。"

陈一楠父亲听林小樱说完之后，低头沉默了一下。他在想，应该怎样才能让这件事情大事化小，小事化了？他现在已经确定林小樱不是来闹事的，只是想证明自己的清白，这就好办多了，他刚才感到的危机，瞬间不复存在了。他知道，一定是林小樱知道了他在邻居们面前信口说的那些话。为了不激起林小樱的愤怒，早点息事宁人，他决定，用最含糊的方式结束他们之间的谈话，让林小樱快点离开他的办公室。

他将双手十指交叉抵在自己的嘴上，好像在认真地思考林小樱刚才所说的话，然后他放下双手，手心向下，平放在桌上，态度诚恳地对林小樱说道：

"小樱，我是看着你长大的，我知道你是好孩子，但是，你和一楠的事情，我真的知道的不多。你知道，他的性格那么倔，什么事情也不肯告诉我，他妈妈可能还知道多一点，我是真的对你们的事情不是很清楚。这样吧，你放心，以后要是有人问起你们的事情，我就告诉他们：我不知道，我什么也不知道。"

林小樱静静地听他说话，眼睛盯着他的两只手。细长的手指，平滑而优雅，除了皮肤有了些松弛的迹象，简直跟陈一楠的手一模一样。陈一楠父亲说完后，林小樱点了点头，说道：

"嗯，你不知道不要紧，你不要乱说就行了。"林小樱说完，起身告辞。

走出那座办公楼的时候，林小樱的心里像是卸掉了一个包袱，她不知道陈一楠的父母今后会如何评论她和他们儿子的事情，现在，这些已经不再重要，重要的是，她要让他陈一楠，以及他的父母，知道事情的真实情况，她唯一能做的事情，也就只有这个了。他们信不信，那就由他们去吧。至于今后陈一楠会不会给她回信，又会如何对待她，林小樱觉得，自己完全无法预测，也无力改变，她想，干脆交给老天爷吧。

二

一个月的时间转眼就过去了，在这段时间里，林小樱除了因思念母亲而悲伤之外，也想了一些问题。

一开始，她只要一想到自己将要面对邻居和同事们那种和从前不一样的眼光，她就觉得很害怕。慢慢地，她想到了自己和陈一楠的情感经历是如何开始，又是如何变成现在这种难堪的境地的。她从最开始只想着陈一楠对她的亏欠，到后来慢慢地发现，之所以出现现在的结果，似乎也不完全都是陈一楠的错，她自己也有很大的责任。因为，并没有人逼着她爱陈一楠，更没有人逼着她要生下这个孩子，他们之间发生的一切，其实都是她心甘情愿的，是她自己的选择。如果，一切的后果是因为自己的选择造成的，那么，除了承担这选择带来的后果，还能有什么别的办法呢？

想清楚这个问题之后，林小樱决定，不再害怕，而是要勇敢一点，去面对所有异样的眼光和评论。

上班那天，她原以为同事们对她的态度一定跟从前大不一样，会用轻蔑的眼光看她，可是，奇怪的是，同事们看到她来上班，似乎因为许久不见她而更加地热情。她们嘘寒问暖，劝慰她对母亲离世这件事要想开一点，不要太难过。然后，大家各自忙着自己的事情，一切又如从前，别无二样。

安平院的邻居也是一样，人们似乎并没有因为林小樱身上发生的事情，对她有什么不同的行为和举动，一切和从前没有什么区别，大家都在忙着上班，洗衣做饭，照顾老人，看护自家的孩子，那种从某个家中发出的争吵声，依然会在不经意当中突然就爆发，有时候，叫骂声剧烈而长久，有时候微弱而短暂，每一个人，无论老少，都在时光的流逝中，照旧过着自己的早上，中午和夜晚。

三月到来的时候，天气渐渐变得暖和起来。安平院里的植物开始陆续地长出嫩绿的叶子，屋后的樱桃树，又到了开花的季节，花开得如梦如幻，令人心醉。

可是，林小樱没有心情去看它，她的日子依然是在母亲突然离开的伤痛中度过的，她每天不断回想自己过去生活的场景，父亲离世后母亲绵长不绝的忧伤，和母亲相依为命的岁月。这些记忆所带来的温暖，或者疼痛的感觉，让她沉浸其中，日复一日。

寄给陈一楠的信杳如黄鹤，没有回音。林小樱早就已经习惯了这种漫长而毫无结果的等待。她想，陈一楠应该是收到了她的信的，即使没有收到信，他也会从他的父亲那里得知她的状况，可是，他依然不肯原谅自己，不愿意相信自己，否则，他一定会给自己回信的。即使做不成夫妻，这么多年的感情，总不会就这样说没就没了的吧。她想起了父亲曾经告诉过她的一句话，那是一位叫大仲马的法国作家说过的话：

"人生的意义，就在于等待。"

林小樱相信，时间会证明一切，陈一楠终有一天会明白，她除了他之外，没有别人。

就在这样的思恋和等待中，五月来临了。

一天下午，林小樱正在自己的工位上埋头干活，车间主任赵建新突然出现在她面前。

"你下班以后来找我一下。"

林小樱心里开始打鼓，她一边干活，脑子里一边不停地琢磨：赵主任找我会是什么事儿呢？

终于等到下班的时间，林小樱走进车间主任办公室。赵建新正伏在办公桌上写着什么，见她进来，就让她坐下，问道：

"最近还好吗？"

林小樱回答："还好，谢谢领导关心了。"

赵建新问："你是不是很喜欢画画？"

林小樱很吃惊，"嗯"了一声，有点紧张地看着赵建新，不知道为什么赵主任问起这问题。

赵建新的脸上掠过一丝笑容，接着说：

"你明天把你最近画的画带一些给我看。明天一早就送过来。"

林小樱有点摸不着头脑,嗫嚅着答应道:

"好的。"

晚上回家后,林小樱从自己平时的速写本里找了几幅画,又从素描里找了几幅画。她不知道赵建新为什么要看她的画。琢磨了一晚上,想来想去,猜想着可能是车间办公室需要写写画画搞宣传的人吧。

第二天一上班,林小樱就将自己的画交给了赵建新。

一个星期后,赵建新又让林小樱去他办公室。他的脸上带着微笑,对林小樱说:

"你准备一下。明天去厂里的设计科报到。"

林小樱以为自己听错了,急忙问道:"你是说,让我去设计科报到?"

赵建新说:"是的啊。"

林小樱又问:"这是什么意思?"

赵建新说:"厂里决定调你到设计科工作了。"

林小樱听了这话,大为惊讶。她知道,一直以来,厂里的服装设计科,都是些美术专业的人,或者是在省级以上报纸杂志发表过作品的人。她不知道为什么厂里会想到让她去设计科工作。她从来没有在任何地方发表过绘画作品,而且,自从她进厂以来,除了表现出她出色的缝纫技术,她没有参加过厂里其他的活动,没有在同事们面前画过画,也从没跟任何人说过她喜欢画画,包括和她最亲近的李春梅。

她疑惑地问赵建新:"调我?调我去设计科干什么呢?"

赵建新从桌子上一堆文件里找出一张纸递给她，说：

"红头文件来了，调你去设计科从事设计工作。"

林小樱接过文件，一个字也不愿滑过地仔细看了两遍，心里像是有只小兔子在跳，脸上也渐渐泛起一层红晕，她有些不敢相信，说：

"可是我不会设计服装啊。"

赵建新微笑着说："不会设计没关系，可以学习啊，设计科的曾科长看了你的画，他认为你有画画的底子，学起来会很快的。"

三

突然降临的好事，让林小樱有点难以置信。她又看了一遍那张厂部的调令，生怕是厂里调错了人，到头来让她空欢喜一场。于是，又问赵建新：

"但是，你是怎么知道我喜欢画画的呢？"

赵建新眨了眨眼睛，诡秘地一笑，说：

"好吧，我跟你说实话吧。"

林小樱这时突然发现赵建新其实是个很可爱的人，他眨眼睛的样子可爱极了，他那诡秘的一笑，活脱脱就像是个调皮的小男孩。

"是石北海告诉我的，那天我俩一起离开医院去你家，路上聊起你，他说你是块画画的料，说是见过你画画，希望我能帮着向厂里反映一下。我也知道，师父是个爱画画的人，他那么疼你，肯定打小就教你画画。所以我就记着这个事儿了。"

林小樱眼睛一眨不眨地看着赵建新，心里充满了感激，她点了点头说：

"哦，原来是这样。"

赵建新端起桌上的茶杯，走到门口放热水瓶的桌子上，给自己茶水杯里兑上水，又坐回到他的办公桌前，接着说：

"你在家休息的时候，厂里开了个会，杨厂长在大会上说了，目前形势严峻，这几年老百姓的服装从之前的蓝灰黑，渐渐变得多姿多彩了起来，全国的服装行业都在改变思维，图谋发展，咱们燕江服装厂也要跟上形势。厂里除了保留原来的制服制作外，以后要把重点放在开发新产品和市场营销上。开完会后，厂部就开始调整人员，销售科和设计科都在调人，现在缺人，缺有创新能力的年轻人，我觉得这是个机会，就找厂长汇报了一下你的情况。没想到，这么快，调令就来了。"

趁赵建新说话的当儿，林小樱想起了那次在火车上遇到石北海的情形。原来是这样。此时，她的心里，充满了感激，感激石北海，也感激赵主任。她激动地说：

"谢谢啦，赵主任。"

"你准备一下吧，明天就去设计科报到。"赵建新说。

"谢谢赵主任，真的谢谢赵主任，我以后一定好好工作。"

那天晚上，林小樱打开了母亲藏着父亲物品的木箱。

之前，她很多次想打开箱子，却一直没有打开。就像母亲一样，有时候，她也会用手在箱子的木板上轻轻地抚摸。每当那个时候，她的感觉就如同触碰到父亲高大而健壮的身躯一样，让她感到温暖而亲切。但是，她和母亲都从未打开过这个箱子，她们害怕打开它，因为，她们知道，里面放着的，不只是父亲的物件，也是父亲所有的向往，还有他永远也不可能实现的梦想。这种感觉让母亲和林小樱感到内心疼痛，而这种疼痛，又是让她们无法承受的痛，她们觉得，如果一个人没有亲身体验过，那就是一种永远无法描述，也无法想象的疼痛。所以，林小樱和母亲之间一直有一种默契，那就是在谈起父亲的时候，都是浅尝辄止，不会多说，她们是在有意回避那种疼痛给她们带来的伤害。

现在，林小樱觉得，是时候打开那只箱子了。她知道自己马上就要开始一段新的人生了，这份工作与绘画有关，是父亲生前心心念念希望得到的工作，也是父亲希望林小樱将来走的路。

箱子里放着父亲的素描本和一些画稿，有《芥子园画传》之类关于绘画的书籍，有一些用过的画笔和铅笔，有一些早已失去水分的油彩颜料和一些松香水瓶子，还有大卫和伏尔泰的石膏像。

林小樱决定，从现在开始，一定要努力学习绘画，好好工作，因为这在某种程度上，也能弥补一下父亲此生的遗憾吧。如果父亲在天有灵，他一定会感到安慰的。

林小樱翻开父亲厚厚的素描本，有栩栩如生的人物速写，还有灵动精致的素描作品。她看到夹在中间的一张画，是她第一次在父亲的指导下画出的"樱桃花"。

望着自己稚嫩的速写，看着父亲在边沿上提写的那行字：一棵樱桃树——小樱的第一幅作品。林小樱想起了父亲那天对她说的话：

"大自然多么美妙啊，我要教你记录下美好的东西。"

不知不觉间，林小樱的眼泪又模糊了双眼。

在一片叽叽喳喳的鸟叫声中，林小樱从睡梦中醒来。她拉开窗帘往外一看，原来是一群小鸟，正欢快地啄食着樱桃树上快要成熟的果子。

每年一到这样的时节，樱桃树上的果实就成了鸟儿们的美食。过去魏叔家的鸽子，是吃樱桃最多的鸟，有的鸽子吃起果子来，是连核带肉整个地吞进肚子里。魏叔去世后，他的房子被房管局安置了新住户，鸽子们也被他的女婿捉了去。

鸽子被带走之后，来吃樱桃的鸟儿品种变得更多了。有麻雀，有斑鸠，还有些不知名的小鸟儿，由于无法防范，樱桃树便成了鸟儿们的乐园，也因此，能够一直长到熟透的樱桃，其实非常少。

除了鸟类的啃食，还有院子里的那些淘气孩子，他们总是在果实尚未成熟之际，便忍不住地用小木棍去打，用小石子去砸。所以，有时候，一年下来，整棵樱桃树上，连一粒成熟的果子也无法长成。

可是，到了来年，春日降临之际，樱桃花便又恣意地绽放起来，待花落之后，新的果子，又密密实实地生长了出来。

樱桃树上，那些长在枝丫上的果实，由青绿变成明亮的黄色，再慢慢变得鲜红，如同玛瑙一般，晶莹透亮。只是因为稀少，成熟之后又极易掉落，安平院里年年都是，只有很少几个眼明手快的孩子，能够品尝到它酸甜多汁的滋味儿。

有一年，樱桃树的果实结得特别多，父亲摘了一些熟透的果子给林小樱。看着孩子们用石子赶跑小鸟儿，石子砸在树叶上果子上，父亲突然想到了一个办法。第二天，他下班了之后，带回来许多红红绿绿的碎布，那是服装厂剪裁衣服剩下的边角料。他将碎布剪成了一条条的形状，然后跟徐妈借了个木梯，母亲在地上扶着那木梯，父亲站在梯子上，在樱桃树结果的地方小心地系上了布条。微风吹起的时候，红红绿绿的布条随风飘扬了起来。父亲不知在哪里又找了些稻草，仔细地扎成了一个稻草人，用竹竿将稻草人顶得高高的，脖子上和手上都系上了红布条，立在了樱桃树的旁边，活像是守护樱桃树的卫士。

这一招果然很有用，看到那些随风起舞的东西，小鸟真的被吓退了。

刚刚十来岁的林小樱看着父亲忙完了一切，问父亲：

"爸爸，你说樱桃树知不知道是谁吃了它的樱桃呢？"

父亲惊讶地看着她，他没有想到女儿会问出这样的问题，心中不禁生出一丝欢喜，他抚摸了一下林小樱的头，又指了指红绿相间的樱桃树，轻声地说：

"这棵樱桃树，它开花并非是为了给我们看，它结果也不是为了给我们或者小鸟食。它只是依照自己的天性开花、结果，尽力生长，完成自己的生命过程。万物生长，生生不息，都是同样的道理。"

许多年过去，林小樱对父亲所说的这一番话依然一知半解，但是她知道，在自己生命的过程中，现在出现了新的转机，这是她向往的地方。

林小樱怀着重新开始人生的心情去了设计科。

第一天去办公室报到，林小樱就得到一个让她兴奋不已的消息。厂里要派新进设计科的三位年轻同志去省城，参加一个全国性的服装设计培训班，为期一个月，下周一出发。

新来的三个人，除了林小樱，另外两个都是刚分配来的美术专业毕业生。林小樱未曾想到过，会有这样的好事突然降临到自己的头上。虽然已经在设计科报了到，可是她的心还是有点忐忑不安，直到科里开完迎新会后，她听见戴着眼镜的曾科长在会上念到"林小樱"三个字，才确信了这是件真事。

中午休息的时候，林小樱禁不住兴奋的心情回了趟车间，找到正在干活的李春梅，告诉她，下班之后，要请她去燕江最有名的"永泰小吃店"吃饭。

永泰路小吃店有着一百多年的历史，最著名的小吃是阳春面和烧麦。父亲在世的时候，曾经带着她和母亲去过好几次，父亲离开后，陈一楠也带她去过好几次。今天，林小樱有了一件让她开心的事情，可是，她最爱的人，永远地离开了她。林小樱想有人能和她一起分享自己的这个好事，李春梅是她最要好的朋友，而且在她出院那会儿又照顾了她好多天，她想借这个机会，好好表达一下感谢的心情。

"感觉你的好运气一下就来了啊。"李春梅一边吃着热腾腾的阳春面，一边说。

"是的啊，我觉得也是。"

"以前怎么不知道你还会画画啊？"

"其实画得不好。"

"是陈一楠教你的吗？"

"不是的，是我爸。"

李春梅看到，一说到父亲，林小樱的脸色就变了，笑容也跟着消失了，赶紧换了话题：

"你好好地干啊，给我们缝纫车间争光。让大家看看咱们缝纫工里也能出个设计师。"

李春梅说完放下面碗，还没等林小樱接话，就又感慨地说：

"这面是真好吃，我一直在想一个问题，为什么都是做面的，区别就这么大呢？我家附近也有个面馆，和这价格都是一样的，真是难吃死了。"

林小樱看着李春梅故意做出一副夸张的表情，忍不住地笑起来：

"那以后还请你来吃。"

"不不不，下次我请你，咱们俩有来有往，礼尚往来，哈哈。"

请李春梅吃完饭，林小樱又想到要把这消息告诉陈一楠。那天晚上，她又开始写信，一边写，一边下决心，她想，如果这封信寄出去依然没有回音，那么，以后她就再也不给陈一楠写信了。

写完信后，已是深夜，林小樱躺在床上怎么也睡不着，她又想到了石北海，想到他们认识之后发生的一些事情，想着想着，内心不觉对石北海充满了感激，她决定，明天下班以后，去看看石北海。

四

当石北海看到林小樱站在他家门口时，惊讶地叫出了声：

"哎呀，怎么是你？"

接着，他又兴奋地喊道："妈，快来看看谁来了。"

话音刚落，林小樱看到石北海的母亲从里屋走出来，老人家变得更加消瘦了，背脊已经明显有些佝偻，当她看到林小樱的时候，脸上立刻露出灿烂的笑容：

"是小樱姑娘啊，快进来快进来。"

石北海忙着倒水，林小樱将手里的塑料袋放在桌子上，里面是给老人家买的苹果和香蕉。

"真没想到你会来，最近都还好吗？快坐下快坐下。"

林小樱坐下后，石北海的母亲走到林小樱跟前，伸手握住林小樱的手，一边轻轻地抚摸着，一边仔细打量着林小樱。虽然她只见过林小樱一次，但是每次石北海和林小樱见面，都会一五一十地告诉母亲林小樱最近的状况，石北海心里明白，母亲对这个只有一面之交的女孩儿，是怀有深深的好感和信任的。

"我挺好的，早就想来看看伯母了，一直拖到现在。"

老人看到石北海给林小樱泡好了茶，就说："你好好陪着小樱姑娘说话，我去看看你爸爸去。"

"伯父回家了吗？"林小樱问石北海。

"是的，回家了。"石北海在林小樱身旁坐下，回答道。

"那你们更辛苦了。"林小樱说。

这时，从里屋传来石北海母亲说话的声音，林小樱也想看看石北海父亲，便说："我能去看看伯父吗？"

"可以。"石北海答应一声，起身带林小樱去看他父亲。

一位满头白发的老人正平静地躺在床上，虽然老人闭着双眼，却能看出他是那种面目清秀，很干净的男人。石北海的母亲坐在床边，一边跟他说着话，一边帮他按摩手臂，看见林小樱进来，连忙站起身，对林小樱说：

"嗨，就这么睡着，不想醒来呢。"

他母亲说这话时，目光安详，充满怜爱，说话时的模样，好像躺在床上的，不是一个已经昏睡很久的病人，而是她睡过了头的孩子。

石北海站在一边，接过母亲的话说：

"我爸一生都是好身体，没进过医院，老来受了罪了。"

石北海说这话时，脸上在一瞬间流露出难过的神情，但是很快，脸上的难过，就被一抹淡然而明朗的微笑所代替。

"他生病前还说要回老家看看呢，没承想，就再也回不去了。"

林小樱问："伯父是哪里人？"

"河北沧州人，我名字就是我爸给起的，北方的海，是寄托了他的思乡之情吧！"

林小樱说："原来是这样啊！"

石北海说："是啊，我爸从小在海边长大，后来当了兵，当年解放燕江时过来的，在这里认识了我妈，就留在这里工作了。"

石北海的母亲听儿子这么一说，脸上露出一丝骄傲的神色，她又看了看如同植物一般静静躺着的丈夫，摇了摇头，说道：

"老头子要是当年跟着部队走，这辈子工作发展上，肯定要比现在好很多啊。"

"是啊，没办法，谁让他当年被我美丽的妈妈迷住了呢？"石北海歪着头看着他妈，一边眯着眼笑，一边打趣地说。

而他的母亲，听罢儿子的这句话，突然间脸上的笑意消失了，只见她一动不动地盯着老伴的脸，努力地抿紧嘴唇，然后，鼻子开始发红，眼睛含着泪水。

石北海知道自己的话让母亲伤心了，赶紧走过去，张开双臂，轻轻抱着母亲瘦小的肩膀，说：

"不难过不难过，我爸遇到你，多幸福啊！"

　　林小樱看到石北海母亲的情绪变化，内心也被深深地震撼了。虽然她们接触不多，但是，石北海母亲给她印象最深的，是她的优雅修养，和一直以来的乐观态度。这还是她第一次见到石北海母亲难过的样子。她想，不知道两位老人一生经历过什么，可是，能和一个自己所爱的人相守一生，这该是多么美好的事啊。

　　待母亲平静了一些之后，石北海才松开手，他母亲用手背抹了一下眼睛，说：

　　"唉，老头子一生要强，现在这是英雄末路了。"

　　石北海看到母亲伤感的样子，连忙说："英雄一样地活过就行，人生不就是这样吗？有开始，就有结束。无论如何，总是要结束的。"

　　是啊，总是要结束的。

　　石北海的这句话，让林小樱一下想到了父亲。她想，可不是吗？人生真是无常，当年的父亲，不也曾是踌躇满志，想要做些事情的吗？而母亲，那么爱父亲，可纵然万般不舍，也是无力回天，反而把自己也搭了进去。于是，她感慨地说：

　　"是啊，总是要结束的，以不同的方式。"

　　石北海感觉到，林小樱这一瞬间情绪跟着他们母子的情绪在变化，担心她又陷入忧伤里，于是，连忙转换语调，提高了声音说：

　　"所以……"

　　他停顿了一下，伸出右手在自己的头顶上挠了挠，看着母亲，又看看林小樱，说：

　　"所以我们要珍惜啊，珍惜我们眼前的日子，眼前的人。"

石北海母亲说："可不是吗?"

林小樱连忙点头说"是的，是的"。

石北海母亲又说："小樱姑娘来，我真高兴，晚上留下来吃饭。"

林小樱想推辞，说："不早了，要走了。"

石北海母亲用手在林小樱的手背上拍了拍，态度坚决地说：

"好不容易来一趟，怎么的也得吃了饭再走，我去准备晚饭去。"

石北海看着林小樱有些为难的样子，忙说："来，我带你参观一下我的房间。"

林小樱不再推辞，跟着石北海穿过堂屋来到里面的一间房。房间很宽敞，收拾得干净而整洁，有一张书桌，一个靠墙的书架上面放着很多书。

"这么多书啊。"

林小樱想起石北海告诉过她他母亲是中学教师的事，觉得他喜欢看书也是件很正常的事。

"是啊，最近新华书店进了很多好书，以前根本看不到的书，现在都有了，真好啊。"

"你每天都看书?"

"是的，业余时间，除了照顾我爸，就是读书了，有书读，真的好幸福啊!"

"真好。明天我也去书店看看。"

石北海说："嗯嗯，你去看看，有些书一出来就卖光了，得经常过去看看。"他停顿了一下，接着说，"我猜，你来我家，是有什么事情吧?"

林小樱说："我就不能来看看伯母吗？"

石北海低头笑了笑，说："你没事是不会来我家的，对吗？"

林小樱老老实实地承认，说：

"是，我是有事要告诉你，我被调到设计科了，下周要去省城培训呢。"

石北海听罢，立刻咧开嘴笑了起来，露出那一排整齐洁白的牙齿。

"哎呀，真是太好了。"

林小樱以为他会说，这是他拜托车间主任赵建新的事，没想到主任就照办了。可是，石北海并没再说话，只是看着她笑。

林小樱说：

"我是来谢谢石大哥的。我知道是你跟赵主任说的，要不然，没人知道我会画画。谢谢石大哥啊！"

"谢什么？你画得真不错。我虽然不会画，但是我还是看得出来，你是画画这块料。"

石北海的这句话，让林小樱又想起了父亲，她不由得叹了口气，说：

"唉，我不算，我爸才真的是一块画画的材料呢。"

石北海好奇地问："是吗？跟我说说你爸吧。"

"也没什么好说的，他就是爱画画，一心想做与画画相关的工作。可惜，眼看着愿望就快实现了，人却没了。"

"这样啊……"石北海一时不知说什么好。林小樱接着说：

"是啊，人的命运真是难测，后来厂里知道他会画画，就把他借调到宣传科工作，过段时间应该会正式调过去，没想到，工作的时候发生了事故。"

"所以，"石北海停顿了一下，低下头，又抬头看着林小樱，说：

"你更要珍惜现在的机会了。"

"嗯，放心吧，石大哥，我会的。"

林小樱一边回味着石北海的话，一边认真地回答道。

石北海点点头，忽然像是想起什么，问林小樱：

"你跟你的那位男朋友现在咋样了？"

林小樱说："他好久没跟我联系了，可能是有误会吧。"

说话间，她想起了徐妈给石北海打电话的事，便怀着歉意说：

"对了，这事还让石大哥被大家误会了……"

石北海说："有些人就是这样的，整天没事干，瞎琢磨别人的事。我倒是不怕他们那些闲话，我是担心你，怕你受不了那些风言风语，所以，一直也没跟你联系。"

林小樱皱了皱眉，说：

"没事的，都会过去的。我昨天给他写了最后一封信，看看有没有回音吧。"

"他是不是听说了什么，误会了你？"石北海问。

"嗯，不说这些了。"林小樱想逃避这个话题。

石北海说："我正好过几天还要去上海出差，我去找他，跟他解释清楚，再问问他，到底对你想怎样？"

"这样不好吧？"林小樱有些犹豫。

石北海说："有啥不好的，很多事情就是这样，你得弄得明明白白的，不能再糊里糊涂地过日子了，知道吗？"

林小樱低着头，"嗯"了一声，算是答应了石北海去上海见陈一楠这件事。

从上次在陈一楠家里意外相遇而激烈争吵之后，林小樱心里一直认为，她和陈一楠之间的矛盾，并不是陈一楠的错，而是她自己太任性，非要生下孩子，让陈一楠为此为难。之后，石北海的出现，又让陈一楠陷入了深深的误会之中。

现在，石北海想去澄清这个误会，林小樱认为，如果他们真能见上一面，把事情原原本本都解释清楚了，对他们三个人来说，应该都是一件好事情。

五

石北海乘坐早上的火车到上海之后，时候又跟上次一样，到了黄昏时分。凭着记忆，石北海找到了陈一楠的学校。

校园里，一些男学生在远处的足球场上踢球，另有一些学生在操场的跑道上跑步或散步，还有些在人行道旁边的草地上、石凳上坐着看书。石北海径直找到陈一楠的寝室，门虚掩着，并没有关上，他便推开门往里看去，寝室里还是只有那个小平头一个人在小桌子边看书。

小平头见有人进来，抬眼看了看，正好跟石北海的眼睛对视，还没等石北海说话，小平头就先开口说话了：

"哦，你是找陈一楠吧？"

石北海连忙回答是的。

小平头说："他现在不住寝室了，他在外面住。"

石北海有些吃惊，想了想说："那能告诉我，他的地址在哪里吗？"

"我不知道具体地址在哪里，只知道好像是在复兴中路那边，他女朋友家里。"小平头回答道。

石北海心中一颤，暗自嘀咕着：果然是有女朋友了。

他故意重复了一下小平头的话："他女朋友家？"

"是啊。"小平头回答。

"那我怎么能找到他？"

"你给他打电话吧，他女朋友家有电话。我们有事找他，都是给他打电话。"

说完这话之后，小平头在小桌子上放着的一堆书里翻了几下，找出一个小小的通信录，翻开，找到了陈一楠的电话，又在一张白纸上抄了一遍，交给了石北海。

石北海连声说："谢谢，谢谢。"

在一个路边电话亭里，石北海拨通了陈一楠的电话。

接电话的是个女子的声音，石北海听见她拿着电话招呼陈一楠：

"一楠，找你的，快点快点。这是谁啊？"声音年轻好听，说的是上海话，不过，石北海听懂了。

石北海告诉陈一楠自己的名字，说自己从燕江来上海出差，是林小樱的朋友。

听筒那边静默了一会儿，然后，陈一楠问道："你找我有什么事吗？"

"对，确实有事。"石北海说完，生怕陈一楠找理由拒绝，又用坚定的口气说，"告诉我怎么见到你。"

陈一楠想了一想，说：

"你现在在哪里？"

当陈一楠知道石北海在他学校附近的时候，说了一个学校附近的地址，让石北海在那里等他。

"你有什么特征？"陈一楠问。

"我身高一米八，寸头，穿蓝色工作服，背一个黄色的军用包。"

石北海找到那个地址，原来是一家饭馆。店面很小，但生意很好，几乎每张桌子上都有食客。石北海就在饭馆大门附近站着，等待陈一楠。

等了大约一个小时，陈一楠到了。他很快找到石北海，上下打量了一番，问：

"是你吗？燕江来的？"

石北海看到的是一个穿着白色衬衣，和一条黑色喇叭裤的年轻人。他的头发很长，胡子修理得很干净，打眼一看，就是个青年艺术家的形象。不需要再问了，他知道，这就是陈一楠。

陈一楠领着石北海进了饭馆，两个人在一张两人座的靠窗小桌子前坐下，陈一楠用上海话叫来服务员，然后开始点菜。

石北海看见眼前的陈一楠面颊很白，很瘦，服饰与面容都显得很精致，那是一种男人的精致，在他的身上，已经看不出外地人的痕迹，而俨然是一个上海本地人。

在等菜的当儿，陈一楠开始说话。

"你，现在在跟林小樱交朋友？"

石北海说："我就是为这个事情来找你的。"

陈一楠没说话，他从口袋里掏出一盒"中华"香烟，递给石北海。石北海接过烟，陈一楠自己也从里面抽出一支含在嘴上，然后，他从裤子口袋里掏出一个 Zippo 打火机，先帮石北海点上，再给自己点燃。只见他深深地吸了一口，又慢慢地吐出烟雾，然后，他静静地看着石北海，等待他说话。

"我跟林小樱，是因为我母亲认识的。"石北海说。

石北海将林小樱当时如何认识他母亲，之后又是因何见过几次，一五一十地告诉了陈一楠。他清楚地看到，陈一楠是一脸的不屑，这样的神情，表明了他并不相信石北海的话。

"也许，你不相信我说的话，但这就是事实。事情完全不是你想的那样。"石北海还是想向他解释。

陈一楠还是不说话。他一会儿看看石北海，一会儿又摆弄着手里的打火机，然后不停地抽烟。

"听你同学说，你有女朋友了。"石北海问。

陈一楠点了点头。

石北海说："看来，林小樱对你是一厢情愿了。"

"不是的，事情也不是你想的那样，"陈一楠说，"我和林小樱的事情，不是一句话两句话能够说得清楚的。但是，前段时间，我听说你们已经……"

"所以，你就交了新的女朋友？你知不知道，你让林小樱遭了大罪了，大出血，做手术，差点死在医院里。"

石北海突然按捺不住自己的情绪，有点激动地说。

这时，服务员端着一个盘子走到他们的桌前，盘子上有菜，还有一大杯啤酒，和两个空的玻璃杯。陈一楠低着头听石北海说完，拿起那个大杯的啤酒，给石北海倒了一杯，又给自己倒了一杯，对石北海说：

"喝酒。"

陈一楠说"喝酒"的时候，声音很低，有些绵软。石北海感觉到，眼前这个漂亮男人的身上，仿佛天然地带着一种伤感的情绪。这让石北海很自然地对他以礼相待，而很难以一个年长者的身份，用一种指导或者指责的态度对待他。

"我听说，她在跟你谈恋爱，而且，你已经住她家里了。"

陈一楠终于主动说话了。

"胡说，那天是个巧合。对面楼上失火了，所以，所有人都知道我在她家，便想出我跟她怎样怎样了，真是太可笑了。"

石北海不自觉地提高了嗓音，他的声音让旁边桌子上吃饭的人，好奇地转过头来，带着鄙视的眼神看着他们两个人。

"你知道吗？那天林小樱是怕你家连带着给烧了，就不顾死活地往楼上跑，结果，被人撞倒，从楼梯上掉下去。她上楼，就是为了护着你家的那些东西。"石北海说。

陈一楠低着头，一直在摆弄那个打火机，沉默了一会儿之后，他抬起头看了一眼石北海，接着又低下了头，一边继续摆弄打火机，一边说：

"现在，已经晚了。"

"你早干什么了？她说给你写过好几封信。"

"我没有收到她的信。"

"怎么可能？别再找借口了，都是男人，你那点心思，以为别人不知道呢。"

"我真没收到。"

石北海想了想，说："那我现在告诉你也不迟，你好好地听着，她只有你这个男朋友，她没别人，我跟她车间主任了解过，她是一个善良、温柔的好女孩，她一直在等你，每天都在等你。"

"已经晚了。"陈一楠说。

"没有改变的可能了吗?"石北海问。

陈一楠点了点头，然后举起啤酒杯，开始喝酒。

以前，石北海虽然没有见过陈一楠，但是在他心里，他一直认为这是一个混蛋男人。然而，不知为什么，从他看到陈一楠的第一眼开始，他就恨不起来了。原先，他是打算要为林小樱讨个说法的，在他的设想中，可能是要大吵一架的，没想到，陈一楠不仅毫无敌意，而且还请他吃饭、喝酒，而陈一楠那忧心忡忡的样子，让石北海觉得，他的所作所为背后，似乎隐藏着什么难言之隐。

这让石北海一时之间有些迷惑，此刻的陈一楠，到底对林小樱是一种什么样的感情呢? 是因为那些误会而记恨? 还是因为他自己移情别恋而心存愧疚? 原本预想中可能发生的冲突没有发生，陈一楠的态度，由始至终都是温和而友善的，仿佛他和林小樱之间，只是因为误会，才导致了他有新女友的局面。而他对石北海的态度，也是毫无芥蒂，已是朋友，这让石北海有些无所适从，只能这样不了了之。

分手的时候，陈一楠已经有些醉意。他伸出他那瘦长的胳臂，放在石北海宽大的肩头，说道:

"但愿林小樱能找到一个对她好的人。你怎么样? 你一直在追她吧?"

石北海借着饭店门口的灯光，看见陈一楠的眼睛里似乎有些泪光，还没等他看清，陈一楠已经走出饭馆大门。

外面一片漆黑，路灯在马路的边沿上闪着惨白的光，石北海这时已经看不清陈一楠脸上的五官了，于是，他对着那个消瘦的身影说：

"你就别猫哭耗子假慈悲了，你不稀罕她，稀罕她的人，多的是。"

"我知道，我知道……"

石北海的话使陈一楠变得冲动起来，他的声音突然开始有些颤抖：

"帮我带句话给小樱，请她多保重。"

还是那样低低的声音，听起来，却仿佛是一只受伤动物的呻吟。说完之后，陈一楠对着石北海挥了挥手，表示告别。

突然，石北海想起了什么，他快速走了几步追上了陈一楠，将他高大的身躯挡在了陈一楠的面前，说道：

"她现在不在车间了，她被调到厂里的设计科做服装设计了，现在正在省里培训，一个月之后回燕江。你，写封信给她吧。"石北海说。

陈一楠低下头，又是沉默。

石北海一字一顿地说："你给她写封信吧。你都跟人同居了，也该明明白白地跟她说清楚了吧，别让她再空等了。"

"都过去了。"

陈一楠说完这句话，绕过石北海，头也不回地快步离开。

石北海这时才突然感到，愤怒的情绪已然从心底里爆发出来，他对着陈一楠的背影大声地喊道：

"你这人太不仗义了，你他妈的，就跟陈世美一个样儿。"

一辆蓝白相间的公交车正好停在路边，陈一楠纵身一跃跳上车。

　　很快，汽车发动，慢慢消失在石北海的视线里。石北海心想，陈一楠和林小樱是真的结束了，只是，他依然感觉得到，陈一楠是爱林小樱的。至少，曾经是爱她的。

第六章

一

在一个月的培训中，林小樱不仅学习了由专业人员教授的服装设计基础课程，还在培训期间看了一场模特表演。

这是上海服装公司的模特队在省城的一次内部表演。模特们一个个貌美如花，画着浓妆，身材挺拔纤柔，服饰色彩艳丽，各式各样。有超短裙，有露出半个肩膀的长裙，还有一些不对称设计的奇装异服。林小樱以前从来没有看过现场的T台表演，如此近距离地看到模特们的衣服和身体，那种令人赏心悦目的美的感受，让她及所有在场观众为之动容。

"真的是太美了。"

林小樱的心里，第一次感受到了一种来自新事物的强烈冲击。

一个月的时间很快过去，林小樱培训结束。

回燕江之前，林小樱到省城最大的新华书店待了整整一个下午，她在那里匆匆看了一些自己感兴趣的书籍，然后，留下回去乘车和旅途需要的钱，将剩下的所有钱都用来买了书。回家的这一路上，她像拎着宝贝一样拎着一捆沉重的书籍。此后，她就学着石北海的样子开始读书，很快，买回来的书就读得差不多了，她就开始计划，每个月留出一些钱，专门用于买书。从此以后，买书，读书的习惯，便伴随了林小樱的一生。

石北海回来之后并没有即刻联系林小樱，而是等了一个月的时间，才给林小樱打电话。因为他不能确定，陈一楠是否会给林小樱写一封信，明确告诉她，自己已经有女朋友这件事。

林小樱知道石北海找她，肯定是要谈陈一楠的事。所以，还没等石北海说出见面的地址，林小樱就说：

"这样吧，我请石大哥吃饭。你想吃什么？"

石北海说："吃饭的话，也是我请你啊，我是大哥嘛。"

"不行，我还没正式谢谢你呢，谢谢你帮了我这么多。我们去永泰吃面吧。"

"行，下次我请你。"石北海爽快地说。

林小樱自从到设计科上班之后，她的作息时间也变成早上八点上班、中午十一点半下班，下午一点上班、下午五点半下班的八小时工作时间，和石北海的工作时间完全同步。这天，两个人下班之后，在永泰小吃店见了面。

两个人一边吃着阳春面，一边说话。石北海问："你培训得怎么样？"

林小樱的脸上露出一丝兴奋的表情，眼睛也开始有了少有的光芒，她感慨地说：

"哎呀，真的是感触太多了，外面的世界太精彩了。我得努力学习才行啊。"

石北海说："那就好好地努力吧。忘掉别的事。"

林小樱问："你去上海见到陈一楠了吗?"

石北海说："见到了,我找你,就是为了跟你说这事呢。"

林小樱问："他现在什么情况?"

石北海没有回答,而是问道："他有没有给你写信?"

林小樱回答："没有。"

石北海低头吃面,没再说话,很快就吃完了碗里的面。他将筷子往桌子上一放,说:

"你别再惦记他了。"

林小樱这时已经知道了答案,但是她还是看着石北海,问道："他是不是真的有女朋友了?"

石北海点点头说："是的。"

林小樱低着头,没有说话,眼圈开始泛红。石北海知道她肯定难以接受这个现实,就说:

"都过去了,忘掉他吧。你要开始新的生活。"

林小樱抬起头来,说:

"其实我知道他已经变心了,只不过,我是不死心。"

窗外,最后一抹阳光照在窗户玻璃上,又透过玻璃,照在了林小樱白皙清秀的脸上。石北海看到林小樱的眼睛里,闪动着晶莹的泪光。

林小樱发现石北海在看她,抬起双手,遮住了自己的脸,又用手背轻轻擦了一下眼睛,不解地说:

"我还是想不通,一个人怎么能说变就变,这么绝情呢?"

石北海心想,这世上,怎么会有这样傻的姑娘呢?明摆着的事情,却死活不相信,他轻声地说道:

"你知道吗？人就是会变的动物，这也是人和普通动物的不同之处。"

林小樱问："那你会变吗？"

"我也会啊。人有时要学会面对现实，该放下的就得放下。在心里留住美好的那一部分就可以了。"

林小樱看见小吃店门口站着好几个等座位的人，便示意石北海赶紧离开，将座位让给那些等座的食客。

他们离开小吃店，石北海推着自行车，一边说着话，一边和林小樱慢悠悠地走在人行道上。

走了一会儿，石北海停下，转头看看林小樱，见她低着头正在认真地听他说话，便又接着说道：

"你就说永泰的阳春面吧，这面从前可都是手工做出来的，现在都改成了机器制作了，要说味道，虽然它的味道在燕江是最好的，可是跟它过去的味道相比，肯定是不一样了。但是机器有机器的好处，产量上来了啊，比人工做可是多快好省呢。"

林小樱想起当年和父母一起在永泰小吃店吃面的情景，记忆里，那面的味道和现在似乎真的有点差异。

"还真是呢。"

石北海又说："你知道吗？我和我爱人在农村插队的时候，受了很多苦，有身体上的苦，也有精神上的苦，但我们是互相支撑着走下来的，所以，我爱人去世的时候，我觉得我这辈子不可能再对其他女人好了，当时自己的感觉是，就那么怀念她一辈子，也很知足了，这完全是发自内心的感觉。"

林小樱静静地听着石北海说话，心里充满了对他的敬意。

石北海接着说："可是，我认识你以后，渐渐地就变了，我也不知道是怎么回事，我打心眼里不希望自己这样，可是，还是忍不住。好像，从开始到现在，越是跟你熟悉，这种感觉就越强烈，好像是，"他停顿了一下，又说道，"好像是你这个人，激起了我心里的某种东西。是什么？我也说不清。"

林小樱听石北海这么说，有些羞怯地低下了头，她对他说的某种东西，感到好奇，她想，那是什么呢？她也不知道。她只知道，她没有显赫的家世，没有有钱或者有权的父母，从小长到大，追求她的男孩子，多半都是喜欢她的模样。她知道，陈一楠喜欢她，可能是因为他们童年时的那段经历，那时候，他们因为彼此的性格很相似，所以彼此很友爱。

林小樱认为，这就是他们爱情的基础，而爱情，不就是彼此了解，彼此吸引吗？可是，石北海喜欢她什么？难道是因为当年自己送了他母亲回家这件事吗？如果是这样，这能算是爱情吗？爱情的基础，应该不仅仅是因为一个人的善举吧？而且，他为什么喜欢自己，居然连他自己都说不清楚。林小樱心里有些迷惑，她没有接话。

二

石北海似乎看出了她的迷惑，见她半天不说话，只好自己继续说下去：

"开始，我没想太多，只是觉得你这姑娘吧，不光是长得好看，还很善良，我觉得，谁要是娶了你这样的女人做老婆，那就太有福气了。所以，咱们第一次去上海，我还真想看看你那个男朋友长的啥模样呢。"

"是因为我送伯母的事情吗？"林小樱问。

157

"开始的时候是，我妈回家后，跟我说了你们当时坐车的情景，我就好感慨，心想，这个女孩儿真的是天性就善良，因为，当时没有人知道这件事，你完全可以当作没看见，可是你没有，而且，还生怕我妈会有什么意外，硬是冒着风雪将她送到家门口，可是你忘了，你自己是不是也有发生意外的可能性呢？你忘记了你自己，你有一颗多么善良的心啊。"

林小樱被石北海夸得有些害羞了起来，赶紧说：

"看你，把我说得那么好。说得我都不好意思了。"

"你就是那么的好。"

"可是，我不也是有许多不好的地方吗？我知道很多人都觉得我不好的。"

"你是太善良了，不懂得保护自己，其实你相信的很多东西，并非像你想的那样，而且，当你遇到麻烦的时候，你没有逃避，还是那么诚实地对待别人，对待自己。所以，我挺佩服你的呢。"

石北海的这番话，让林小樱的心弦颤动了起来，想到自己这段时间以来内心所受的煎熬，她的眼圈又开始发热，她打断了石北海，说：

"石大哥，你别说了，最近发生了太多的事情，我已经不再是从前的我了。以后，我也不打算再恋爱结婚了。"

石北海听她这么一说，一股热血猛然冲上了脑际，不知道从哪里来的勇气，他伸出右手，一把拉住林小樱的胳膊，然后，拉着她走到人行道上的围墙边。

那墙很高，上面还缠着一圈足有一米来高的铁丝网，林小樱站在墙根下，显得更加瘦小。她沮丧地佝偻着腰，像一株失去水分的植物，完全没有了刚才说到培训时那种神采奕奕的神情。石北海知道她心里难过，就又走近了两步，站在她的对面，他低下头看着林小樱，说道：

"你别乱想了，你在我心里，跟从前没两样，你还是那个你。"

此刻的林小樱，脑子里不断闪现着陈一楠和他的新女朋友的画面。虽然她不知道那个女人长什么样，但她知道，那一定是个比她优秀的女人，不然，陈一楠怎么会变心呢？

石北海将一只手撑在墙面上，另一只手又在自己的腰间，侧着身子站在林小樱身旁，这姿势让她想起在上海的那个夜晚，陈一楠也是这个姿势站在她的面前的，不觉又悲从中来。

两个人一直沉默着。本来，石北海只是想和林小樱谈谈陈一楠在上海的情况，并没有打算今天晚上就要向林小樱求爱的。可是，此时此刻，石北海忽然觉得，也许现在就应该说出来，也许现在，就是说出来的最好机会。

于是，他鼓足了勇气说道：

"如果，如果你要是不嫌弃我结过婚的话，我愿意一辈子陪着你，一辈子对你好的。"

林小樱依然沉浸在失去陈一楠的失落和愤恨中，所以，当她听见石北海的话后，本能地伸出腿向旁边挪了两步，然后身体僵硬地直立着，仿佛随时准备逃跑。

石北海尴尬地站在那里，过了大约两分钟，才慢慢移到林小樱身边，低声问道：

"你愿意和我在一起吗？"

林小樱还是一动不动地站着，眼睛茫然地看着远处。石北海不知道她在想什么，以为她已经答应了自己的请求，只是不好意思说出口。于是，他又走近一步，伸出放在腰间的那只手，放在林小樱的肩膀上。突然间，林小樱"哇"的一声，失声大哭起来，人行道上有人听见哭声，惊诧地转过头来看着他们俩，有个正在人行道上疾步快走的男人听见哭声后，以为有人在欺负女人，扭过身体一路小跑到他们两人的面前，仔细打量，觉得这应该是恋人之间的事情，便看了看，又转身继续赶他的路。

等林小樱哭完之后，石北海才说：

"你别哭了，我说错话了，以后不说了，行不？来，我送你回家。"

那天，石北海骑着自行车将林小樱送到安平院后，林小樱又本能地想让他快点离开。一开始，石北海也想着赶紧离开，免得让院子里的人看见又要说闲话，可是他转念一想，反正他们是要说的，又有什么可怕的呢？

于是，他对林小樱说："我把你送到家，你听我的没错。"

然后，大大方方地和林小樱一起，走进了林小樱的家。

刚进家门，林小樱就满脸担忧地说：

"这回，院子里的人肯定会说，我们俩就是他们说的那样了。"

石北海说："其实，你怎么做，他们都会说的，他们说你好，你就好了吗？他们说你不好，你就不好了吗？让他们说去吧，爱怎么说就怎么说，没必要搭理他们。我们要是现在真的在一起了，他们那些人的嘴，也就自然闭上了。"

林小樱完全听不进石北海的这些话，她感觉自己的脑子很乱，乱得理不出头绪，便说：

"好了，你也该走了，我明天还要早起呢。"

石北海说："好的，你好好休息，以后日子长着呢，咱俩都要努力学习，好好工作，对吧？"

林小樱说："石大哥，我一直是把你当成了大哥哥，咱们俩现在就这样做朋友，其他的事，以后再说，可以吗？"

石北海突然觉得自己实在是太鲁莽了。他想，看来，林小樱还是陷在过去的感情里走不出来。他想了想，觉得这事还是不能着急，得靠她自己慢慢走出来。便说：

"行，听你的，我今天有点鲁莽了，别放心上啊。"

石北海走后，林小樱关上屋门，自己一个人面对空空荡荡的家，想着刚才石北海说的那些话。

她觉得石北海说的那些话，确实有道理，可是，人活在这个世界上，活在人群中，又怎能对别人的评价不管不顾呢？

此时，陈一楠的样子又浮现在眼前，林小樱不禁怨恨起自己，她恨自己一厢情愿地思念一个已经抛弃了自己的人。当她想到陈一楠已经和另一个女人在一起时，她的眼泪忍不住地又掉了下来。

然后，她想到那个在她腹中待了六个月的孩子，想到自己怀孕以来所遭受的身体上和精神上的折磨，她扑倒在母亲的那张大床上，一股隐匿在体内已经很久了的伤痛，仿佛一股黑色的暗流突然间从身体的深处喷涌而出，她放声大哭，哭泣的声音里夹带着嘶哑的号啕声，就像是一只受伤的动物，独自宣泄着自己的悲伤。

三

时间一天天地过去，很快，这一年就过了一半。

　　林小樱对设计科的工作，从一开始的毫无所知，开始慢慢熟悉了一些。因为她的设计基础相对较弱，而和她同时调进来的两个同事都是科班出身，本身就有着很好的专业训练，服装设计这项工作对他们来说，也就显得比较轻松。林小樱感觉到了自己在新工作上的吃力，于是，她将自己全部的时间和精力，都放在了学习这件事上。

　　石北海呢，刚开始还偶尔给林小樱打个电话，问问有什么需要帮忙的，后来，有大半年的时间，石北海没有给林小樱打过一个电话。

　　这天晚上，林小樱刚吃完晚饭，正准备将一张服装设计样稿修改一下，石北海突然来了。

　　林小樱看着眼前面容明显有些憔悴的石北海，感觉好久不见的他，似乎发生了什么事情，便问他：

　　"是发生什么事情了吗？"

　　石北海点点头，说："是。"

　　原来，半年前，石北海的父亲在睡梦中离开了这个世界。父亲走后，他的母亲大病了一场，石北海这段时间，是一边上着班，一边照料他的母亲。

　　"最近，我妈的身体好转了起来，所以过来看看你，想跟你说说话。"

　　"真是没想到，你这段时间一定很辛苦。"林小樱说。

　　"是啊，没办法，两个人一辈子可以用一个词，叫'相濡以沫'来形容了，我们对我爸的病是早有准备的，可是我爸这一走，对我妈还是刺激挺大的，我感觉她是越来越衰弱了。就这半年的工夫，好像一下子老了许多。"

"唉，"林小樱叹了口气说，"人在一起越久，肯定越是受不了这种离别。"

林小樱又想起了自己母亲真正的衰弱，就是从父亲离世的时候开始的。随即，她又想起了父亲曾经念过的两句诗，便脱口念了出来：

"变故在斯须，百年谁能持？"

石北海还是第一次听林小樱说古诗词，这让他有些吃惊，他也几乎是脱口而出地说出了此诗下面的一句：

"离别永无会，执手将何时？"

"是啊，人生太无常，"林小樱感慨地说，"明天，我想去看望伯母。"

石北海没回答，而是定定地看着林小樱。

林小樱被他看得不好意思起来，忙说："我小的时候，老是听我爸念些诗句，以前不知道什么意思，现在想想，这些诗写得多好啊。"

石北海点点头，脸上的神情有些紧张，似乎是憋了半天，才终于说出了口：

"我们结婚吧。"

林小樱听了这话，一下子愣住了，她觉得，自己虽然认识石北海也快三年了，可是平时接触很少，虽然内心敬重他，可毕竟没有真正地了解他。于是赶忙说：

"不行，不行，我们彼此还不了解呢。"

石北海低头笑笑，说："嗯，说不了解吧，其实也了解了，透过现象看本质，我觉得我是了解你的，你信吗？"

"可是，我不算了解你啊。"

"你想知道什么，你可以问啊。"

"不行，我们还没谈恋爱呢。"

"噢，可是，谈了又怎样？我们单位有人谈了五年恋爱了，照样还是离婚了。"

"可是，可是……"

林小樱想说自己的年龄还不算大，干吗那么着急呢？话没说出口，想到石北海比她大八岁，已经三十多岁了，连忙又把话咽了回去。

"我那天跟我妈说了，我说我告诉小樱了，我喜欢她。你猜我妈说什么？"

"说什么？"

"我妈问我，你答应没？我说你没答应，也没反对，她好像很失望，她说，要是她能看着你成为她的儿媳妇，她死也瞑目了。"

林小樱静静地听石北海说，没有说话。

"按理说，我爸这么一走，三年都不该说结婚的事。可是，我妈这一场病，我真的是不知道她什么时候也会突然就……"

"你别乱说了。"

"我说的，可不就是实话吗？我妈今年八十了，我要是能在我妈还算好的时候成了家，也是对我妈的一种安慰吧。"

林小樱想了想，说："这事有点太突然了，你让我考虑考虑吧。"

第二天下午上班的时候，赵建新来到设计科找林小樱。

因为是上班时间，不便走远，两人就在林小樱办公室的走廊上说话。赵建新开头就问：

"石北海是不是想跟你结婚来着？"

林小樱大惊，问道："你怎么知道的？"

赵建新老老实实地说："他找我了，让我帮他跟你说说。"

"可是，你也不了解他啊。"

赵建新说："我是不了解他，可是有人了解他啊。你大概不知道，他办公室主任是我战友呢，铁哥们，上次在医院的时候，我们还说到了我战友。所以，我悄悄地帮你打听了一下。"

林小樱心想，原来你们背着我干这些事呢。但她知道赵主任是一片好心，所以心里还是觉得十分地感动，便等着赵主任说他都打听了什么。

"林小樱，你要是真的能和他在一起，其实挺好的，你不会吃亏的。"

"为什么这么说啊？"

"他爸是北城中学的老校长，现在咱们市的市长，就是他爸当年在部队的老部下，他妈也是北城学校德高望重的老师，他自己现在是他们厂供销科的科长。我听说，他爱人生病的时候，他是从头到尾无微不至地照顾她，可惜，人还是没留住。不过，这也足以说明他人品很好的，是不是？"

听赵建新这么一说，林小樱心想，石北海跟她认识以来，从来没有说过自己是科长，说他母亲的时候，只说是个老师，从来也没说过他父亲是校长，他这人还真是沉稳啊，一点都不浮夸。而且，在他母亲身上，没有感觉到半点德高望重的感觉，如果不是听石北海说他妈是老师，林小樱还以为她就是个和自己母亲一样的妇人呢。到他家去的时候，除了看到石北海房间有很多书，其他地方，没有看出这是一个中学校长的家，相反，没什么像样的家具，所有的陈设都很简易朴素，这让林小樱有些吃惊，也让她对石北海和他母亲，更增加了一些敬意。

"是的，我也觉得他人很好，可是……"

"可是啥嘛，我觉得，比你以前的那个男朋友，那个陈什么的，要可靠得多。说实话，我以前还为你担心呢。一直也不敢问你，我还是听我战友说的，你跟石北海在一起多久了？"

赵建新问这话的时候，脸上闪过一丝难以察觉的狡黠表情。林小樱一听这话，涨红着脸赶紧解释：

"那是误会，他们误会了，我们根本没在一起过……"

赵建新打断林小樱的话说："别管那么多了，我觉得挺好的，你好好考虑，考虑好了就做决定。好了，我任务完成了，我得走了。"

说完，他向林小樱挥了挥手，说了声再见，然后快步离开了厂部办公楼。

林小樱没想到石北海用了这样的方式让自己答应他的求爱，这是想让自己从侧面去了解他吗？她想，石北海这是真的着急要结婚啊。联想到那天石北海跟她说，他妈妈想看着她成为儿媳妇的话，她的心更加乱了，她决定请李春梅吃饭，跟她说说这件事。

四

林小樱和李春梅来到永泰小吃店，找到座位后，两个人看到小吃店的墙上贴了一张粉红色的纸，上面竖着写了一排食物的种类。

李春梅兴奋地说："乖乖，这回不光是阳春面，还有好多面呢，牛肉面、虾子面，还有炸酱面，烧麦也做了各种馅儿的呢。你说咱们吃哪种？"

"你吃哪种我就跟你一样吃哪种。"林小樱说。

"我都想吃。"

李春梅贪婪地看着上面的名目，最后决定这次先吃牛肉面和肉丁烧麦，下次再吃虾子面。

牛肉炖得很烂，香味扑鼻，让两个人大饱了一次口福。李春梅一边喝着剩下的面汤，一边对林小樱说：

"你一说请我吃面，我就想你肯定有什么好事情，对不对？"

李春梅圆圆的脸上露出一种怪异的表情，林小樱看着她这表情，不禁心虚了起来，脸上瞬间泛起一层红晕，叹了口气说：

"唉，你是真聪明。"

"是不是石北海向你求婚了？"

"你怎么知道的？你这聪明是不是有点过头啦？难道你是能掐会算李半仙？"林小樱被李春梅的问题惊住了。

"你别管我怎么知道的，你就说是不是吧。"

林小樱老老实实地点头说是的。

"你是不是还犹豫不决啊？别傻了，赶紧答应啊。"

"我一直当他是大哥来的。"

"你真傻，哪里来的大哥？男女之间不就那么点事儿吗？他要不是喜欢你，怎么可能对你那么好？"

李春梅的话，让林小樱觉得自己的脑袋被什么敲打了一下，林小樱说：

"你的意思是说，他一开始就喜欢我？"

"何止他一开始就喜欢你，很多人都喜欢你。唉……谁让你长得这么好看呢？你都不知道，我有多羡慕你。"

"你还羡慕我？我是多命苦的人啊。"

"不会再苦了，你的好运气来了。据我所知，石北海虽然是个结过婚的男人，可是仍有好多女的追他。"

"为什么？"

"因为他条件好啊，这不是很明显吗？你以为是因为他长得高长得帅？你不也是一直大哥大哥地叫着吗？要是换个别的什么人，长得再高大，你会认他做大哥吗？"

"原来你是这么看我的？"

李春梅的话让林小樱很惊讶，这完全是李春梅自己的想象，这想象是那么盲目武断，又自以为是，林小樱有点生气，沉着脸说：

"如果不是昨天赵主任告诉我，我都不知道他是什么情况。他从来没跟我说过他家太多的事以及他的事，我只知道他妈是个老师。"

比林小樱还小一岁的李春梅，此时摆出一副成熟老到的神态，说道：

"你们之间以前是什么关系我不管，这只有你们两个人知道，别人怎么说也就是图个乐子，我倒是想劝你一句，如果石北海真的向你求婚了，你还是答应吧，你和他在一起你是不会吃亏的。"

"不吃亏？不吃亏是什么意思？"

林小樱是第二次听到了"不吃亏"这三个字，虽然她知道李春梅说的"不吃亏"指的是什么，但她仍故意反问李春梅。

李春梅用她那双大得有些突出的圆眼睛冷冷地盯着林小樱，然后说：

"外面一直都在说你呢。"

"说我什么？不就是说我没结婚就怀孕了吗？"

林小樱说完这话之后，屏住了呼吸，想听听李春梅接下来会说什么，这也是她一直都想知道的事情。

"是啊，都在说你有孩子的事情。"

"他们怎么说呢？"

"说的不一样，有的说……"

李春梅话到嘴边，又觉得说出来可能会伤到林小樱，就犹豫着把到嘴边上的话吞了回去。

"没事儿，你说吧，我也想知道别人都是怎么说的呢。"

李春梅咽了一下口水，接着往下说：

"有的说，那小孩是陈一楠的，说他去了上海后，就甩了你；有的说，陈一楠走了之后，你就和石北海同居了，所以说，孩子是石北海的。那天，为了这事，车间的包二丫跟何家运争得快要吵起架来了。"

林小樱白皙的脸，慢慢泛出了青色。缝纫车间是服装厂最大的车间，有几百号人，在林小樱的记忆里，真正认识，或者说过话的，最多也就是二十来个人，这两人的名字，林小樱听说过，可是具体长什么样，却一时对不上号。

"唉！这两人我一时记不起模样了，没想到，还要为我的事吵架，真是太难为大家了。"

林小樱像是一只刚刚被群殴了的小猫，垂头丧气地叹了一口气。李春梅看着林小樱脸上那一副颓丧的样子，忙安慰她说：

"你也别放心上，他们就是闲的，找个事说说，打发时间。"

林小樱"嗯"了一声，又问李春梅：

"那你是怎么想这件事情的?"

李春梅想了想,说:

"我也不知道啊,你也没跟我说过,我还一直想问你呢。"

林小樱打量着眼前的李春梅,说:

"看来,你也是不信我。"

听了这话,李春梅连忙说:"嗨,别管这事了,我说不吃亏的意思就是,如果你现在跟石北海结婚了,不仅他的家庭条件好,你以后也不会再过苦日子了,而且,那件事就变得很自然了,也让一些人闭上嘴了。"

林小樱半天没转过弯来,一字一顿地问道:

"你是说,如果我和石北海结婚,大家自然就觉得,那孩子是我和石北海的了?"

"对啊,你终于是明白了,你俩一结婚,这不就名正言顺了吗?省得人家老是在背后说你。"

林小樱的心里,感觉被李春梅塞进了一块大石头,这石头堵得她快要喘不过气来。

她想,是啊,只要和石北海结了婚,别人就再也扯不了什么闲话了。可是,这事不就让石北海背了黑锅了吗?自己不就成了攀附权贵的小人了吗?

"你们不信就算了。"

林小樱说完,站起身就往外走,李春梅忙跟着她往外跑。追上她后,一把抓住她的胳膊,然后挽在自己的胳膊上,又亲密地晃了晃,说:

"我信我信,我信还不行吗?"

说完这话,李春梅朝着林小樱翻了一下白眼,又挤眉弄眼地朝着她憨笑,瞬间就打破了刚才的僵局,林小樱刚才紧绷着的神经，也慢慢地松弛了下来。

林小樱歪着头看着李春梅，觉得李春梅好像有点变了，而且是突然间就变了，变得聪明伶俐，复杂了起来。她第一次感觉到，周围的人，无论上过大学的，还是没上过大学的，好像都比自己聪明很多，一种由来已久的自卑感，和看不清这个世界的惶惑感，让她感到很沮丧。

在进永泰小吃店吃面之前，林小樱原本是想告诉李春梅，自己对和石北海结婚这件事的犹豫，可是现在，林小樱决定，结婚的事情，眼下还真是不能答应。

第二天，林小樱打电话让石北海来一趟安平院。

石北海满心欢喜，以为林小樱约他到家里，是想要告诉自己结婚的事情。没想到，林小樱说的是：

"石大哥，我现在不能和你结婚，这个事，以后再说好吗？"

尽管石北海对林小樱的决定原本没抱很大的希望，但是听完林小樱这句话，石北海的心，还是如同正在河面上轻快行进的小船，被突然重重地一击，一下沉到了水底。陡然间，他失望得像个丢了魂的孩子，有点茫然失措。不过，几分钟后，他迅速调整好了自己的情绪。

他用手挠了挠他那头浓黑茂密，却被剪得只有一寸来长的短发，故作轻松地说：

"行，听你的，以后再说吧。"

他停顿了一下，想说什么，好像一时间又不知道该说什么，两个人就这么沉默着，显得有些尴尬。

但是很快，石北海就打破了沉默，他对林小樱说：

"小樱，你记住我一句话，无论什么时候，我的大门，对你都是敞开的。什么时候你想进来都行，不用敲门。"

林小樱不知道应该如何表达自己此刻的心情。她低着头，沉默不语。

石北海努力不让林小樱看见他失落的情绪，对着林小樱咧嘴笑了笑，然后起身告辞。

林小樱看着石北海那一排洁白好看的牙齿，心头竟然掠过一丝明朗而愉悦的感觉，她暗自想到，这个人不仅人好，而且还很可爱，他笑的样子，有点像是一个腼腆的孩子。只可惜，现在她还不能跟他结婚。等将来吧，等一切都踏实了下来，也许，自己会和他在一起的。

但是，当她进一步想到，自己所说的踏实下来的一切，究竟指的是什么？她的脑际又不自觉地闪过了陈一楠的样子，和那个曾经陪伴过她六个月的孩子，痛苦的感觉再次袭上心头……

然后，林小樱阻止了自己这样漫无边际的回想。她告诉自己，忘掉陈一楠，忘掉所有这一切。

让石北海和林小樱两个人都没有想到的是，就在他们这次见面后的第三天，石北海的母亲，就像她的老伴儿一样，在睡梦中静静地离开了人世。

这个消息是林小樱从赵建新那里知道的。

那天，赵建新给设计科打电话，电话是曾科长接的，曾科长放下电话，对坐在门边上的林小樱说：

"林小樱，赵主任找你，让你现在就去他办公室。"

林小樱来到赵建新的办公室，一听到这个消息，心里仿佛被灌了铅似的往下沉，联想到石北海那天跟她说过的那些话，她开始有些后悔，她觉得自己如果答应了石北海，那么，他的母亲至少心里也是装着一丝安慰走的。

"他不想给大家添麻烦，所以只有很少的人知道，明天是一个简单的告别仪式，你也去一下吧。"赵建新说。

"我会去的。"

林小樱答应着，心想，为什么这件事，是赵主任通知她的呢？便问道：

"你们经常联系啊？"

赵建新笑笑，说："是啊，我昨天有个事找他，想请他喝酒，他说这几天家里有事，才说了这事。"

林小樱心想，他找石北海能有什么事呢？她想不出来，便没再多想，而是急匆匆地回到办公室跟曾科长请假。

曾科长看她一副心急火燎的样子，心想这事可能跟赵建新刚才找她有关，便说：

"快去吧，快去吧。"

林小樱赶到石北海家里的时候，石北海正在接待来吊唁她母亲的人。

看到林小樱来了，他的第一反应有些诧异，但他的面部表情丝毫也看不出有任何的情绪波动。他像对待所有来人一样，礼貌地握手、致谢。林小樱着急地赶到这里，原本是想要陪着石北海，可是她来了之后才发现，这里根本不需要她。

满屋子都是她不认识的人，所有人都只当她是一个前来吊唁的人，没有人多看她一眼，石北海也没有向任何人介绍她是谁。林小樱走到石北海母亲的像前，老人家慈祥的眼睛好像正看着她，林小樱跪倒在地上给她磕了三个头，石北海将她扶起，说了一句："谢谢。"然后，接着又有人给老人家磕头，石北海又去扶起那人……

扶完那人之后，石北海走到退到拐角的林小樱面前，悄声说：

"我现在顾不上你，快回家吧。"

林小樱也没坚持，答应着，离开了石北海的家。第二天，林小樱又向曾科长请了半天假，去到殡仪馆送了石北海母亲最后一程。

此后的石北海，如同石沉大海，没再与林小樱有过联系。林小樱猜想，一定是她的拒绝，伤了他的心。

五

这一年，元旦刚过，发生了两件事。

第一件是，在燕江服装厂工作多年的杨厂长退休了，燕江市领导考虑到服装厂今后的发展，从外面调来了一位年轻的新厂长，新厂长又在厂里提拔了两个年轻的副厂长，其中之一，有赵建新。据说，这是杨厂长向新厂长推荐的，因为杨厂长发现，赵建新不仅能干，还是一个为人正直、懂得感恩的人。

第二件事，是石北海要出国了。

一个清晨，石北海突然给林小樱打了一个电话，说最近木材加工厂的效益越来越不好了，现在有个机会，他已经决定停薪留职去国外一趟，看看有没有什么新的发展方向。

"明天就去上海，从那里坐飞机走。"石北海说。

"这么急吗？"

虽然两个人已经断联了很久，可是林小樱从来没有想到石北海会离开燕江，心里瞬时涌出一股莫名的失落感。

"嗯，我跟我老家的一个朋友约好了，我们一块儿去。"石北海说。

"出国就这么容易吗？不是还要办一些手续的吗？"林小樱问。

石北海说："都办好了，机票也买好了。我走之前，我们见一面，你看行吗？"

林小樱立刻答应道："好的，好的，今天下班以后吗？"

"是的。"石北海说，"是我去你家，还是你来我家？"

林小樱想了一下，说："我去你家吧。"

"好的，晚上见，你来我家吃饭，我做饭给你吃。"

石北海说完，挂断了电话。

晚上见到石北海的时候，看着石北海为她做好的一桌子菜，有她爱吃的糖醋排骨，西红柿炒鸡蛋，还有竹笋之类的素菜。可是，林小樱一点食欲也没有。

石北海看出了她情绪不高，便说：

"上个月，我老家的一个堂哥给我打电话，说他朋友请他去非洲帮个忙，他也需要一个人帮忙，因为跟伐木有关系，想来想去找到了我。我寻思，反正木材厂的效益也越来越差了，厂里已经有人停薪留职到南方下海了。"

"这么突然，说走就要走了？"林小樱的语气里，有一丝嗔怪的意思。

石北海说："是啊，是着急了点，可是，人生不就是这样吗？机会如白驹过隙，一闪就过去了，有的机会，来的时候，你要是抓不住它，就很难再次出现了。所以，我还是决定跟他一起出去一趟。"

林小樱想了想，觉得也是，可是她是一个不喜欢说变就变的人，她对自己生活里不断出现的改变，实在是难以习惯，她有点不安地问道：

"那你什么时候回来？"

"我也不知道，那里的一切，现在都是个未知数，不过没事，我会给你写信的，或者给你打国际长途电话。"

石北海说着，突然又想起了什么，说道：

"对了，我一直想跟你说个事来着。"

林小樱抬起头看着他，问："什么事？"

"算是我给你提个建议吧。"

"好啊，你说。"

石北海端起杯子里的红酒，对林小樱说："先干个杯吧，为我们的相识。"

林小樱也端起酒杯，两人碰了一下杯，石北海喝了一大口，林小樱喝了一小口。

石北海说："你现在还很年轻，我觉得，你应该尽可能快地出去学习一下。上海也行，北京也行。我听说，现在有的大学已经开设了专门的进修班，好多个专业，美术的也有，我原来曾想，要是我们真的结婚了，我会让你出去进修的。"

"进修"？林小樱还是第一次听到这个词，她不知道是什么意思，也没想了解一下，便说：

"还进啥修啊，眼前设计科的工作，我都快要应付不了了。"

石北海说："要是进修了的话，兴许会容易应付了呢。"

林小樱有些茫然，觉得能去北京、上海这样的城市学习当然好，可是自己已经是个有工作的人了，要是出去学习，必定是人要离开很长时间，那厂里怎么可能会答应呢？所以，就没敢往这上头多想，而是转换了话题，说：

"你走的时候，我去送送你吧。"

"不用送，我要先到上海，再从上海到香港，再从香港转机。"

"那你是坐船还是坐火车去？让我送送你吧。"

"我坐火车。明天晚上九点半的车，后天一早到上海。"

林小樱听说是坐的这趟车，立刻想起来她第一次坐火车就是坐的这趟车，也就是在这趟火车上，她遇到了石北海。她有些感慨，刚想说点什么，还没来得及说出来，石北海就开口说道：

"时间太晚了，你就别送了，我出去之后，安顿好了就给你写信。"

林小樱没再坚持，"嗯"了一声，答应了。

两人分别的时候，林小樱有点伤感，一直低头不语。石北海又说："进修的事情，你自己做决定，你要决定去，我来找人帮你打听打听。"

回家的路上，林小樱的思绪又无边无际地飘散了开来。

她想起了那次在火车上遇见石北海的情形，他站在车厢走道上，斜靠在座位的靠背上，静静地看着她画画。第二天早上，他们到上海时吃完早点后去找陈一楠，一路上的情景就像电影画面一样在脑中闪现。自从那次相遇，他们的关系从陌生人变成了朋友，之后，她的生活依然如故，但是，长久以来压抑得近乎抑郁的心情，却发生了一些变化。她在受到他的感染后，又开始尝试影响自己的母亲。而接下来在她身上发生的一些事情，证明了石北海这个人，其实已经悄然改变了她的生活轨迹。

石北海在的时候，林小樱因为各种原因，总是尽可能地减少和他的接触，可是，他现在突然间要离开了，林小樱的心却猛然间感到不自在了起来，一种强烈的失落感占据了她的心头，让她感到自己的心也随之变得空荡荡的，她突然意识到，从某种程度上说，自己早已在心里把石北海这个人，当成了生活中的一个老师，而这个老师，已经在不经意中成为她心理上的依靠。

第七章

一

石北海走后不久，燕江服装厂引进了一套进口设备，厂里对服装设计这块儿也更加重视。因为设计上的新颖别致，跟上了服装潮流，厂经济效益也比之前有了大幅度的提高，在业内快速地成为一个小有名气的企业。为此，厂里专门开会，表彰了设计部门和缝纫车间。

曾科长和科里所有的同事都很兴奋，个个踌躇满志，只有一个人心里像是被猫抓了一般地难受，这个人就是林小樱。

因为，科里其他的设计人员都能按质按量地完成任务，而林小樱的设计方案已经连续几个月没有被通过了。虽然曾科长从没有表达过对她的不满，但是，生性敏感的林小樱却感到了一种无形的压力，这压力时常让她有种喘不过气来的感觉。

基础差呀，林小樱想。她知道，这种基础能力上的薄弱，不像当时做缝纫工的时候，可以用努力工作和认真态度就弥补得了的，她想到了石北海说过的进修这件事。

就在她萌生想要出去进修的想法，并决定去找赵副厂长，问问厂里有没有可能让她出去学习的时候，石北海给她写来了一封信。

信很简短，除了告知一切正常之外，感慨地说出了自己在异国他乡，无比怀念家的感受。他让林小樱没事的时候多给他写信，说是虽然路途遥远，需要很多日子才能看到信件，但是这会让他感到莫大的安慰。

林小樱立刻给石北海回了信，在信中说了自己目前工作中遇到的压力，现在真想出去进修的想法。她想第二天就将信寄出去，可是转念一想，还是先问问赵副厂长关于进修的事情，能去或者不能去，也好跟石北海说说。

次日清晨，林小樱找到赵建新，说了自己想进修的事。

"厂里倒是有过先例，不过，那是厂里出资，奖励对企业有突出贡献的同志的，就那一次，还是杨厂长在的时候。"

赵副厂长话音刚落，林小樱瞬间就满脸通红，她觉得自己太不知道轻重了。

"是这样啊，又给你找麻烦了。"说完，林小樱站起来就要走。

"等等，"赵建新叫住了她，说，"我去问问厂长，看咱们厂里在这方面，有没有什么新的想法。"

林小樱感激地看着赵建新，说：

"谢谢了，赵厂长。"

感激的心是真的，可对于出去进修这件事，她已经不再抱有希望。既然厂里关于进修的事情是这样的一个状况，她不敢去想自己还能有什么样的机会。

然而，让林小樱没有想到的是，一周之后，赵建新就给了她答复。

赵建新对林小樱说：

"厂长说，目前厂里才刚刚有起色，还没有继续派人出去进修的打算。不过，以前派人出去，是厂里出资，工资照发，奖金照拿的，你这种自己要求出去进修的，厂里还是第一个，我和厂长商量了一下，如果你真是为了提高业务水平出去学习，厂里可以给你时间，但是呢，学费得你自己付了，工资和奖金也不能发了，因为，这口子一开，肯定会有很多同志想出去学习的，到时候，厂里也不好办，你明白吗？"

林小樱立刻回答：

"明白，明白，我知道的。"

赵建新看着林小樱，问她："那你是决定去学习啰？"

林小樱没有吭声，只是看着他点了点头。

赵建新的脸上露出了一抹笑容，这种笑容，总会让他整个人瞬间变得和蔼可亲起来，他对林小樱说：

"不过说真的，能够出去学习是好事情，只是，这种学习，一般都得两年左右。两年呢，我怕你经济上无法承受啊。"

林小樱想到了石北海说的一句话，机会就如同白驹过隙，过去就过去了，以后可能就再也没有了。再想想自己和母亲这些年里省吃俭用，就是担心母亲突然病重，需要用钱，所以，母亲和她自己的工资，都存在了银行，虽然不算多，但是，如果省着点花，学费加上两年生活上的开销，应该是够的。林小樱计算好后，态度坚定地说：

"赵厂长，如果厂里能给我两年的时间，我还是想出去学习一下。"

赵建新点点头，目光温和地看着林小樱，问道：

"石北海在外面怎么样，最近有消息吗？"

林小樱一听这话就知道，石北海走之前是告诉了赵建新的，忙说：

"我不久前收到他的一封信，还没回信呢，他在国外可想家了。"

"回信的时候，代我向他问好。"

"嗯。"林小樱答应着，又说，"谢谢赵厂长，那我就开始联系进修的事情了。"

赵建新说："好。"又问道，"你是想去哪个学校学习？"

林小樱一时回答不上来，就回答说：

"我现在还不知道呢，厂里要是同意了，我就开始打听。"

赵建新想了一下，说：

"这样吧，我一会儿找下人事科的人，让他们帮你打听，他们管人员培训的事，打听起来方便，完了我让他们告诉你。"

林小樱对着赵建新鞠了一躬说："谢谢赵厂长。"

第二天下午，人事科科长就来找林小樱。说是打听过了，去上海的某大学比较好，价格也不贵。林小樱一听，这不是陈一楠那个学校吗？她的心，就像一个好不容易平静下来的湖面，被一粒石子轻轻滑过，忽地又开始乱了起来。这一整天，林小樱都在想着这件事。

要是在那里碰上陈一楠，那不是一件很尴尬的事情吗？林小樱心想。

她算了一下时间，此时的陈一楠还没有毕业，若是去了上海这所大学学习，同住一个校园，遇到的可能性是极大的，他会怎么想？自己看着他和他的女朋友在一起，又会是什么样的感受？

虽然上海是父亲的故乡，是她从小就在梦里幻想过的地方，可是，一想到陈一楠，她就无法遏制地觉得，去那里读书，一定会是一种心理上的干扰和折磨，于是，在一整天的反复琢磨之后，林小樱决定，放弃去上海。

晚上，林小樱给石北海写信，她将准备出去进修的想法，和她怎么去找赵厂长，和厂里人事科的人建议她去上海那所大学学习的经过，原原本本地告诉了石北海，她也告诉了他自己准备放弃去上海，打算去别的城市进修的决定。

石北海收到信后，很快就给林小樱打了一个越洋电话。告诉她，他已经托北京的朋友去打听在北京进修的事情。

电话是打到林小樱办公室的，那天正巧同事们都不在，说话也就方便了许多。林小樱在电话里问：

"你怎么北京也有朋友啊？"

"我老家不是河北吗？我爸那一家好多的亲戚，还有些朋友，都在北京呢。"

"原来是这样。"

石北海说："放心吧，保证会给你联系好，你就安心等消息。对了，你是想学服装设计专业，还是国画或者油画专业呢？"

"这个……"

林小樱想了一下，虽然她很想学习油画和国画，可是想到这毕竟是占用厂里的时间学习，于是，还是迅速决定了要学的专业。

"还是去学对工作帮助大一些的专业吧。"

石北海说："行，那就先学眼前有用的，绘画以后还可以学。"

一个月以后，石北海的朋友顾平从北京给林小樱打来电话，说是北京学习的事情已经联系妥当，让她秋季一开学，就去学校报到。

二

林小樱走之前和赵建新道了别，又请李春梅去吃面。

这时的"永泰小吃店"已经更名为"永泰饭店"，不再只是经营面条和烧麦的小饭店，而是变成了一个正经八百的大饭店，面积扩大了两倍，各种美味佳肴一应俱全。

李春梅比以前更胖了，本来不算白的皮肤，似乎忽然间变得粉白红润了一些。

林小樱说："感觉你有什么好事瞒着我啊，是不是在谈恋爱啊？"

"哈哈。"李春梅开心地笑了起来，说，"被你猜中了。"

"是谁啊？我们厂里的吗？"林小樱好奇地问。

"不是的，是邻居介绍的，一直想跟你说呢，我给你看看他长什么样。"李春梅一边说，一边从衣服口袋里掏出一个红色的人造革钱包，从里面的夹层里抽出一张照片，递给林小樱。

这是一张黑白照，照片里的男人戴着一副黑边眼镜，很清秀，很白净，站在一排栅栏前，后面是一片树木繁茂的森林。

"你行啊，悄没声地，就有了这么好的男朋友了。"林小樱说。

"没陈一楠漂亮，也没石北海帅。"李春梅话一出口，就知道自己说错了话，连忙捂了一下嘴，说，"反正比我好看。"

林小樱知道李春梅这个人说话随便惯了，也没有多想，问道：

"你们好了多久了？"

李春梅说："快半年了，我们俩上班的地点离得远，想见个面都难，所以，还没来得及告诉你呢。我们准备年底结婚，那会儿你大概也放假了，到时候请你做我伴娘。"

林小樱爽快地答应道："好。"

林小樱坐了整整一夜的火车后，早上到了北京火车站。

一出站口，就看到好几个人举着写有人名的牌子在等人。她和顾平并不认识，所以在电话里约好了，一到车站就找写着她名字的牌子。

林小樱从乌泱乌泱的人群里出来，在举牌的人中找到自己的名字，看见举牌的是一个微微发胖的中年人，站在栏杆外面接站的人堆里，正往车站出口处张望。

林小樱赶紧走过去问道："你好，请问你是顾平大哥吗？"

面前的中年男人说："是的，是的，您是北海的朋友吧？"

林小樱说是的。

顾平说："走，先吃饭，然后送您去学校。"

林小樱跟着顾平到了停车场，来到一辆黑色的桑塔纳轿车旁。顾平打开车门让林小樱坐在副驾驶的座位上，一路上说着石北海。原来，顾平是石北海父亲战友的儿子。

"在北京这段时间，我负责照顾你，有啥事就找我，北海一再说，让我照顾好你呢。"

"太麻烦你了，谢谢啊。"林小樱感激地说道。

在忙碌的学习中，一个学期很快过去。

李春梅在十二月如期结婚了，然而，林小樱没有回燕江做她的伴娘。因为，北京这座城市对于林小樱来说，太大了，太陌生了，也太有诱惑力了。平日上课没有时间出去游览，林小樱决定这两年就待在北京，好好看看这个城市，这样，不仅可以熟悉这座城市，也省去了来来回回的车票钱，可谓一举两得。

她写了一封信寄给李春梅，又将两百块钱用一张红纸包着夹在了信里，算是给李春梅结婚的礼金，然后，到学校附近的邮局用挂号信寄了出去。

进修班里有个同学叫叶敏，老师和同学都叫她小叶。这是个来自江苏沿海城市连云港的姑娘。小叶家境殷实，从连云港的一个中等专业技术学校毕业之后，便来上了这个设计班。她是个天生容颜漂亮的女孩儿，此时的她并不注重穿衣打扮之类的事情，平日不太说话，但说起话来便是快言快语。在班里小叶总是喜欢"小樱姐小樱姐"地叫着，跟着林小樱一起去食堂打饭，到图书馆看书，到校外游玩。林小樱觉得两个人年龄相差了整整十岁，便像个姐姐一样地关心小叶，照顾小叶。她们就这样一同进一同出，看着就像一对好姐妹。

平日里，林小樱在学校紧张地学习，几乎不出学校的大门，到了节假日，林小樱就和小叶去长城、颐和园、故宫等景点游览，两年下来，北京的旅游景点算是差不多都跑遍了。

一天，两个人去八达岭长城，小叶爬到一半就喊着累死了，林小樱站在上面等她，小叶说：

"我不行了，累死了，你上去吧。"

林小樱说："不到长城非好汉，哪能上一半就打退堂鼓啊？"

小叶说："我好累，你一个人上去吧，我就在这儿等着你。"

林小樱不客气地说："不行，今天必须要爬上去，我们好不容易来一趟，以后不知道还有没有机会再来了。哪能这么轻易就放弃呢？我等着你，你要不上来，我就在这待着不走了。"

小叶看她那样坚决的口气，只好打起精神慢慢地往上走，没过一会儿，就真的走到了林小樱身边。

小叶兴奋地说："看来也没那么难啊。"

"所以凡事都要坚持，想放弃的时候再坚持一下就好了。"

小叶开心地点头答应着："嗯嗯，小樱姐真好，真会鼓励人。"

两个人就这样爬到了长城的最高处。打那以后，小叶更是喜欢和林小樱在一起，两个人的友谊也比从前更加深厚。

就这样秋去冬来，又冬去春来，时间悄然流过，转眼间，林小樱的学业完成了。

分别的时候，林小樱和小叶互送了礼物，林小樱专门跑去王府井的一家商店里，买了一条价格不菲的围巾，作为礼物送给小叶。小叶送给林小樱的礼物是一个精致的玫红色笔记本，她在笔记本的扉页上写下了一段话：

"花是樱花为美，人为姐妹最亲。交友不交金和银，只交姐妹一颗心。水流千里归大海，人走千里友情在。大树之间根连根，姐妹之间心连心。"

你亲爱的妹妹叶敏。

虽然只是一个笔记本，但是林小樱被小叶真挚的情感感动了。她觉得，两人本不认识，可是因机缘相识，真诚相待，却得到了一份美好的情感。和小叶的相识，是林小樱两年学习意料之外的快乐，她想，这辈子要记着这个小妹妹，等以后有机会，请她到燕江去看看。

临别时，小叶回家的日子比林小樱晚一天，于是小叶就到火车站送林小樱上火车。分别的时候到了，小叶难过得流下了眼泪，林小樱看着流泪的小叶，也禁不住眼里噙满了泪水。

林小樱抱了抱小叶，说："不哭了，以后有机会请你到我的家乡燕江来，那里肯定和你的家乡不一样。虽然没有海，但是有长江。"

小叶一边抹眼泪，一边点头答应着：

"一定，一定。以后也请你来连云港，那里可美了。"

两个人就这样依依不舍地分别了，她们回家之后，又连续地保持了很长时间的通信。

三

林小樱回燕江的第二天，就去了厂里报到，准备上班。

下了公交车，走到厂门口，看到的情景让她大吃一惊。只见大门紧闭，透过铁门栏杆看过去，里面一片沉寂，看不见一个人影。门卫大叔是个陌生的老头，看见林小樱就大声问道：

"你是干吗的？"

林小樱问他："我是厂里的人，怎么大门关上了？"

老头上下打量着林小樱，说：

"厂里的，厂里都停产快两个月了，你不知道吗？"

林小樱问："原来的门卫师傅呢？"

老头说："不知道，你快走吧，厂里没有人。"

林小樱说："您让我进去看看吧，我是设计科的，这两年一直在外面学习，不知道厂里的情况。"

门卫师傅看看林小樱，觉得她说的大概是真话，就让她进去了。

林小樱上了厂部大楼直奔三楼自己的办公室，走道上空空荡荡，所有房间的门都关着。她又下到二楼，人事科在二楼，一样是空无一人。林小樱心想，看样子厂里是遇到什么大事了，要不科室里怎么连个值班的人也没有呢？

林小樱出了工厂就直奔李春梅的家。

李春梅结了婚之后就离开了父母的家，她在收到林小樱装着礼金的信后，给林小樱写了一封信，告知了她婚后的新住址。之后，两个人通了几次信后就各自忙碌着自己的事，再也没有写过信。林小樱想当然地认为，新婚后的李春梅一定幸福地过着自己的小日子，因为她说，那个长相斯文的男人，对她很是疼爱，百依百顺。

可是，见到李春梅后，林小樱又是大吃了一惊。

李春梅整个人瘦了一圈，变白的皮肤又黑了回去。她一看到林小樱就抱住了她，然后"呜呜"地哭起来。

"怎么回事？怎么变成这样了？厂里也是，这都怎么回事？"

林小樱看了看李春梅的新家，有几个漆成褐色的家具，一个立柜，一个方桌，一张床，此外，房子里再也没有什么像样的东西。

"我们刚结婚，他就下岗了。现在，服装厂也不行了，我也要下岗了。你说，这以后怎么办啊？"

"怎么回事呢？"

"你在外面不知道，厂里有段时间效益还不错，后来就突然不行了，竞争太激烈了，衣服卖不出去，厂里买设备欠着一屁股的债，用不起电了，现在全部停工了。"

"天啊。"林小樱简直不敢相信自己的耳朵，在她去学习的时候还是好好的工厂，怎么突然就成了这样子呢？她问李春梅：

"那厂里跟大家都怎么说的？"

"上次开了大会，说厂里会给大家一个交代的，让我们等通知。我估计也是下岗吧，现在很多企业都是这样的。"

"那就是说，我学了这些，都已经没有用了吗？"

"可不是嘛。"

林小樱失魂落魄地回到家，那会儿天正值黄昏，但却很亮，阳光斜斜地照在那片花圃的植物上，林小樱坐在自己的窗户边，呆呆地看着窗外那棵樱桃树。

今年的果子已经结完，那些樱桃不知又被谁家的小孩或者什么鸟儿们吃完了。樱桃树安静地伫立着，微风拂动，枝叶摇曳，深绿色的叶子在风中颤动，林小樱又想起了父亲说过的那句话："樱桃树只是依照自己的天性开花、结果，尽力生长，完成自己的生命过程。"可是，自己的人生才刚刚开始，怎么就要没了工作了呢？

林小樱心想，学了那么多，原本是要回来大干一场的，结果成了这个样子。

那年秋天快要结束的时候，林小樱正式下了岗。

拿到厂里发给职工的补贴，看着手中的八千块钱，林小樱心中一片迷茫，心想，这以后，又该怎么办呢？

想来想去，觉得自己还这么年轻，必须得找事情做。可是做什么呢？林小樱觉得，只能在服装这块想办法了。服装设计这块儿知识上已没有问题，学了两年，就等着实际应用了。加工这块，也都是自己一直以来干的活儿，如果开个缝纫店的话，是不是可以呢？

她想到了李春梅。于是，想着明天就去她家商量开缝纫店的事，看她是不是愿意跟她一起做这件事。

次日下午，林小樱乘坐公交车去李春梅家。

从林小樱家到李春梅家一共有七站路，可是，汽车刚到第二站，还没停稳，只听见下面一阵吵闹声，一个胖胖的中年女人正指着一个人骂骂咧咧的。

"你这卖的什么东西？这种破烂玩意也拿来骗人？"

林小樱定睛一看，被骂的那个人正是李春梅。只见她蹲在地上，眼前放了一堆塑料玩具，这会儿，她正抬头看着那个骂她的女人，卑微地向那个女人连声说：

"对不起，对不起，我给你换了还不行吗？"

那女人的脸涨得通红，大声说：

"这么热的天，我大老远地跑过来就这么算了吗？"

"那你说怎么办？"李春梅说。

"怎么办？你说怎么办？"女人不依不饶地大声骂道，"什么玩意啊这是？"

林小樱赶紧下了汽车，拉住女人的胳膊，说：

"阿姨，您家离这里多远，我们赔您公交车的票钱。"

林小樱自从在北京学习之后，每当称呼人的时候，无论年龄，都将"你"改成了"您"。那女人一听林小樱这么称呼她，立马不再骂了，她转过身来看看林小樱，说：

"我家离这四站路。"

林小樱从口袋里掏出了一块钱递给那女人，然后走到委屈得

191

哭丧着脸的李春梅身边，蹲在了地上，仔细打量着地上的小玩具。有塑料的小狗小猫，还有小熊小马。

"你已经开始摆摊了？"林小樱问。

李春梅说："不摆摊怎么办？"

林小樱想了想，对李春梅说：

"收了吧，我有事要跟你商量，去我家吧。"

两个人也没再坐车，而是一边走路一边说着话。原来，李春梅爱人的父亲得了肝炎，已经肝腹水了，治病借了很多钱，夫妻两个又都下了岗，李春梅去应聘了几次工作都没人要，就从批发市场批了一堆便宜的小玩具来卖。刚刚做起小生意，生怕附近的人看见，于是跑了五站路这么远，可是第一天卖东西就遇到这样的事。

"我们开个缝纫店吧，帮人做衣服，肯定行。"林小樱说。

李春梅一听，觉得主意是挺好的，虽然是缝纫店，好歹也是个店，而且肯定会有生意。可是，她现在实在拿不出钱，就嘟囔着说道："好是好，可是我拿不出钱来呀。"

"用不了多少钱，就在我家做，买一台缝纫机就行了，"林小樱说，"只要有人做衣服，立刻就能赚到钱了。到时候咱俩一人一半分钱。"

李春梅高兴地说："那缝纫机的钱你先垫着，以后我补上。"

林小樱怕她想多了，就说："行。"

说干就干，第二天，两个人就去商场买了一台缝纫机，又买了一些好看的布料，林小樱用毛笔在一张红纸上写了"服装加工"几个字贴在家门上，缝纫店就算是开业了。

林小樱没有想到，缝纫店刚开张第二天，安平院里就有邻居来做衣服了。

第一个来做衣服的是徐妈，她在店里转了转，看了一圈林小樱靠墙挂着的各种衣料，选了一块白色的棉布料子做了一件斜襟短衫。之后，她又穿着那件衣服给徐志伟做了一条裤子。徐志伟被母亲叫来量尺寸的时候，跟林小樱闲聊，说他们运输队也快下岗了，他准备下岗之后开个面条摊儿，不知道行不行。林小樱鼓励他说，行，肯定行，好多人都在自己干了。

因为衣服式样新颖，做工精细，缝纫店的名声，先是经过徐妈的口一传十十传百，很快，安平院外面的居民也来林小樱这里做衣服，生意就这样做了起来。

四

一年后的一个下午，林小樱收到了石北海的一封信。

石北海在信中说他已经回国，现在正在北京处理一些事情，很快他要在那里开一个做家具的工厂，他需要一个做设计的人，希望林小樱来给他帮忙，他让林小樱考虑一下，然后给他答复。

林小樱觉得，自己又走到了人生的一个岔路口，是留在燕江继续做她的服装生意，还是去北京开始新的工作？她想起了石北海说的"白驹过隙"那句话，想到自己在北京那两年里的日日夜夜，于是很快决定去北京看看那边的情况。

她将这件事告诉了李春梅，让她在家打理缝纫店的事，自己先到北京看看。

林小樱坐火车到北京的时候，在车站看到了来接她的石北海和顾平。

原来，石北海堂兄的朋友在非洲买下了一座矿山，山上有一片树木，石北海出国，就是帮堂兄朋友处理这些树木的。他们本打算就地处理这些被砍掉的树，可是看着这么好的树木，全是上好的木料，石北海转念一想，砍伐之后的树木被当成废料处理，实在是太可惜了，完全可以加工制作些东西。之后，他考虑再三，决定将这些木料运回国内，在国内开一个家具厂。这些日子，石北海一直在办理木材运输和在北京开办工厂的事情，目前所有手续已经办完，只等贷款一到，设备买齐，招好工人，就可以正式生产了。

石北海比出国之前瘦了许多，他的烟抽得比出国前也厉害了许多，原来那一嘴白白的牙齿已经变得有些发黄了，他咧开嘴笑着，对林小樱说：

"来北京吧，帮帮我，我也希望你到这里来，厂里需要设计师。"

石北海看了看站在身边的顾平，说：

"还有你顾平大哥，他管财务和办公室这块儿，我们一起开始创业吧。"

林小樱被石北海充满热情的一番话说得有些激动了起来，可是想到自己做的服装设计工作和家具设计这块儿完全是两码事，便说：

"可是，我只会做衣服啊，别的不会设计。"

"服装设计和家具设计虽然有区别，但设计是相通的，对不对？只要有绘画的底子，这些都不是难事儿。"

林小樱看着石北海，他的神态虽然显得有些疲惫，但是他的眼神，却比从前越发的明亮而坚定。林小樱点头答应：

"那好啊，我愿意学。要是能来北京工作，那还得谢谢石大哥呢。"

石北海说："谢啥嘛，都是自己人。"

石北海的家具厂地址选在了当时的北京郊区——大兴。

有一天，石北海对林小樱说：

"人们现在对家居的要求越来越高了，光实在、好用还不行，还得要好看，要美观才是。所以，设计这块要加强，我想咱们再招几个设计师，你看看你有没有什么人可推荐？"

林小樱想了想自己周围搞设计的熟人，一下就想到了小叶。

"我还真有个人可以推荐的。"

"是设计专业的吗？"

"不算是专业吧，是在北京一起学习的同学，同上设计进修班，特别喜欢这一行。"

"喜欢这行是最好的，你可以跟他联系，男的吗？"

"不是，女的，好姐妹，又年轻又漂亮。"林小樱说完顽皮地一笑。

"那好啊，只要你认可就行。"石北海说，"那赶紧联系吧，咱们着急呀。"

林小樱当天就给小叶写了一封信，告诉她自己在北京，详详细细地介绍了一遍石北海的家具厂之后，说现在有个工作的机会，问她想不想来北京工作。

一个星期后，小叶便给林小樱回了信，说自己一直在一家公司打工，但干得十分不顺心，所以愿意来北京和小樱姐一起干事。

过了一周的时间，林小樱把小叶接到了家具厂，干了几天之后，小叶决定留下来。

设计科现在加上小叶一共有六个人，林小樱为设计科的科长。小叶依然跟从前一样"小樱姐小樱姐"地叫着，两个人上班下班地在一起，由于林小樱和石北海的关系，也让小叶有机会更多地接触到石北海，还因为林小樱的缘故，石北海对小叶也很关照。

两年之后，在石北海没日没夜的领导下，家具厂生产的家居产品便打进了北京的家居市场。因为家具设计新颖，质量好，售后服务到位，很快，企业就还完了贷款，开始稳定盈利，效益也越来越好。

三年之后，石北海成立了家居公司，又扩建了一部分厂房，工人数量大幅增加，公司成了区里的纳税大户，石北海成了小有名气的企业家，企业也解决了一部分职工的户口问题，这些人都是最早跟着石北海创业的老员工，林小樱是其中的一个。

一切都按部就班地进行着，石北海每天忙于企业的各项事务和一些必要的应酬，林小樱负责产品设计。此时，石北海已经步入中年，而林小樱也成了大龄女青年。

十月的一天，石北海和林小樱去外地开会，乘着休息的当儿，石北海对林小樱说：

"我俩是不是也该成个家了？"

林小樱装着没听懂，故意说：

"你说啥呢？"

"我是说，你，跟我，是不是应该结婚了？"石北海认真地说。

林小樱有点羞怯，脸上泛起一层微微的红晕，说：

"石大哥现在是著名企业家，我看，好多女孩喜欢你呢，个个都是年轻漂亮的。我们不会有什么了，我一辈子当你是我大哥，你也真的是帮助了我太多了啊，我一辈子都会感激你。"

石北海笑了笑，说：

"感激啥，嫁给我，就是最好的感激。"

林小樱忍不住又说："我看啊，好多人喜欢你，个个都年轻漂亮。"

石北海说："人家喜欢我，关我什么事？我又不喜欢她们，我喜欢的是你。"

林小樱故意叹了一口气，说：

"唉……我太老了，人老珠黄的。"

石北海咧嘴笑起来，说：

"瞧你说的，你比我年轻多了，我才老呢。我看你是更好看了呢。说真的，你现在的气质比以前好了很多。以前的你吧，是一种简单的好看，现在有一种，一种……怎么说呢？带点女艺术家的味道，是另一种美，不是漂亮两个字能形容的。"

林小樱低下头没说话，但是脸上倏忽间有了一丝愉悦的笑意。石北海看在眼里，也高兴起来，说：

"如果你答应，我就让他们操办去。"

石北海抬起右手，在脑袋上划拉了几下，又放下来，说：

"然后呢，现在工厂都理顺了，咱俩办完事，我看你还是再去学学绘画吧，去中央美院学去。"

林小樱听见这话，眯着眼睛笑了起来，说：

"我也正想着这个事呢。真的想好好学习一下。可是……"

"可是什么？"

"我去学习，厂里可以吗？"

"招人呗，北京美术设计这个专业的大学生很多。放心吧，你也该好好做你自己喜欢的事情了。"

林小樱抿了一下嘴唇，又点了点头。

然而，世事难料，就在这次谈话后不久，发生了一件事。

五

这天下午，天空碧蓝如洗，道路两旁的银杏树叶子，在柔和的微风之中，闪动着耀眼的明黄色。林小樱叫上小叶一起，去位于北京五四大街的中国美术馆看画展。

这是一次盛大的油画肖像艺术百年展，展览作品有李叔同、徐悲鸿、蒋兆和、潘玉良、林风眠等中国绘画大师的作品，所以来参观的人很多。

阔大的展览大厅，熙熙攘攘，人头攒动，有本地画界的专业人士和美术爱好者，也有千里迢迢来到北京，专门参观这次画展的外地画家和爱好者。在一幅名为《大学生》的油画作品前，林小樱停止了脚步。

这是画家胡善余创作于1946年的作品。画中的女学生剪着齐耳短发，正凝神一处。林小樱看着画，觉得这幅画里有什么东西吸引着她，可是，到底是什么在吸引她呢？是油画的色彩、人物的神态，还是画中人物的服饰？她一时想不出理由。于是她想到了自己，倘若去学校系统地学过，兴许就知道一幅绘画作品如何是好，好在哪里？林小樱忽然想去学校学习，她想回去就和石北海讲。

林小樱在这幅画前驻足的时候，小叶已经快速地看完了这个展厅里所有的作品，她站在大厅门口等候林小樱。

小叶高挑漂亮，杨柳依依般立在那里，让进出大厅的人们很是惊艳。有几个男人从她身边走过之后，又忍不住地再回头看她。林小樱见她已经站在那里等自己，怕她等得着急，便也准备转身离开。

就在她转过身来的那一刻，林小樱看见，一个穿着米色夹克的男人，正站在大约两米远的地方，瞪着两只大大的眼睛惊愕地看着她。

待她定睛一看，立刻感觉一阵头晕目眩，仿佛自己正置身梦境一般。

原来，这个人不是别人，正是那个她这辈子再也不想见到的陈一楠。

"怎么是你？"
陈一楠的眼睛一动不动地紧盯着林小樱说：
"天啊，简直不敢相信。"

此时，林小樱慢慢地从梦境般的恍惚中清醒了过来，她想逃离眼前这个人，所以，本能地转身就向着小叶的方向快步走去。

但是，陈一楠快步上前，伸出长长的手臂，一把拽住她瘦弱的胳膊，说：

"你别走，你怎么在北京？是来玩的吗？"
林小樱站定身子，转过头来，看着陈一楠，说：
"你又是为什么在这里？我不想看到你。"说完又要往小叶那边走。

陈一楠抓住她的胳臂不放，说道：

"不行，你别走，我有话要跟你说。"

"我们还有什么说的吗？我们早就没什么可说的了。"林小樱坚定地说，她已经不去再想过去那些让她痛苦不堪的事情了。

"求求你小樱，给我点时间，一点时间就行。"陈一楠低沉沙哑的声音里，带着近似哭腔的颤音，"小樱，你知道吗？我这辈子被你给毁了。"

"什么？"

原本一心想要离开的林小樱一听这话，惊讶得张大了嘴巴，愤怒得想要大叫。他们两人奇怪的样子，引起了身边一些看画人的注意，有人正侧身用奇怪的目光打量着他们，有人开始看着他们窃窃私语。林小樱想了想，压低了声音说：

"出去说吧。"

林小樱走到展厅大门，径直走到小叶面前，说：

"我遇到老家的邻居了，你自己先回去，我过会儿就回。"

林小樱这边发生的一切，早已被站在远处的小叶看在了眼里。小叶点头答应着，说：

"好的小樱姐。"

走了几步之后，小叶又转身看了一眼陈一楠，这才一个人匆匆离去。

在靠近美术馆的一个小小的咖啡厅里，陈一楠和林小樱面对面地坐着。

"你喝什么？"陈一楠问。

"不喝。"

"那就都喝咖啡吧。"

咖啡厅里，光线幽暗而嘈杂，整个大厅里都是情侣一样的顾客，有的并排坐着，身体挨着身体。有的面对面坐着，神情各异，一看就是并不熟悉的男女。

陈一楠领着林小樱在最靠里的一个卡座上坐下来，叫来服务员，点了两杯咖啡，和一些坚果类的点心。然后，他就坐在那里，一声不吭地一直看着林小樱。林小樱将两只手放在额头上，挡住了自己的脸，她此刻突然有些后悔，她不知道为什么会跟着陈一楠来到这个地方。

过了一会儿，陈一楠问道："你来北京做什么？看画展吗？"

"你怎么会在北京的？你不是一直在上海吗？"林小樱急切地想要知道，她一直想要躲避开的陈一楠，为什么会在北京？

"唉！说来话长。"陈一楠叹了一口气。

"那你说说，你说说怎么是我把你毁了的？"林小樱问。

陈一楠半天不说话，等到服务员将咖啡和点心放在了桌上，他端起咖啡抿了一口，才开始说话。

"我知道，那个姓石的一直在追你。"

"你别胡扯了，你知道不是这样的。"

"你别不承认了。我知道他喜欢你。"

林小樱没再吭声，陈一楠又说：

"我就是心里过不去，你还记得那次，我回燕江的时候，咱俩吵架的事情吗？"

林小樱的双手依然放在额头上，挡住了自己的半张脸，没有说话。

陈一楠继续说：

"那时，我真的觉得你的孩子就是他的，我们全家都这么认为。所以，我再也不想看见你了。"

林小樱静静地听他说，没有插话。

"后来我就跟学生会的那个人好了，毕业就结婚了。"

林小樱听陈一楠说完这句话，放下了挡住脸的手。她的眼睛直直地盯着陈一楠，声音很低，一个字一个字地说道：

"你知道我一个人，在那段时间里，受了多少的罪？你知道吗？"

"我以为那个姓石的跟你在一起了。"陈一楠想都没想就答道。

"我跟他，什么都没有，什么都没有，你怎么能这样想我呢？"林小樱的脸色，因为内心的愤怒，开始变得发红。

"我不知道，我那时就是这样想的。"陈一楠说。

林小樱这时抬起头来，看到陈一楠脸上一副无辜的表情，轻声地说：

"行，随你怎么想吧，反正都过去了。"说完这句话，她又将手放回到额头，用手掌挡住了自己的眼睛。

陈一楠沉默片刻，又接着刚才的话说：

"我结婚之后才知道，我根本不爱她，虽然她家在上海有钱有势，可是，我们不是一路人，所以，老是吵啊吵，我受够了，你知道的，我害怕吵架。"

林小樱的两只手从额头上放下来，陈一楠的这句话，瞬间把她带到了安平院。那些从空中飘过的争吵声，和毫不节制的谩骂声，仿佛就在耳边。

此时，林小樱的脸在昏暗的光线下，泛着乳白色的光泽，秀美的五官相比她少女时期的样子，因为更加的醇熟而散发出一种恬淡大气的美。这种美，是一种令人感觉安静的美，似乎当你看到她的那一瞬间，一切都静止了，唯有宁静和安详。这是一种用语言很难表达的美好的感觉。

陈一楠看着她的脸，禁不住又开始说话，仿佛只有说话，才能让林小樱安静地坐着，才能留住这份美好的感觉。但是他的语速，已经明显比刚才快了许多。

"有一天，她说我睡着的时候叫你的名字。"

"你别编故事了。"林小樱一点也不相信他说的这句话。

陈一楠仿佛没有听见林小樱质疑他的话，继续说道：

"那天之后，她知道了有个女人叫小樱。"

林小樱瞪大了眼睛看着陈一楠。她看见他的眼睛，从刚才紧紧地盯着自己，到现在耷拉下眼皮，变得没有了生气。她开始觉得，可能真的是自己害了他。但她还是没有说话，她想听听后来发生了什么。

陈一楠将她面前的咖啡杯往她的面前推了推，示意她喝点咖啡。林小樱顺从地用右手端起了杯子，轻轻啜了一口，又将杯子放下。陈一楠接着说道：

"之后的每次吵架，她都会说起你，虽然她根本不认识你，也不知道是小樱还是小英。"

陈一楠轻轻咳嗽了几声，然后说：

"后来，她跟我离婚了。"

林小樱屏住呼吸听他说话。陈一楠又咳嗽了两声，然后清了清嗓子，有些伤感地说：

"为了逃避这些痛苦的事情，我考了北京艺术学院艺术系的研究生，来到北京。北京，我来这里已经快十年了，感觉就像做梦一样，不过，同样是场噩梦。"

陈一楠说完，脸上露出他一贯就有的忧伤的神态。他的眼睛低垂着，岁月让那双眼睛周围的皮肤有了明显松弛的痕迹，但是眼神依然深沉忧郁，让人心生怜爱。

直到此时，林小樱才开始看着陈一楠，开始仔细地打量起眼前这个曾经让她魂牵梦绕，又痛苦不堪的人。

林小樱说："不是读了研究生吗？怎么又是噩梦了呢？"

"我毕业之后留校任教，我的导师撮合了我和他另一个研究生的关系，我们很快就结了婚，很快就有了一个女儿。可惜的是，很快，我就再也无法忍受这个女人了，实在是无法忍受。"

"你总是以自我为中心，总是考虑你自己，从来不从别人的角度为别人想一想。"林小樱看着陈一楠的眼睛，摇了摇头说。

"不是这样的，不是这样的，"陈一楠痛苦地摆了摆手，说，"你不知道，和一个不爱的人在一起生活，是一件多么可怕的事情。"

陈一楠说到这里，忽然想起了什么，问道：

"对了，你怎么会在北京？你是出差？还是来这儿游玩的？"

林小樱说都不是。

然后，她将自己后来那些日子里发生的所有事情，从头到尾对陈一楠说了一遍。

陈一楠听完了林小樱的话，沉吟了片刻，然后问道：

"你相信天意吗？"

"什么天意，你现在说是天意，那以前是什么？"

"以前也是天意。天意弄人啊！"

陈一楠用两只手抱住自己的头，他细长的手指插入到他长长的头发里，林小樱看到，他的头发依然顺滑干净，但是，已经出现了些许白色的发丝。

"以前太年轻了，不懂得什么是爱。如果不经历这些，我是不知道自己到底怎么回事的。好在你我缘分未尽，所以今生必定有此再聚的机会。"

林小樱说："你别胡说了，我快结婚了。"

"跟那个姓石的吗？"

林小樱说："是的。你现在不是也很好吗？"

陈一楠摇了摇头，面色痛苦地看着林小樱：

"我不好，我离婚的时候女儿才两岁，现在已经上小学了，我单身很多年了，太痛苦了，真是太痛苦了。"

林小樱惊愕地看着他，问道：

"为什么？为什么你总是说自己痛苦？如果你这么痛苦，那我，是不是就该去跳楼了？"

陈一楠突然放慢了语速，又摇了摇头，目光似乎飘到了咖啡馆之外的某一个地方，轻声地说道：

"为什么？我也不知道为什么，我一直在想，这是为什么？我想不出答案，人生本来就是一场幻觉，虚空而绝望，没有什么意义。但是，我现在知道了，为什么我这么痛苦，原来，是因为你，我是在等你，漫长而无望的等待。不过现在好了，终于等到你了。"

林小樱听了这话，惊得一下从座位上站了起来。

陈一楠被她如此强烈的反应怔住了，不过他很快就反应过来，他站起身来，用两只手轻轻按了一下她的双肩，说：

"你别，别，别这样，我说着玩儿的，你别当真。"

林小樱听他这么一说，才稍稍平静了一些，又坐在了座位上。

"我有些醉了，咖啡也会醉人吗？"陈一楠喃喃地说。

"天都黑了，太晚了，我们走吧。"林小樱说。

"好，我送你。"

陈一楠在马路边上叫了一辆黄色面的，把林小樱送到了大兴。

到了家具厂的时候，陈一楠跟着林小樱跳下了车，在黑暗中看了看家具厂大门，问道："这就是姓石的开的工厂？"

"是的，再见吧。"

陈一楠说了声再见，看着林小樱走进那扇宽阔的大门，又重新回到面的上，从口袋里摸出一支烟递给司机师傅，说了声："走吧，去艺术学院。"

"好嘞。"

司机答应了一声，将车在厂门口的一块平地上掉了个头，"呼"的一声开上了水泥路，然后疾驰而去。

林小樱听见车已开远，这才回过头来，看着已经远去的出租车，在一片茫茫的夜雾中，两个汽车尾灯闪烁着的微弱红光，渐渐地消失不见。

第八章

一

从见到陈一楠的那天起，林小樱就像是变了一个人，不是常常一个人发呆，就是做什么都心不在焉，一副魂不守舍的样子。

那天在美术馆遇到陈一楠的事，小叶回去就告诉了石北海。小叶说，林小樱在美术馆里遇到了燕江的邻居，但是，当她描述那个人的模样时，石北海瞬间就明白了这个邻居是谁。

石北海也吃了一惊，他没想到陈一楠竟然也在北京。他知道，这件事对林小樱来说，一定是个不小的刺激。至于林小樱心里到底在想什么？他不知道。于是，他决定和林小樱开诚布公地谈一谈这件事。

那天一早，他将林小樱叫到了办公室。

"你看到陈一楠了？"

林小樱没想到石北海这么快就知道了这件事，不由得有些慌乱，稍做镇定之后，她说：

"是的，那天在美术馆遇见他了。"

"他现在怎么样?"

"在一个艺术学院里当老师呢。"

"那是早就来北京了?"

"是啊,来了快十年了。他在上海结婚了,又离婚了,然后考了北京的研究生,这样来了的。"

"他现在什么情况?结婚了吗?"

"结了,又离了。"

石北海十分惊讶,说:

"啊?又离了?为什么?"

"谁知道呢?"林小樱佯装不知,回答道。

"他是不是又开始追求你了?"

林小樱想了一下,她知道石北海对这事一定是心知肚明,她不想跟他撒谎,便说:

"不说他了,好吗?我们结婚吧,不要让他的事情影响我们了。"

"你打定主意了吗?"

"是的。"

"那你可一定想好了啊。"石北海对林小樱严肃地说。

石北海从认识林小樱开始,还没有这么严肃地跟她说过话,这种上级盘问下级的方式,让林小樱感到从未有过的陌生,也令她的心里有种怪怪的感觉,一种很不舒服的感觉。

她知道,自己遇见陈一楠的事情,可能让石北海很是介意,毕竟,他是准备跟她结婚的。所以,她能理解石北海现在的心情,她想,这种事,搁在谁的身上,大概都一样吧。

只是,她不知道,自己为什么自从见了陈一楠之后,心就莫名地乱了，再也没有了往日的平静。从石北海那里回到自己的办公室之后，她就一直在想，这是为什么？

她想不出答案，尽管她知道，自己不会再对陈一楠有什么情感可言，因为，在这个世界上，只有她自己知道，陈一楠对她的伤害到底有多狠，有多深。她清楚地知道自己对陈一楠是早就死了心的，无论他现在怎么给当初发生的事情找理由找借口，她也是不会再对他心存幻想的了。

只是，无论她多么想忘掉这个人，但是她的脑子里，依然会忽地就闪出了陈一楠的脸，这张脸，慢慢又延伸成了他整个的一个人，他的颓废神态，他身上的气息，还有那低沉沙哑，绵绵不断地说话的声音，总会在她的脑子里，挥之不去。

一次，林小樱去石北海办公室汇报工作，正说着话，脑子里突然出现了陈一楠的面孔，说着的话就卡了壳。石北海望着她恍惚的眼睛，问道：

"你是不是有什么事？"

林小樱说："不，我没事儿。"

石北海说："要是遇到啥为难的事，告诉我，我兴许可以给你出出主意。"

林小樱立即说："不，我没事，啥事都没有。"

石北海抿了抿嘴唇，说："那好吧，你回去吧，想好再找我。"

有一天，林小樱发现小叶没来办公室上班。一问才知道，小叶临时被抽去和石北海带的一队人一起，到广州参加一个产品交易会了。据说是小叶争取的。小叶说自己想搞搞公关业务，设计工作先放放。林小樱听到这个消息的第一反应就是，这是石北海故意这么做的，因为无论从什么角度说，他抽小叶去广州，都是一件不合情理的事情。他要干什么？林小樱想到，石北海那么快就知道她遇到了陈一楠，一定是小叶第一时间就向他汇报了这件事。

更让林小樱没有想到的是，两天之后，陈一楠突然出现在了她的办公室门口。

当时，林小樱正埋头修改一张新产品的效果图，看见他后，先是大惊失色，心想，你怎么敢就这么找上门来了？

她连忙起身走出办公室，陈一楠跟在她的后面，一直走到厂区外面的一条两旁长着白杨树的林荫道上。

"你找我有什么事吗？"林小樱冷冷地问陈一楠。

"没什么，就是很想念你。小樱，你别紧张，我只是想来跟你说说话。"

"这么多年了，怎么现在开始想念我了？"

"你错了小樱，我从来就没有忘记过你，从来没有。"

"那你觉得，现在还有什么意义吗？"林小樱问。

陈一楠说："有意义，现在，看到你，成了我活着的唯一意义。"

"什么意义？"

"给我个机会，我们重新开始吧，一切都会好起来的。"

"不可能，我很快就要结婚了。"

陈一楠听见这话，停顿了一下，说道：

"小樱，你不能跟他结婚。"

"为什么？"

"因为你不爱他。"

"你怎么知道我不爱他？他是这个世界上除了爹妈对我最好的人，没有他，就没有我现在，也许我早就死了。"

林小樱说这话时，声音不知不觉地提高了很多。

"那不是爱，是感恩，我知道你心肠软，可这是不对的。"

"那你告诉我，什么是对的？"

"你爱的是我，不是他。"

"不，我曾经爱过你，我现在爱的是他。"

"你别自欺欺人了，这样对谁都不公平。"

"我没有欺骗谁，我现在的确是只爱他一个人。"

"如果你爱他，你早就和他结婚了。"

林小樱被陈一楠一句一句地撑得说不出话来。她痛苦地低下头来，对陈一楠说道：

"求求你，别来打扰我了，好不好？"

"行，我走，现在就走。只是，我想告诉你，我现在需要你。真的好需要你，我也求求你，给我一次机会吧，否则，我这辈子都会无法安心的。"

"我对你有什么好处？"

"我不需要什么好处，你在，就是好的。也请你相信，我们都会好的，只要你在，我们一起面对未来。"

"为什么？为什么到现在你才跟我说这些？"林小樱想到了陈一楠说的"天意"这个词，难道，老天爷是故意要这样捉弄人吗？她无力地说道：

"陈一楠，你走吧，我不想再看见你了。"

说完之后，林小樱感觉自己的眼泪又要涌出眼眶，但是她忍住了，她已经哭得太多了，再也不想哭了。

"好，我走了，你回去好好想一想，真的，如果你还爱我，就给我一次机会，我对天发誓，下半辈子一定会对你好的。"

陈一楠说完之后，扭头向马路的方向走去。

林小樱突然觉得自己虚弱得快要站立不住，她不由自主地用手扶住了身边的一棵白杨树。

她转头看了一眼走远的陈一楠，他的身体还是像从前那样瘦削，两条腿还是那样颀长，仿佛两根瘦瘦的竹竿，一阵隐隐的心痛，又在胸腔里弥漫，这一刻，林小樱自己也知道，这个曾经毫不怜惜地伤害过她的男人，竟然在她心中的隐秘之处，仍然牢牢地占据着一席之地。

那一刻，林小樱对人性本身，感到了一种从未有过的迷惑。

二

石北海带着一行人，十天之后从广州回到北京。

小叶从广州回来之后，好像完全变了一个人。

第一天上班就让林小樱眼前一亮。她将原来的长发扎在脑后，又打了一个圆结，整个人显得精神又时尚。她还涂了口红，虽然颜色是那种很淡的玫红色，但是，在小叶洁白的脸上，那张不大不小的嘴，显得比没有口红的时候好看很多。她的眼睛也经过了精细的描画，眼睑的边缘，有一条细得难以察觉的黑色眼线，眼线上方，是一层淡淡的咖色眼影，令她原本好看的眼睛，更加灵动起来。

"小樱姐，我送你一支口红。"

小叶在她新买的红色小拎包里摸索了一会儿，从里面摸出一支口红。用两只手轻轻一拉，便打开了黑色的小盖子，又旋转了几下，唇膏就从里面伸出头来，是和小叶涂的口红一模一样的颜色。林小樱心里是高兴的，因为尽管石北海突然带小叶去广州这件事，让她有种说不上来的不自在，但是，小叶到广州还惦记着自己，让她感到了一丝慰藉。

但她还是客套了一下，说：

"干吗给我买啊，我用不来这个，你抹了才好看。"

"你抹了才知道好看不好看嘛，来，试一下，保证好看。"小叶兴奋地说着。

"搞业务可有意思了，小樱姐。"这次广州之行，令这个平日里沉默寡言的女孩，忽然变得开朗明亮了起来。林小樱隐隐地感到，对小叶来说，可能这次出差不是一次寻常的出差，似乎未来还会有什么事情要发生。

一周之后，石北海找林小樱说：要带顾平和小叶去日本参加一个活动，签证之类的事情正在由人事科办理。林小樱知道，以前这类活动都是石北海、林小樱、顾平一起去的。

石北海望着林小樱："小樱，你想去吗？如果想去，我让人事科去办。"

林小樱不由自主地摇了摇头。

后来，在石北海去日本之前的这段时间，石北海又找过几次林小樱，但两个一直亲近的人，突然间，不知怎的就变得有些陌生了起来。而小叶，却开始高调、频繁地进出石北海的办公室。并且，她还跟着石北海去市里开了好几次会，这让设计科里的人都觉得不太正常，有人开始悄悄地议论起这件事来。

一天，设计科的小苏对林小樱说：

"小樱姐，小叶这好像是要成总经理助理的节奏啊。怎么石总突然对小叶这么好？"

"小叶想搞业务，这是领导正常的工作安排。"

"正常吗？"小苏故意噘着嘴问。

"正常。"

"好吧。"小苏答应着，开始低头干活。

可是，小苏的这一番话，如同在林小樱的心里打翻了五味瓶，让她感到一阵翻江倒海的难受，她有些不知所措。

"石大哥这是想干什么？难道就因为我见了陈一楠吗？"林小樱心想。

林小樱将自己从见到陈一楠的那一刻开始，到后来在林荫道上的分别，反反复复地回想了好几遍，她想，是自己哪里做得不对，惹得石北海生气了吗？

想完之后，她觉得自己没有什么对不起石北海的地方，她一直视石北海为哥哥，相反，这回石北海的表现，令她有些不解。

石大哥变了，不再是从前那个暖心的，一直关爱她，生怕她哪里不好的大哥了。

林小樱心想，也难怪，这个世界变化太快了。世界变了，环境就会变，人也会变，不是很正常吗？何况，自己早就成了中年女人，而小叶，却是那么年轻漂亮的女孩儿，天底下有哪个男人会放着年轻好看的女子不爱，偏去爱一个年老色衰的中年女人呢？

更何况，自己因为那次的"引产手术"，也许，此生再也不能做个母亲了，而石北海，又是如此成功富有的男人，他将来理应是儿女绕膝、子孙满堂的人啊！

林小樱想到这里，瞬间被一股从心底里冒出来的自卑感淹没。

她想，除了父母是从出生开始陪伴自己的，这一生遇到的其他人，都是出现在人生路途之中的。他们陪伴着自己走过或长或短的一段路之后，又注定会自然地离去，如同父母，总是要先你而去一样。现在，可能也是石北海要离开她的时候了。

林小樱心里下了决心，自己不能再像从前那样，总是指望石北海能带着她走过这一辈子了。

想清楚这个事情之后，林小樱感到内心慢慢地恢复了平静。她感恩这辈子遇到了石北海，对石北海这样做，也是完全理解的。她想，对以后的事情，干脆抱着顺其自然的态度，让该发生的事情，发生吧。

一个月后，石北海他们从日本回来。

回来之后，石北海召开了一次全公司大会，说了一些产品的更新换代，和公司下一步的方向，以及要走品牌发展之路的事情。散会后，他叫住了林小樱，让她去他办公室一下。

石北海先是问了问林小樱最近的工作情况，林小樱言语之中的心不在焉，被石北海尽收眼底。

石北海问："你最近还好吗？"

林小樱答："还好啊，跟以前一样。"

石北海问："没什么变化吗？"

林小樱答："没有。"

石北海盯着她看了好几分钟，最后无奈地叹了口气，没再说话。

忽然之间，两个人都觉得到了一种生疏得快要无话可说的地步。

"行，你回去吧，别太累啊。"

林小樱点点头，问道：

"你最近，还好吗？"

石北海低头想了想，神情淡漠地说："还行吧，眼下事情实在是太多了，我有点跟不上形势了。"

说完这句话后，石北海随手拿起桌上的文件，然后便低头看了起来。

林小樱"嗯"了一声，悄然退出了他的办公室。

从石北海那里出来之后，林小樱感觉像是掉到冰窖中，全身发冷，她难过得眼睛里蒙上一层水雾，但她没有哭，而是平静地离开。

此后一段时间，她按部就班地工作，和石北海该说事说事，石北海看见林小樱，该打招呼打招呼，但石北海没再提结婚的事，林小樱也不问结婚之事，每天林小樱下班回宿舍后，空闲的时候就埋头读书，画画。

而小叶，从日本回来之后，对林小樱态度大变，不再"小樱姐小樱姐"地叫着了。她调到了业务科，工作上的事情也不必再跟林小樱汇报，经常看见她直接找顾平或者石北海，这让林小樱心里更加确认，石北海跟小叶的关系有了进一步的发展，甚至已经超出一个企业老总和普通员工之间的关系了。

入冬之后，天气越来越冷。北京的冬天真的是冷，寒冷的风说来就来，呼啦啦地吹着，吹得人站立不住，吹得人心里像是没了根。林小樱从来北京起，还是第一次有了一种孤独无依的感觉，好像偌大的北京城，跟她没有一点关系。她开始想家了，想小小的燕江城，想烟火生活里的安平院，想那些突然响起的欢笑声和争吵声，想家里窗户外面的那一片花草和树木。

"不知道那棵樱桃树现在怎么样了？"

仿佛想起一个老朋友，林小樱又想起了那棵樱桃树。

她静静地回想着那棵树春天开花，夏天结果的样子。想起曾经好几次，樱桃树的树枝上刚刚开出小小的花朵，就被倒春寒的疾风骤雨，摧残得七零八落，之后，自然也就无法结出像样的果实。还有很多次，果子刚刚变成黄色，就被成群的麻雀吃个精光。可是，第二年春天到来的时候，那棵树，又照常从干枯的枝头长出嫩叶，照常开出粉色的花，再往后，重又结出甘甜的果子。那棵树并不高，枝叶也不像其他树木那样繁茂，但是在静默四季风霜雨雪之中，它总能随着自然节气的变化而变化，总能再次开花，结出果实。

林小樱想，这树，真的就像父亲所说的一样，活着，做它自己分内的事情。她觉得，也许自己该回燕江了。

三

再过一个月，就要迎来新的一年了。李春梅来信说，缝纫店的生意一直都不错，她招了两个缝纫工。后来，因为离她家太远，她关掉了安平院的缝纫店，在自家的房子里腾出一间，开了店。

林小樱本来想着回趟燕江，收拾收拾屋子，在家待上一段时间。可是，这一年最后一天的下午，林小樱正在参加公司的年终总结大会，陈一楠又来了。

他竟然在会议大厅的门口让人将林小樱叫了出去。林小樱听说有人找她，也没多想，就离开座位到了门口，一看是陈一楠，吃了一惊，问道：

"是你？你怎么来了？有什么事吗？"

"没什么事，就是今天晚上想请你吃饭，咱俩一起跨年吧，从明年开始，一切都会好起来的。"

"不行，晚上还要和大伙儿一起聚餐呢。"

"小樱，我真的很想很想跟你过这个特别的日子，大伙那么多人，不缺你一个，可是我，真的很需要你，你明白吗？我找你这么多趟，已表明想跟你在一起的心，你怎么还不答应呢？"

林小樱一听这话，下意识地回头看了看会议厅里主席台上的石北海。石北海正在专心致志地发言，仿佛对她的离席一无所知，她又看了看开会的同事们。

这时，她看见一个人正扭过头来盯着她看，这人不是别人，正是小叶。

小叶现在出来进去总是跟着石北海。小叶看到林小樱发现了自己在看她，立刻收回了目光，转过身去，又挺了挺腰板儿，端坐在座位上，昂着头，认真地听起了石北海的报告。

就在这一瞬间，林小樱决定，跟陈一楠一起过这个跨年夜。

林小樱没有想到，陈一楠不是请她到外面饭店吃饭，而是到他的家里做客。

出租车进了小区大门，穿过一排排建筑之后，停在了一栋灰黑色的六层楼前。陈一楠领着林小樱爬上顶楼的时候，两个人都有点力不能支地喘起了大气。

"唉，每次上楼我都有点气喘，你行吗？"陈一楠回过头来问跟在后面的林小樱。

林小樱说："没事，以后要多锻炼了，这点高度怎么就累得有点不行了呢？"

"学院分的房子，老小区，快要改造了，都盼着能装个电梯呢。"

"有自己的房子就不错了。"

"是啊，是啊。"

陈一楠从衣袋里掏出一串钥匙，打开房门，一个七八岁的小女孩从里屋跑出来。

"快叫小樱阿姨好。"陈一楠对小女孩说。

女孩很瘦，五官像极了陈一楠，她看着林小樱，慢慢地，小小的脸上绽开了笑容：

"小樱阿姨好。"

林小樱被女孩的笑容打动了，轻声地说："你好。好漂亮的小姑娘啊。"

陈一楠说："她叫陈小琪，你就叫她小琪吧。"

陈一楠用了半天的时间，买菜，摘菜，做菜，竟然弄出来满满一桌子菜。

他给林小樱和女孩各冲了一杯咖啡，让她们好好坐着，等他去厨房里再忙活一下，一会儿，大家就可以吃上跨年晚餐啦。

小女孩伸出她柔软的小手，紧紧拉住了林小樱的手，她要带她看看他们家的每一间屋子。

"我带你看看我爸爸的画室。"

小女孩说着，领着林小樱推开最靠里边的一间房门。门一打开，林小樱瞬间被里面的一切所震动。

一间大约二十平方米的房间里，什么家具也没有，只有大小不等的画架，和画架上已经完成或尚未完成的油画。房子中间有一把木椅，椅背上面搭着一件沾着各色油彩的深蓝工作服。窗户被一块墨绿色的窗帘遮住。小女孩走过去，先是拉开一边的窗帘，然后又拉开了另一半。

这时，西边的太阳照进了房间里，阳光温柔，照在一幅深红底色的油画上，似乎是已经完成了的作品，画面上恣意生长的植物，深绿色的叶片，和橙黄色的花朵，让林小樱在这片刻之间，整个的心灵，都沉溺在了眼前的情景中。

小女孩走到窗户对面的那面墙前，地上有一堆装好了画框的油画靠墙堆放着。

"小樱阿姨，你看，这里还有，都是我爸爸画的。"

她从里面找出一幅画，平放在地上，说：

"小樱阿姨，你看，这个阿姨像不像你?"

林小樱走到墙边，像女孩儿一样蹲在地上，仔细打量起这幅画来。

这是一张类似安格尔风格的作品，画面上的女子梳着跟林小樱一模一样的辫子，又黑又长的辫子被风吹得飘在空中，而女子，正站在风雪中的路口向远处张望，五官虽然没有达到安格尔绘画那种极为细致的程度，但是，这张脸，分明就是林小樱的脸。

林小樱没有说话，只是呆呆地盯着画，她的眼前又闪过当年陈一楠画的那些素描，一张张画自己的素描。此刻，林小樱忽然感觉自己如入梦境，一时不知身在何处，她恍惚地问自己，这里是什么地方? 我为什么会在这里? 为什么会有形似自己的女子在画中?

不知过了多久，林小樱才慢慢缓过神来。她看见小女孩还在那堆画里寻找，她在找跟林小樱相像的，她父亲的作品。

"还有一幅比这幅还像，哪儿去了呢?"小女孩自言自语地说。

"不找了，我们去帮爸爸吧，一会儿该吃饭了。"

"我看到小樱阿姨才知道，原来我爸爸的这些画，画的就是小樱阿姨。"

"不是的，只是有一点点像，不找了，我们去帮爸爸吧。"

小女孩有点不情愿地停止了翻找，跟着林小樱走出画室，到了厨房。林小樱看见陈一楠围着一个围裙，正在炸鱼。她连忙说:

"让我来吧，你怎么还会烧菜了呢?"

陈一楠笑着说:"都是被生活逼得呗，我不吃可以，小琪要吃啊。"

"我爸爸做的饭越来越好吃了。"小女孩说完，就闪出了厨房。

林小樱笑着说:"看来，生活确实会改变人的啊。"

"是啊，我已经被改变得面目全非了。"

"是吗?"

"你也变了，小樱，变了。"

"我哪儿变了?"

"哪儿都变了，你自己不知道，你大概只知道自己比以前更好看了。"

"没有，我只知道自己越来越老了，唉! 明日黄花了。"林小樱有点落寞地说。

"你不懂，这是岁月造就的另一种美。"

林小樱明明知道这是句安慰话，是让她高兴的话，但是依然觉得心里滑过一丝甜蜜，有种舒服得令她忍不住要去回味的感觉。

四

陈一楠虽然弄出了满满一桌的菜，可是每一样菜的味道，都让林小樱实在难以下咽，不是咸过头，就是仿佛忘了放盐，陈小琪大概是平时很难能吃上这么丰富的菜肴，并且吃惯了这样口味的饭菜，自顾自地闷头吃了起来。林小樱心疼地看着她贪婪的样子，也跟着她一起大口地吞咽起饭菜。

陈一楠看着她吃，问她："我的手艺不行，是不是很难吃啊？"

"没有啊，你看我跟小琪不是都很喜欢吃的吗？"

"没想到哇没想到……"

林小樱停下手中的筷子，看着陈一楠，不知道他说的"没想到"是什么意思。

"那么心思简单的小樱同志，也开始学会说谎了。"

被陈一楠这么一说，林小樱瞬间满脸通红了起来，觉得自己好像做了亏心事。陈一楠看她尴尬的样子，连忙笑着说：

"我知道我知道，你是顾着我面子，忍着不说呢，我这辈子就是做不好饭菜，害得小琪跟着我受苦。"

林小樱顺着他的话说道："已经不错了，我还以为你压根不会做饭呢。"

陈一楠大笑了起来，说道：

"我真的很讨厌这个事儿，可是，肚子饿啊，我一个人就算了，小琪不行啊，正在长身体，所以不做不行啊，只能赶鸭子上架，逼着自己做。"

"能做出这么一大桌，真的很厉害了。"林小樱鼓励地说道。

整个吃饭的过程，让林小樱感觉到少有的家庭的温情。小女孩坐在她身边，时不时地往她碗里夹菜。陈一楠每看到女儿给林小樱夹一次菜，就会温柔地表扬一下女孩，"小琪真懂事"，间或还会问："是不是很喜欢小樱阿姨啊？"这时，女孩就会微笑着连连点头。

吃完饭之后，女孩儿回到自己的房间，陈一楠让林小樱去他的房间坐一会儿。

他的房间有一张床，一个床头柜，一张书桌和一把木椅，一个双人沙发，和一个占着整个一面墙的书架。

书架上，一半的地方放着些画册之类的书籍，另外半边儿，则整齐地摆放着一排排的黑胶唱片，和一层层的卡式录音带。

林小樱一时间有点疑惑，她不知道为什么陈一楠的书架上，会放着这么多的黑胶唱片，这样的房间主人，不像是一个搞绘画的人，倒是让人觉得，这是个搞音乐的人。

"你怎么会有这么多唱片啊？"林小樱问。

"我爱音乐，爱音乐胜过爱绘画，这是我现在才知道的。"陈一楠带着一种无限遗憾的口吻回答。

林小樱一时不知如何接话，因为对她来说，音乐这门艺术，除了以前的样板戏，和《洪湖赤卫队》《刘三姐》的歌剧唱段，就是现在盛行的港台流行歌曲，和内地翻唱港台的歌曲。

"好在艺术是相通的。"

陈一楠说着，伸手从书架上抽出一张唱片，走到屋角。林小樱这才看到，那里的矮柜上，放着一排黑压压的机器。

陈一楠将唱片轻轻放在唱机上面，让林小樱坐在沙发上，自己将身体深深地陷在沙发里，然后闭上了双眼，仿佛在等待神灵降临一般，一动不动。

不一会，唱机里响起一阵音乐的声音，是林小樱从来没有听过的音乐。而后，是女高音的歌唱，时而激昂，时而悲伤，渐渐地，音乐又变得柔和，更柔和，也变得越来越好听。

"瓦格纳的《特里斯坦与伊索尔德》，伟大的瓦格纳。"陈一楠坐在沙发里，依然闭着眼睛说，"亲爱的小樱，你闭上眼睛，好好听一下吧。"

林小樱不知道瓦格纳是谁，也学着陈一楠的样子，慢慢闭上双眼，静静地听，想听出点什么来。可是，她什么也没听出来，越听越乏味。但是，看着陈一楠陶醉其中的样子，只好耐着性子继续听下去。等到一幕剧结束，音乐停止的时候，林小樱赶紧说：

"不早了，我得回去了。"

陈一楠站起身，关掉了唱机，说：

"好，我一会儿送你回去。"

然后，他盯着林小樱，问道：

"我们还可以在一起吗？"

林小樱低下头，说："我什么都没有，不能给你带来任何好处，你还是好好找个人过日子吧。"

陈一楠说："我找了，找了一圈，现在发现，都毫无意义。"

"什么叫都毫无意义？"林小樱问。

"有真正的感情，才有意义。否则，都是欲望，每一个都是一样的，除了肉欲之外，什么都不会剩下。"

"感情？这些年，你对我有过感情吗？"

"我现在知道，我只对你有感情。"

"你这么说，你自己相信吗？"

"时间说明一切，只有你，从来都在我的心里，无论我是得意的时候，还是失意的时候，我最后想到的，只有你。你明白这意味着什么吗？"

"意味着什么？"

"意味着我们的爱从青梅竹马就开始了。"

陈一楠说着，情不自禁地一把抓住林小樱的一只手，紧紧地攥着，接着说：

"在这个冰冷的世界上，只有你，才是我的归处，我没有家，到了哪里都是一个孤魂野鬼，只有你，才是我的家。"

陈一楠的这些话，让本来就神魂出窍的林小樱，完全地相信了。她以一种宿命的心理轻轻叹了一口气，说道：

"也许，是我上辈子欠你的吧。"

"是啊，不是冤家不聚头。说实话，我以为我早就失去你了，没想到又会遇到你，现在，全都不一样了。"

"可是，可是……"

"可是什么？"

"你想怎样？"

"我想跟你结婚。"

林小樱听到结婚这个词，心头猛然掠过一丝莫名的感觉，像是一阵清凉的风，吹过她内心烦躁的庭院，她的一颗心，忽然变得安宁了下来。

随后，她的脑子里先是出现了石北海含着笑的脸，但很快这张脸就被小叶那张年轻充满生气的脸所替代，她的心随即又漾过一丝酸涩，这感觉让她觉得失落而痛苦。

然后，她开始想眼前的这个人。想到了自己的年龄和陈一楠一样大，两个人如今都是已经快要四十的人了。时间过得太快了，那些年少时的往事，一幕一幕地在眼前闪过，如同昨日刚刚经历过的事情，可是，青春早已不再。之后，她又想到了那个男孩儿。她想，如果当年那个男孩活下来的话，现在已经到了快要上大学的年纪了。突然间，她的鼻子一酸，眼泪浸湿了眼角，她站起身，眨了眨眼睛，打断了自己的思绪，对陈一楠说：

"你想过吗？如果我们在一起，将来的生活会怎样？"

陈一楠说："我都想好了，你可以先到我们学校下面的三产上班，有个画廊，非常高档，卖些当代画家的作品，和一些大师的印刷品。你可以去那里工作。"

林小樱一时间又仿佛落入幻境，心里完全没了主意，她看了看陈一楠，说：

"让我好好想一想，等我想好了，再告诉你。"

陈一楠说："好的，我等你的答复。"

说完之后，陈一楠打车送林小樱回大兴。一路上，两个人都没有说一句话，直到到了目的地。分别的时候，陈一楠说：

"不要让我等太久，我需要你。"

林小樱"嗯"了一声，跟他挥手道别。

五

自从石北海从日本回来之后，除了工作，一直没跟林小樱谈论过有关他们两人之间的事。石北海对她的态度让林小樱琢磨不定，像哥哥关心，但少了亲密。而小叶与石北海越来越亲密，林小樱相信，石北海爱上了小叶。

在春节快要到来的时候，林小樱终于答应了热烈求爱的陈一楠，之后，他们就开始准备起结婚的事情了。

领结婚证前，林小樱去石北海办公室告诉他这个消息。

石北海毫不惊讶，仿佛一切都在他的预料之中一般。他低下头，沉思片刻，又抬起头微笑着看着林小樱，声音柔软地说：

"你不再考虑考虑了吗？"

林小樱说："我决定了。"

"要不等过完年再说吧。"石北海又说道。

"就这样吧。"林小樱低下头，轻声地说。

石北海也低下了头，沉默了一会儿，抬起头说：

"我祝福你。"

这句话，像是结束语，林小樱听后，眼圈突然发热，她对石北海深深地鞠了一躬，说：

"石大哥，谢谢你这么多年一直帮助我，照顾我。谢谢石大哥！"说完之后，转身就往屋外走。

"林小樱，你记着我一句话。"石北海突然大声说道，林小樱站住了，听他说话。

石北海接着说："不管什么时候，我这里对你都是敞开大门的，你什么时候想回来了，就回来。"

林小樱没有转身，提高了声音，又说了一遍：

"谢谢石大哥！"

然后，离开了石北海的办公室。

结婚之后的日子十分地平顺。

陈一楠边画画边教书，空余的时间全部交给了音乐。林小樱再也没有提及自己想要进学校读书的想法，她知道，此时的她，角色已经完全不同，她觉得自己应该承担起一个家庭主妇的职责，而不能只顾着实现自己的愿望。

林小樱白天在画廊上班，因为可以接触到绘画，她感到很是满足。

在画廊的好处是，没有顾客的时候，她就静静地研究墙上挂着的那些画，看它们的笔法、构图，看色彩的运用，看画家在这幅作品中想表达什么，这么看着看着，她感觉自己比之前对绘画的认识进步了许多，这让她非常兴奋。

而在画廊有顾客买画的时候呢，她又有机会与买画的人交流各种信息，在这样的交流过程中，她学习到很多书本上学不到的知识。为了更好地与顾客交流绘画艺术，她又催促自己不断地学习更多知识。她觉得这份工作对她来说，实在是太合适了。她的一些同事因为这工作乏味劳累，挣钱不多，做不了多久，就另谋生路去了，可林小樱不一样，她认为这样每天可以接触绘画，可以凝视各种风格的艺术作品，让自己似乎身处艺术的河流之中，因此不觉辛苦和厌烦。

林小樱下班之后的时间，大部分用来照顾陈一楠和陈小琪。再剩下来的时间，就是看书，学习，不停地画画。

她没有多余的时间出去写生，于是就将家里的瓶瓶罐罐，她养的几棵吊兰之类的植物，反反复复地画，用工笔的手法画，用素描的方法画，用写意的方式画，用工写合一的方式画，用各种不同的色彩尝试物体所呈现的效果。

在观察这些平凡物件的时候，她发现了一个秘密，就是这些东西看似静态僵硬不动，可是在不同的视角下，不同的光线照射下，甚至在自己不同的心境下，都呈现出完全不同的形态，以及不同意味的美感。她不厌其烦地画着这些看似平淡无奇的东西。因为不断重复的练习，长久的坚持，使得她的绘画在技法上越来越醇熟，色彩上的各种大胆运用，更是使她画下的物件，似真非真，变幻不定，形神兼备，如有生命。这个自我训练的过程，给她忙碌而平凡的生活，带来了极大的乐趣和安慰。

而陈小琪对这个后来的妈妈，不仅完全接受，而且十分地喜欢和依恋。她对自己的生母除了在她姥姥那里见过照片之外，没有任何记忆，因为在她两岁的时候，她的生母已经去了国外，一直未曾回过一次国，看过她一次。也是因为这个，林小樱觉得，应该对这个不幸的女孩格外地关心和爱护。

她时常看着陈小琪，又想到她那个未曾降临人间的男孩，林小樱把陈小琪当成男孩不曾谋面的妹妹，所以将自己全部的母爱，倾洒在了这个女孩的身上。

从早上给陈小琪穿衣开始，到给全家做早饭，再到晚上给小女孩洗脚，她每日辛苦照料他们父女两人，对自己的生活和未来，从来没有产生过一丝的惶惑。而陈小琪对她的依恋，和所有付出的回应，令她更加坚定地不断付出着自己的情感和时光。

然而，陈小琪上高中的时候，进入了一个强烈的叛逆期。

他们父女两人开始频繁地发生冲突。陈小琪的学习成绩越来越糟糕，陈一楠最终对她失望至极，从原先指望她考北大清华之类的一流大学，到对她完全地失去了耐心，他不再管她，两个人像是仇人一般，谁也见不得谁。林小樱像个灭火器，一边安慰陈小琪，一边安慰陈一楠。她的温顺和忍耐，总算是让这两个性情暴躁的人，没有弄出什么更加恶劣的事件。

再往后，陈小琪在数理化成绩越来越差的状况下，无奈地开始学习绘画，这是陈一楠最不希望的事情。他认为，这个时代成为一个真正的艺术家太难太难，而如果成不了一流的艺术家，那所学所做，就注定毫无意义。这就是他对自己，对绘画，对生活的一贯态度。

从那以后，陈一楠更是狂热地将音乐视为自己的生命，他在家的大多数时间，都是将自己关在房间里听音乐。他的工作也慢慢发生了变化，从原先纯粹的绘画和教学，变成了经常飞来飞去，到处讲课，或者出席地方画家活动。这种讲课和活动，收入颇丰，所以他的经济状况，突然发生了变化。这一切，自然令陈一楠对自己的绘画，越来越漫不经心。

一天，陈一楠从广州参加一个画家的画展回到家，由于这段时间不断地外出，林小樱看到他身体有些疲惫，连忙给他端茶倒水，收拾行李。

"你这样太累了。"林小樱关心地说。

"还是这样好，到哪里都是热情款待，还有钱拿。"

"可是，你很久没画画了。"

"不想画，一点儿都不想再画了，没意思。"

"可这是你的专业啊，啥叫没意思？"

"辛辛苦苦画出来的作品，还没人家随便弄出来的东西十分之一值钱。"

林小樱知道陈一楠对这种事情深恶痛绝，便附和着说道：

"是啊，也不知道那价格都是怎么上来的。"

"怎么上来的？推手啊，有人在做推手。"陈一楠愤怒地说，"所以，现在还有几个人在真正地创作？一切都是虚假的，毫无意义。"

"可是，还是有人在画啊。"

林小樱知道，还是有很多艺术家执着地坚守着自己的底线，没有放弃对艺术的探索和追求。

"傻子，都是些傻子在干这事，无权无势，永远没有出头之日，我算是看透了。"

陈一楠愤愤不平地说。

没有人比林小樱更明白了，陈一楠天生就是个清高的人。因为不屑于跟领导和同事搞好关系，所以一直都只是个普通教师，从来没受过重用。但是，他的心里是不服气的，他对音乐的狂热，其实也是一种精神寄托。他到处讲课和参加活动，多少也给他的失意带来一些补偿。所以，她就顺着他的话说道：

"是啊，有些人的画，我都看出来不咋样。"

"你没看出来吗？现在不是讲究作品的艺术价值了，是谁位置高谁的画值钱啊。"

林小樱想想，好像是这么回事。可是，在她看来，绘画这件事情太神圣了，所以，她还是觉得，一个画家，不好好画画，肯定是不太对的。

但她忍住了，没再说话。

林小樱知道，陈一楠对自己一直坚持画画这件事的态度是，不鼓励，也不反对。在他看来，自己在绘画上毫无天分，之所以由着自己画，是因为，陈一楠觉得，一个女人业余爱好画画不是一件坏事，至少在个人气质的提升上，是一件大有裨益的好事，仅此而已。

所以，每当谈论到绘画的时候，林小樱总是十分小心，在她心里，陈一楠才是专业人士，是真正的画家，而自己，是个连这座圣殿的门槛都没有触碰到的人。关于画画这件事，她是没有资格和陈一楠讨论什么的。

当陈一楠出门在外的时候，陈小琪会很乖地待在林小樱的身边。

自从林小樱和陈一楠结婚以后，她们两个，一个将对方视同己出，一个将对方当成亲妈，母女两人经常手牵手同进同出，十分亲密。这种相依为命的感觉，让不知内情的人无论如何也想不到，林小樱是这个孩子的后妈，而这个楼里知道内情的许多邻居，也十分惊讶，因为这样好的继母女关系，在生活里似乎并不多见，所以，大家对林小樱的为人做事，都持赞叹不已的态度。

第九章

一

时光飞逝，转眼间陈小琪就成了一名大学生了。十年的光阴，就这样在平静中流过，林小樱和陈一楠也已经是年近五十岁的人了。

让林小樱没有想到的是，自从陈小琪上了大学之后，她对自己的态度就完全地变了，变得让她一时间难以接受。

学校离家只有一里地，可是陈小琪选择了住校，平时基本不回家，回家也不和林小樱说话。从前陈小琪是毫无芥蒂地叫她"妈"，可现在，她突然改口不再叫"妈"了，但也不像最初那样叫"小樱阿姨"，而是一见面，便莞尔一笑，以此作为跟林小樱打招呼的一种形式。而那微笑，后来随着时间的推移，渐渐变得越来越敷衍了事，有时，只是咧一下嘴，做个样子，连笑容也难得一见了。

林小樱很难过，但又不好说什么。她知道，毕竟陈小琪不是自己的亲生女儿，就算是自己亲生的，孩子长大进入社会后，首先就是要求独立，要争取做自己的权利，成年人再想用自己的那一套教导他们如何为人处世，多半只会招来嫌恶。如果自己想逼着陈小琪继续叫自己"妈"，那会是一件自找没趣的事情。

所以，林小樱安慰自己：如果最初的陈小琪是因年幼而对自己有所依赖，现在的她，已经长大成人，不需要年幼时那样的依赖了。她的情感随之发生变化，这也是很正常的事情，不能太放在心上。何况，自己当初对陈小琪的关爱和照顾，本身并无所图，为什么又要难过呢？

想明白这件事之后，林小樱又照例对自己来了一番自我反省。想来想去，还是觉得自己之所以难过，是因为心胸不够开阔，林小樱对自己说，以后做人应该更加从容大度才是。

一天下午，林小樱下班回家，打开房门之后，看到陈小琪和一个中年女人坐在沙发上说话。看见林小樱回来，陈小琪礼貌地笑了一下，说：

"这是我妈。"

林小樱心下一惊，她从来没有想到自己会有机会见到陈小琪的亲妈，一时有点慌乱，好像自己作为陈一楠的妻子，在眼前这个女人面前，自然地就有了一份愧疚一般，但她马上镇定下来，说：

"您好，您好。"随后又说，"小琪，给妈妈弄了什么喝的吗？"

陈小琪回答："哦，我忘了。"起身向冰箱走去。

陈小琪的母亲大约五十来岁，但看起来比实际年龄年轻。她身穿一件黑色羊皮夹克，系着一条黄蓝相间的丝巾，脸上有淡淡的妆容，面庞清秀，气质很好。看见林小樱后，她大方地站起身来，伸出右手，跟林小樱握了一下手。

"你就是林小樱啊，谢谢这些年帮我照顾小琪。"

林小樱忙说："哪里啊，这是应该的。小琪是个好姑娘。"

"是啊，我对她照顾得太少了，现在该是补偿她的时候了。"小琪母亲说。

"您回国了吗？"

"是啊，回来了，现在国内发展得这么好，到处都是机会，所以也想回来发展了。"

"嗯嗯，您是今天刚回来吗？"

"回来一个星期了，有些事情要处理，所以今天过来看小琪。"

"真不巧，一楠出差了，不然，也能见到他了。"

小琪的妈妈一听说陈一楠的名字，面色立刻变得严峻了起来，说：

"不要提他，我就是知道他不在家，才跟小琪一起过来的。"

林小樱对他们当年的事情知晓不多，但她心里明白，这个女人曾经是这个家的女主人，所以，她说话格外地小心，她不想因为自己有什么言语上的失误，令陈小琪的母亲感到不适，甚至难堪。

陈小琪从冰箱里拿出一罐蜂蜜，给她母亲调了一杯蜂蜜水，然后坐在了母亲的身旁，也不说话，只是低着头看着自己的鞋子，从左脚看到右脚，又从右脚看到左脚。

林小樱觉得自己待在家里可能会影响她们母女说话，便说：

"你们好好聊聊，我出去买点菜，晚上就在家吃饭吧。"

窗外那棵樱桃树

陈小琪母亲听到此话，从沙发上站起身来，说："不用了，我这就走了。"然后，她又弯下腰看着陈小琪说，"小琪，我走了，你跟我一起去宾馆吗？"

陈小琪还是低着头看鞋，没有立刻回答。

这时，林小樱说："小琪，要是晚上没课，就陪陪妈妈吧。"

没想到，陈小琪听了这话，突然间发起了脾气，她大声地呵斥林小樱：

"要你多嘴！这跟你有关系吗？"

林小樱被吓了一跳，这还是陈小琪第一次这么大声地呵斥她。

她母亲见状，连忙说："小琪，别对阿姨这样，你要是愿意，就跟妈妈一起去宾馆，咱俩好好说说话，你要是不愿意，就过几天再说吧。"

陈小琪从沙发上站起身，将自己的包往后一甩，背在肩上，然后，径直走出了家门。

她母亲紧随着她往屋外走，林小樱见她们要离开，说：

"真是不好意思，眼见着要到吃饭的时间了，我送送您吧。"

"你别放心上，小琪心里苦。"小琪妈妈转身站在门口，看着林小樱说，"这都是她那个爹造的孽，当年小琪才两岁，他就住到他情人的家里，我没办法，只好跟他离了婚。唉，可怜了小琪。"

林小樱听陈小琪母亲这么一说，心里暗自一惊。她知道陈一楠和很多女人好过，这是陈一楠亲口告诉她的。但是她没想到，他会那样明目张胆，会那样对待小琪母女，这和陈一楠这么多年来在她心目中的形象，还是有些不太相符。

林小樱喃喃地说道："他怎么能这样……"

"你是不知道，我听他同事说，前些年，小琪还小的时候，他这个家，整天就是各种女人的旅店，我女儿太可怜了。"

林小樱说："怎么会这样？"

陈小琪母亲说："他就是这样的人啊，你不知道吗？"

小琪母亲的情绪开始失控，她的眼睛因为愤怒而频繁地眨动，她愤怒的表情里，还带着无限的悔意。

"我这辈子犯的最大错误，就是跟陈一楠结婚这件事，我被他文绉绉的外表蒙骗了。"

林小樱不知道如何接她的话，而她的话，又像一把盐，撒在她心里的创口上。她的脑子里重又浮现出当年陈一楠一走了之，对她置之不理的情形。她痛苦地叹息道：

"唉，真是的。"

"你也被他骗了，他这个人除了爱他自己，谁也不会爱的。他在外面肯定有好多女人，你是不知道。"

小琪母亲语气肯定地说道。

此时的林小樱，神情开始恍惚，她不知道小琪母亲所说的这一切，到底是真实的，还是她的臆想。或者说，她是在故意挑拨自己和陈一楠的关系？

但是，林小樱现在猛然间明白了一件事，这件事就是：陈小琪当年为什么对她那么乖巧，温顺，那么依赖她。原来，她小小的年纪，就那样看着陌生的女人出现在她的家中，然后消失，又变成另一个陌生的女人，如此循环反复，她在那样一种环境里生活着，使她完全失去了一个孩子应该有的安全感。

林小樱感叹道："小琪真是太可怜了。"

林小樱感慨地摇了摇头，"您当时为什么不把小琪带走呢？"

小琪母亲也摇了摇头，说：

"我那时年轻，一心想着报复他，给他制造点麻烦，让孩子成为他寻欢作乐的羁绊，唉……我那时也是，只想着自己未来的生活怎么办，我太自私了，我好后悔。"

陈小琪母亲快速地说完这些话之后，匆忙地跟林小樱告别。在她转身离去之前，她又说了一句话：

"还好，我遇到了对我好的人，比陈一楠好一百倍，我现在倒是应该感谢他才对。"说完，扬长而去。

林小樱呆呆地站在房门口，愣了好久之后，才黯然神伤地转身回屋，"啪"的一声，关上了房门。

二

陈小琪的母亲走后，林小樱坐在小琪母亲刚才坐过的沙发角上，呆呆地看着那杯没有动过的蜂蜜水。

这蜂蜜，是一个自称出生大山，大学毕业后回乡创业的女孩到画廊推销的。那女孩说，这是大山里的土蜂蜜，因为山里交通闭塞，导致这么好的蜂蜜卖不出去，希望各位大姐帮忙采购一些。当时，画廊里所有的店员或多或少都买了些蜂蜜。结果，第二天，同事孙姐就说，什么大山里创业，这都是那女孩编出来的故事。孙姐说她的邻居已经上了当，原来这些蜂蜜全是从批发市场采购的劣质产品，根本不是什么纯粹的土蜂蜜。

林小樱对这件事百思不得其解，她想起了那个卖蜂蜜的女孩清纯质朴的样子，她很疑惑，这样的女孩怎么会骗人呢？她实在无法相信，那个女孩不动声色，可以随口编出那样的谎言。

　　这件不起眼的小事，让林小樱心里很久未曾动荡过的安全感又开始在心底里荡漾。

　　自从父亲离世后，林小樱的内心深处就有一种莫名的恐惧感。母亲离开后，这种感觉变得更加深切。她时常睡到半夜会被做的噩梦惊醒。她有时梦见自己突然掉下了山谷，在滑落的途中被吓醒；有时梦见自己被抛出了地球，掉到不知道是哪里的地方；有时梦见她被困在汪洋一片的大水中，四周除了水，没有人，也没有物，只有她一个人站在孤零零的一小片土地上，就像个再也无家可归的孩子。林小樱觉得，在这个繁盛阔大的世界里，自己像是一个被遗弃的孤儿，无依无靠，随时都会被黑暗中的某种力量吞噬。

　　可是，和陈一楠结婚之后，这种孤独无依的感觉慢慢开始消失。她觉得，虽然经历过那么多的波折，自己终于还是和深爱的人在一起了，而这个人同样也深爱着她，就像他们最初恋爱的时候，陈一楠在那一张张速写下面写下的话：愿得一人心，白首不相离。这种有爱的感觉，犹如汪洋大海里的小船，终于有了一个可以停靠的港湾，她觉得自己不再那么孤单了，她的心，也有了一个可以着落的地方。

　　但是现在，林小樱内心深处的那种恐惧感，突然又冒了出来，让她平静的心，失去了安宁。

　　她的眼睛看着那杯蜂蜜水，心里想着，陈一楠真的是这样一个花心的人吗？她决定，等陈一楠出差回来之后，一定要问清楚，小琪妈妈说的那些事，是不是真的？

　　陈一楠出差回来的那天晚上，林小樱就向他问起了这些事。

"小琪妈妈来家里了。"

"她来干什么，这个天杀的女人。"

和陈一楠在一起生活后，林小樱经常听见他用各种不同的贬义词评价人，用恶毒的词汇来骂人，她已经习惯了他那种评价人的方式。不过，她还是很奇怪，陈一楠为什么用"天杀的女人"这个词，来称呼他背叛的女人。

她坐在沙发上，扬起脸看着正在换衣服的陈一楠，问道：

"她坏吗？"

"坏，很坏。"

"她是怎么坏的？"

"唉……一言难尽，我恨不得杀了她。"

"你为什么这么恨她？"

"我就是恨她。一辈子不想再听见她的消息。"

林小樱低下头，她在思考怎么说才能了解陈一楠和小琪妈妈之间到底发生了什么？现在，她非常想知道有关陈一楠的一切。

她从沙发上站起来，走到厨房里，给陈一楠倒了一杯水，在递给他的时候问道：

"你是不是真的跟小琪她妈说的那样？"

陈一楠正接过水杯，听见林小樱这么问，全身僵硬，眼睛定定地看着她，脸色严峻，声音由刚才平和的音调，突然变成压低了的烟嗓，厉声地说道：

"那是个神经病，她跟你瞎说了些什么？她说我什么了？"

林小樱回答："没什么，就说了你俩当初闹离婚的事儿。"

陈一楠一听这话，声音又由刚才的低音变得高亢了起来：

"你听她说，她能把全世界忽悠瘸了。她说的话，你也信啊？

你怎么还是那个没脑子的蠢货呢？"

这是陈一楠第一次说林小樱是一个"蠢货"。这两个字实实在在地闯进了她的耳膜，迅速穿过神经进入她的大脑。她知道这两个字对她来说意味着什么，她曾经因为那句"愿得一人心，白首不相离"而何等的满心欢喜，而此刻，这两个字让她明白，原来她对陈一楠而言，只是个没脑子的蠢货。

她怔怔地站在客厅的中央，感觉脑门和眼前有一团模糊而沉重的东西，突然间"啪"的一声炸裂开来，激起了电流一般的涌动，从前额到胸口，从躯干到四肢，直到每一寸皮肤和神经末梢，都感受到了这两个字带来的冲击，她感到自己有些头晕。

她慢慢地走到沙发边，重新又坐了下来。陈一楠放下手里的水杯，正想转身进自己的屋子，林小樱对他说：

"你别走，我还有话说。"

陈一楠停住了脚步，走到他们吃饭的方桌旁"哗啦"一声抽出一把椅子，身体重重地坐在椅子上，面色铁青，声音里夹带着烦躁说道：

"你说，有什么你就说。"

林小樱平静地看着他，一字一顿地问道：

"那你，到底是不是那样的呢？"

"我哪样了？她又造我什么谣了？"

"你是不是在她生下小琪不久，就跟别的女人在一起了？"

陈一楠一听这话，迅速地转了转眼珠，他那眼窝很深，温柔漂亮的眼睛，此刻睁得大大的，变得有些狰狞了起来。

他下意识地看了看房门，看门是不是已经关严实了，他害怕自己高亢的声音引起邻居的注意，他将声音又调回到低沉的状态，拉长了字词之间的间隔，睁大眼睛看着林小樱，说道：

"她那时整天没别的事儿，就是琢磨我跟哪个女的在一起。每天回家的第一件事，就是查问我的踪迹，问我今天见过谁，和谁一起吃的饭。后来发展到到电信局查我的电话记录，之后又开始跟踪我，每天鬼鬼祟祟地在到处转悠，为的就是发现我的踪迹。"

陈一楠说到这里，仰头对着房顶，似乎很痛苦地闭上了双眼。沉默了大约两分钟，他低下头，看了看林小樱，见她正定定地坐在沙发上看着他，等待着他继续往下说，于是，他便又开始说话。

"有一天，他看到我和一个老同学从酒店出来，这个老同学是个商人，想做些美术品投资，找我去她那里谈事情，结果，小琪妈妈就一口咬定我跟那位老同学在酒店幽会，无论我怎么说，她就是不相信，我实在无法忍受她的胡搅蛮缠，便出去找个酒店躲起来。你猜怎么着？"

林小樱问："怎么着？"

"结果……"陈一楠用尽力气地说出这两个字，青白的脸上突然泛起一层红色。

"结果，这该死的女人，竟然跑到我们学院大闹，告到院长那儿，还在我的办公室里破口大骂，弄得我颜面扫地，无地自容。她毁了我……"

林小樱看到，陈一楠因愤怒而微微发红的脸上开始有轻微的抽搐。她静静地听他说，依然没有说话。

"她有没有跟你说，说她自己那会儿干的这些事？"陈一楠问。

林小樱说没有，陈一楠突然又扬起了声调，质问起她：

"你为什么还是那样不长脑子呢？你也不想想，她为什么跟你说我不好？这不好，那不好，她不就是看着我这些年活得还不错，心里难受，她在报复我，你看不出来吗？"

林小樱听见他说自己还是没长脑子的话时，一种厌恶的感觉突然从心头升起，这种清晰的感觉，让她第一次对陈一楠有了一种非常明确的厌恶感。

林小樱看着眼前的这个男人，曾经光滑的皮肤，如今变得暗沉而松弛，尽管他从来都是衣着考究，对外表的修饰一丝不苟，但这些努力，已经掩饰不了衰老带给他的颓丧衰弱的气息。让林小樱更加惊讶的是，她第一次发现，眼前这个曾经那么好看的男人，如今已经从头到脚弥漫着一股庸俗不堪的气味。林小樱有些疑惑，为什么绘画和音乐，全都挽留不住这个人曾经有过的飘然逸群的气质呢？

不过，陈一楠刚才说的一席话，倒是让林小樱同情小琪妈妈的心理有所改变。

林小樱稍稍冷静了一下，转念一想：是啊，按照常理来说，一个离异了的女人，在她前夫现在的女人面前谴责其前夫，最大的可能性，不就是出于报复心理，想要破坏他们现在的夫妻关系吗？

陈一楠看着林小樱的面部表情正在悄然无声地发生着细微的变化，他愤怒地睁大了眼睛，死死盯着林小樱，不紧不慢地说道：

"再说了，我骗过你吗？我对你隐瞒过什么吗？没有！我早

就告诉你了，我找过了，找了一圈了，只不过，没有意义，完全
没有任何意义。你忘记我说的话了吗？你知道吗？我真的，真
的，真的不想骗你，你就信我吧。"

　　林小樱这时才想起，她第一次走进这个家的那天晚上，陈一
楠对她说过的那些话。他的确是告诉过她，他说那些女人全部没
有意义，那都不是爱情，只有她，才是他的家。

　　回忆就像一片云，轻轻地从林小樱的心头飘过，让她忽然对
自己的怀疑，反倒有了些许内疚的感觉。都是陈年往事了，又何
必因为一个女人的突然造访，便毁掉了自己平静的婚姻生活呢？
何况，那本就是她和陈一楠结婚之前发生的事情，跟她并没有多
大的关系。想到这，她轻声地说了一句：

　　"好了好了，不生气了，都是我不好，我也不信你是什么多
坏的人。"

　　说完这话，林小樱走到陈一楠的身旁，伸出一只手放在他的
肩上，轻轻地说：

　　"别生气了，怪我，都是我不好。"

　　她想缓和一下气氛，让他消消气。

　　可是，陈一楠对她有些讨好的行为完全不加理会，他连看也
没看她一眼，而是猛地抖动了一下双肩，将她的手甩到了一边。
然后，他径直走进自己的房间，"啪"的一声，关上了房门，又
将房门锁上。

　　不一会儿，房间里响起了音乐，声音很大，之后，陈一楠就
一直在听音乐，没再和林小樱说过一句话。

　　从那天开始，林小樱和陈一楠开始了分房而睡。

三

画廊的工作虽然辛苦，工资又低，但是林小樱却一直乐在其中，可她不曾想过，自己的这份工作，会在这个夏天，突然间就没有了。

七月快要放假的时候，学院换了新班子，新一届领导开始履职。原本这件事和画廊并无多大关系，跟林小樱更是距离遥远。可是，一天早晨，大家刚来上班，就被召集起来开会。

会上说，学院新的领导班子决定，将画廊承包给一家艺术公司经营，公司从下月开始要对画廊重新修建改造，营业人员也将重新招聘使用。

这就是说，画廊即将更换主人，并整个儿换一套人马。原来的员工，因为大多是从学院的下属机构调到画廊工作的，属于学院的编制，现在画廊没了，他们就又转回到原来的地方，重新安排工作。只有像林小樱这种后来的员工，因为没有编制，只能自己另谋生路。这个消息，就像晴天霹雳，让林小樱一时不知所措。

她心乱如麻地回到家时，陈一楠正关着门在房间里听音乐。她敲了几下门，看没动静，就拧开了房门。

只见陈一楠一边听着音乐，一边手捧一本书读着。

她走到音箱跟前，关了音乐。陈一楠坐在椅子上，抬起头，看着林小樱，没有说话，而是等着她说话。

林小樱将画廊换人的事情告诉了他。陈一楠将手里拿着的书放到书桌上，表情淡然地说：

"听说了，先歇着呗。"

"你早就知道了？为什么不跟我说一声，我真是一点心理准备也没有。我们这几个人，没人管了吗？"

"是啊，本来就是第三产业，搞创收的，可有可无。"

陈一楠冷冷地说，然后起身走到音箱前，又打开了音乐，只不过这回，他将音乐的声音调得很轻，林小樱听见他嘴里嘟囔了一句：

"这些人也真是，不好好研究怎么提高教学质量，先处理这破画廊干吗？"

"那我怎么办？没工作就没收入了。"林小樱哭丧着脸，有些焦急地说。

"反正你也这么大年纪了，不干就不干了，有什么大不了的？"

陈一楠说完，又重新拿起书桌上的那本书，林小樱看到，那本书的名字是《杜尚》。

"不干就没收入了。"林小樱又说了一遍。

"无所谓，我养着你呗。"

陈一楠晃了一下手里的书，说道："杜尚一辈子大多时间都在玩儿，下棋，爱欲，咖啡……可这并不妨碍他成为世纪大师，要知道，生活本身就是艺术，别太认真了。"

这是很久以来，陈一楠和林小樱话语最多的一次对话。然后，他将身体斜靠在椅子上，两条腿交叉着放在书桌上，继续听音乐，读杜尚。

陈一楠早年间得过一次全国性的美术大奖，那些年，他的艺术状态处于最好的时期，也卖出过一些画。可是，因为他的画总

卖不上价，和其他同行比起来，画得不一定比别人差，价格却总
是比别人低，这让他觉得自己非常没有面子。之后，他便开始慢
慢远离艺术圈，再后来，干脆停止了绘画。

他开始热衷于讲课，到全国各地去讲课。对地方上的美术学
生来说，他的讲课内容都是来自外面的新知识，可对他来说，每
一次的讲课，不过是相同的内容，不断重复着讲了一遍又一遍。
所以，讲课对陈一楠来说，比画画容易得多。这些年里，仅仅靠
着讲课，他挣了一些钱，具体多少钱，林小樱并不知道，但是养
活林小樱，一定是绰绰有余的。

陈一楠在那次获奖之后说过一句话，他说自己一辈子只有一
个情人，那就是绘画。现在，林小樱看着眼前一脸木然的陈一
楠，心想，一直追求完美主义，认为艺术就该是美的他，最近怎
么会突然喜欢起了杜尚呢？林小樱明白，他是喜欢上了杜尚对待
艺术和生活完全不在乎的态度。

一九一七年的一天，大画家杜尚在一间五金店看到一个被标
记为"825"的小便池，于是将它买下，然后对着小便池说："从
现在开始，你不再是个小便池，你的名字叫作《泉》。你将成为
一件了不起的艺术品，一件来自名家之手的艺术品。"正是这个
小便池颠覆了整部艺术史，让杜尚成为美术史上一个里程碑式的
人物。

陈一楠书架里的书很多都只是摆设，他买回书，大多从来不
看，但是林小樱会看，《杜尚》这本书她已经看过。只是，林小
樱自认对事物的思考力不够，所以从杜尚这里，她无论如何也看
不出那个被冠名为《泉》的"小便池"的伟大之处，她认为那可
能是一种精神的表达，并且，它只是一个特定时代的产物。所

以，她为陈一楠不再画画感到担忧，因为她知道，陈一楠是有艺术天赋的人，他曾经也非常努力，他原本可以成为国内画坛中一个有点位置的画家，但是，他现在不干了，他选择了放弃。林小樱认为，陈一楠如此轻易地放弃了专业，这实在是太可惜了，因此，她曾经尝试说服他，让他别放弃作画，但是每一次，陈一楠的回答都是一句话：

"你懂什么？你脑子里只有世俗的观念。"

这句话，总是立刻让林小樱再也说不出任何话，以至于她时常会反省自己，怀疑自己。几番自我检讨之后，她果然发现自己是个俗物，看重虚名，她为自己以世俗意义的成功来评判陈一楠感到羞愧。此后，在陈一楠的面前，林小樱再也不提及让他画画的事了。

还有段时间，林小樱对自己总是不停地画画这件事，也产生过怀疑。只不过，当她下班回家，忙完家务空闲下来的时候，她不画这些画，又能做什么呢？漫长而孤寂的光阴里，繁忙而庸常的生活琐事之间，在一笔一笔画出来的线条里，在斑斓绚丽的色彩里，和一次比一次画得更好的状态里，她的心，确确实实地获得了一种愉悦和安定。林小樱认为，自己虽然没有陈一楠那样的才气，但是，她是热爱绘画的。能够将一件热爱的事情，做得一次比一次更好，这就足够了。

林小樱看陈一楠跟她说话那有一搭没一搭的态度，便没再说话。她转身离开陈一楠的房间，随手关上门，习惯性地走进了厨房。

现在是做晚餐的时间了。

这些年里，林小樱已经刻意地将自己变成一个做得一手好菜和各种点心的人。

出身南方的陈一楠，一直无法适应北方的饮食，而林小樱从小就会做很多南方的菜肴和点心。父亲太早离世，母亲又多病不能劳累，没有人教过她怎么做饭做菜，可是，她无师自通地学会了很多菜肴的做法。只要她吃过一样好吃的东西，她就会仔细琢磨一番，再一次次地尝试去做，慢慢地，她做出来的菜肴和点心，虽然不能和酒店、饭馆的味道完全一样，却也能有七八分的相似。结婚之后，林小樱就变着法地给陈一楠父女俩做好吃的。

但是此刻，她站在灶台的旁边，眼睛盯着炉灶的架子上放着的两个空锅，一时间不知道自己该干点什么。她没像往常那样，习惯性地随手打开冰箱，从里面拿出食材，很快变戏法一样地弄出些好吃的。现在，她什么也不想做。

她站了一会儿，然后，转身离开厨房，走进了自己的房间。她的耳畔一直回响着陈一楠刚才说过的话：

"反正你也这么大年纪了，不干就不干了。"

她走到镜子面前，仔细端详自己的脸。

这张脸，不再像十年前那样饱满洁白，而是开始出现细细的皱纹，从眼角向外展开，从额头的左侧向右侧蔓延，颧骨变得明显，面颊不再圆润。此前，她还从没有像现在这样观察过自己的脸，一股莫名的伤感涌上心头。

她清楚地知道，自己正在无可遏制地老去，生命正离终点越来越近，她想到了死亡，感觉到终点的时日其实并不遥远。然后，她的眼前又飘过杜尚的"小便池"，虽然杜尚因此名声大噪，但她仍然觉得厌恶，她认为，这是人找不到方向的时候才会做出的事。

　　找不着方向，当林小樱的脑际出现"方向"这个词的时候，她的心头猛然一紧。

　　我在干什么？她想，这些年，这些如水的岁月里，自己究竟在干什么？是不是一直也处在找不着方向的状态啊？

　　林小樱想到了石北海，想到他原本是想让自己去美院学习绘画的，这是她多年的愿望，但是她却因为陈一楠，轻易就放弃了提升自己的机会。她想，如果去学习了的话，会发生些什么事情呢？至少，自己画出来的画，应该比现在好很多吧？

　　她又想起了父亲和母亲，想到父亲对她的期望，想到母亲这一生的困境。母亲是被自己困在了对过往的怀想和哀伤里了，而她呢？是将自己困在了对爱情的幻想里。

四

　　第二天一早，林小樱像往常一样给陈一楠做好早餐，然后，她到附近的小公园里去散步。一边散步，一边想，自己该怎么办。

　　突然间，她又想起了石北海。

　　她想到，在自己的半生里，除了父亲从小教她画画、读书，就是石北海这个本来并不认识的人，在一次又一次地推着她向前走。她觉得，陈一楠和石北海，这两个人真的是一对奇怪的反衬。为什么会是这样？她想不出答案。于是她就想，也许正因为陈一楠是个真正的画家，是真的懂艺术的人，他看出了自己的天资平庸，不是做艺术的材料，所以才从来都不鼓励自己画画吧。而石北海呢，他只是个做企业的，完全不懂艺术，所以才会那么执着地鼓励她画画吧。

现在，是不是应该去找一下石北海，然后回家居公司上班？

但是，这个念头刚一冒出来，立刻就被她自己打消了。

她想，北京太大了，这十年里，她在画廊里上班，人来人往，见过的顾客不计其数，却从来没有遇到过一个她从前认识的人。有时候，当她想到石北海的时候，她希望他因为某种原因，刚巧走进了画廊，突然出现在她面前。她开始想念石北海，想到自己离开他时他说的那句话。他说，他的门随时向她敞开。但是，她知道自己不能去找他，她不再是从前那个孤身一人的林小樱了，而石北海，应该早就有了自己的生活。她想，或许，他和小叶早已结婚生子，正过着人人羡慕的幸福生活吧。她想到最近流行的一句话：

转身即是天涯。

失落的感觉，像一块巨石从头顶向下按压，仿佛要将她按进黑暗的深渊里去。

林小樱神情木然，顺着马路牙子走着。一个手里拿着煎饼果子的年轻人，正低头吃着刚买的早点，直直地就撞向了林小樱。

林小樱本能地想要躲开，但已经晚了，那个年轻人还是撞到了她的身上。

煎饼果子从年轻人的手上滑落，他对林小樱连声说着：

"对不起，对不起，不好意思……"

然后，他低头看着地上的食物发了一会儿呆。

年轻人很是瘦小，眼神清澈稚嫩，那种如同丢失了心爱之物的沮丧，让林小樱由开始对他走路莽撞的不满，瞬间变成了内疼。她连着说了两声：

"不好意思，不好意思，应该怪我。"然后又说，"你等一下。"

林小樱向着卖煎饼果子的摊位走去，她想买两个煎饼果子，自己一个，另一个还给那个年轻人。

卖煎饼果子的，是一对中年男女。男人问：

"你要几个？"普通话里夹带着浓浓的南方口音。

林小樱一边回答"两个"，一边回头看那年轻人，可是没有看到，她又向远处望去，那年轻人已经消失在人群里。

她有些失望地转过头，改口说：

"算了，就要一个吧。"

"好嘞。"

男人手握一块小小的铁铲，在一片薄薄的面饼上不停地搅动，女人则站在一旁收钱，脸上带着一抹灿烂的微笑。林小樱突然感到，所有的人都在为生计劳碌，人生似乎本来就是一个为了活下去而活着的经过。

林小樱想到自己眼下的境况，觉得不能就这么干等着，必须行动起来，看看能不能找到一个工作的机会，她不想就这样失去工作的能力，成为依靠他人供养的废人。于是，她决定马上去找一份工作，先有了收入再说。

那天早上，她离开煎饼摊后，去了一趟劳务市场。

一进大厅，眼前黑压压的一片，一张张全是年轻的面孔。

她看到一个身穿黑色职业装的年轻女人，看上去不到三十岁的样子，正在跟一个女孩说话，那个年轻女人身旁的小桌子上，有一个写着"招聘销售人员"的牌子，她走了过去。那年轻女人看她过来，转过身问道：

"您是？……"

林小樱问："您这里是招人的吗？"

"嗯，要营销人员。"那女人看了看林小樱，回答道。

"那能问一下，我可以吗？"

"可以啊，您先把这张表格填了。"

年轻女人说着，从桌上拿起一张表格递给林小樱，又从头到脚地打量了她一遍，然后转过头去，继续和女孩说话。

林小樱看了一下那张表格，拿起小桌子上的圆珠笔，趴在小桌子上填表。当她填完自己的性别和年龄之后，那年轻女人低头瞥了一眼她正在填写的表格。当看到年龄的时候，立刻对林小樱说：

"别填了，别填了，我们只招四十岁以下的，您年龄超了。"

林小樱赶紧解释："我以前一直都在干这种工作，我有经验，我是营业员。"

"我们要的是营销人员，不是营业员。"

年轻女人面带微笑，从林小樱手上抽出正在填写的表格，然后将它撕碎了，扔进桌子下面的塑料垃圾桶，说：

"您看着真年轻，一点儿都看不出年龄来。"

说完，又转过身和女孩说话，不再看她。

这时，一个瘦高个男青年走了过来，询问年轻女人招聘的事。林小樱听见年轻女人问道："是二十五周岁吗？"

那一瞬间，林小樱感觉自己的眼泪都快要掉落下来，她想跟年轻女人说声"再见"，可是没有说出口，她像一个害怕被人认出的窃贼一样，疾步逃离。

走出劳务市场，林小樱漫无目的地顺着马路往前走。不知道走了多远，突然看到远处有个大门，门上挂着"花鸟鱼虫市场"的牌子。她以前每天都去菜市场，却从来没有到过这样的地方，因为没时间。现在她有时间了，虽然并没有想买些花草植物或者宠物花鸟的打算，但她还是走了进去。

市场里有各种花草，金鱼，小猫，小狗，小仓鼠，和一些被关在笼子里的小鸟。整个市场面积并不很大，所以一会儿便走到了尽头。

她正想掉头向外走的时候，突然看见墙旮旯有个老人坐在地上。她定睛看去，老人的面前铺着一块粉红色的塑料布，上面摆着一地的小物件，她心生好奇，便走上前去，想看看地上放着的小物件，都是些什么？

走近一看，原来都是些用木头雕刻而成的小动物。

有小狗、小猫、熊猫、斑马等等，只有两三寸大小，因为刻得很像，又用了彩笔画了五官，小动物神态各异，十分生动。林小樱有些好奇，拿起一个在手里仔细端详，觉得十分可爱，便问那老人：

"这个多少钱一个？"

"五元一个。"老人回答。

"能卖掉吗？"

"能啊，有时一天卖上百元呢。"

"啊？"

林小樱大吃一惊，就这样的小东西，一天能卖一百元钱？

她转身看了看，眼前的人流里，有北京本地人，也有外地来北京游玩的人，这些游客总是要买点什么东西带回去，不管是什么，也是从北京带回去的。老人说一天卖一百元钱，这是完全可能的事情。

"您是从哪儿弄来的这些小物件啊？"

"自己刻的。"

"您自己刻的？"

"是啊，都是些用不上的废木头，算是自己的手艺活儿。"

"您做这个做了多久了？"

"我以前是做家具的，年轻的时候就喜欢用碎木头刻东西，就是个玩儿。"

"那您现在只卖这些了，不做家具了吗？"

"老了，做不动了，也卖不动，现在谁还要那些老旧模样的家具啊？"

老人说着，眼睛里含着一丝失落。

"我干了几十年的木匠活儿了，现在都用不上了，现在的小青年都到城里买家具，没办法，幸好那时还学会雕些小玩意儿……"

林小樱说："您这收入可以啊，真的没想到呢。"

"还行，凑合着过吧。"老人双手交叉在胸前，耸了耸肩膀说。

林小樱的脑子里猛然间闪过了当年李春梅摆地摊的情景。联想到自己，一个念头在脑子里涌出：

自己不也算是有手艺的人吗？

她想，如果画些好看的小画，做好边框，不就是手工艺品吗？

就在这一瞬间，她有了一个自己画画，然后自己卖画的想法。

五

那天以后，林小樱就悄悄地在家画画。

她先画了五张小画，都是她平时练习最多的工笔花卉。之后，她找到在画廊工作时认识的装裱师傅，给画简单地做了个边框。这样忙活了一周之后，她就背着画，和一个小折叠椅子，来到那个花鸟鱼虫市场，紧挨着卖木制小动物的老人，在墙旮旯儿那块儿地上，铺了一块正方形的蓝色印花布，将画摆在上面，正式卖起画来。

第一天，来来往往的过客里，倒是有不少人停下脚步看她的画，但是看看之后，又都转身离去，一天下来，一幅画也没卖掉。

到了下午四点来钟的时候，林小樱想到要回家做饭，便收拾好地上的画，起身离开。

卖木制小动物的老人看出了她一天下来毫无收获的沮丧，对她说：

"别丧气，开始都是这样的，慢慢就好了。"

林小樱感激地对老人笑笑，说：

"嗯嗯，明天再来，再见了。"

第二天一早，林小樱又在原地卖画。她一直盯着来往的过路人看，急切地盼望着有人来购买她的画。

突然，一个熟悉的身影向她走来。

她定睛一看，原来是陈一楠学院艺术系的任主任。因为住在同一栋楼里，低头不见抬头见，所以远远地，林小樱一眼就看见了他。

林小樱赶紧低下头来，想躲避掉这样的相遇。可是，任主任丝毫没有躲避她的意思，相反，加快了脚步走到她跟前。

"这不是小林吗？你怎么在这里？"任主任主动招呼她。

林小樱无奈，只好抬起头，带着微笑寒暄道：

"任主任好，您来这转转啊……"

"我没事就随便来这看看，你怎么在这里？"任主任又问。

林小樱本来不想说自己的境遇，但是现在不说也不行了，只好说：

"这不是画廊承包出去了吗？我也失业了。"

任主任一听这话，连声说：

"是这样啊，是这样啊。"

然后，任主任摇了摇头，又叹了口气。从这表情里，已经看得出，将学校画廊承包出去的事情，跟他没有关系。

两个人都有些尴尬，任主任便低头看那些小画。他先是站着看，然后又弯下腰看，最后干脆蹲了下来。林小樱见他这样的年纪蹲在地上，赶紧从自己的屁股下面抽出折叠小椅子，递给任主任，说：

"您坐。"

任主任没接小椅子，而是将面颊上的老花镜往上扶了扶，定睛看了片刻，问道：

"这些画是从哪儿弄来的？"

林小樱回答："是我画的。"

任主任抬头看着林小樱，有些狐疑地问：

"这些画，是你画的？"

林小樱点点头，说：

"我就是乱画，让您见笑了。"

任主任从地上拿起了一幅画。这幅画，是林小樱画的一棵樱桃树。画中的樱桃树正开着满枝粉白的小花，画的背景却是灰色的天空，一小片白色的云朵挂在画面的左上方，和右下方的樱桃树遥遥相对。画面虽然窄小，但是空间和色彩的处理，令这幅画层次分明，很有意境。

任主任指了指画，问道：

"这幅画多少钱？我买了。"

林小樱心想，这是邻居啊，怎么好意思收钱，便说：

"哪能收您钱啊，送给您。"

任主任说："那不行，你要是不收钱，我就不要了。说吧，多少钱？"

林小樱看他那样坚决，想了想，说：

"那好吧，五元钱一幅。"

任主任瞪大了眼睛看着林小樱，好一会儿没说话，然后觉察到自己有些失礼，连忙从衣袋里掏出皮夹，从里面抽出一张五元钱，递给了林小樱。

林小樱开心地说："您是我的第一位顾客啊，多谢任主任！"

"那我先回了。"

任主任拿着画，离开了林小樱的地摊。

虽然是熟人买的画，但是，不管怎样，林小樱的生意也算是开了张。所以，整整一天，林小樱的心情都是愉悦的。到了下午四点，她就收拾好东西，准备回家做饭了。

一回到家，林小樱就看见任主任正和陈一楠两个人坐在沙发上说话，陈一楠的脸上带着一种轻盈的微笑，看见她回来，立刻说道：

"你回来啦，任主任正在说你呢。"

任主任看到林小樱，微笑着连忙说："是啊是啊，我们正在说你呢。"

林小樱知道，一定是任主任买了她的画之后，有了什么想说的，才来了他们家，她在这房子里住了十年了，从来没有见过学院里的领导上过门。她估摸着，任主任应该是挺喜欢她的那幅画。

"小樱，任主任要看看你的画，你把你画的东西都拿出来，让主任看看。"

林小樱犹豫了一下，她害怕自己画得不好，让任主任失望。

"小林，我来，就是想看看你的画。我很吃惊啊，你居然有如此纯熟的功力，你一直都在画画吗？怎么也没听一楠说过啊？"

任主任说这话的时候，脸上带着一种既疑惑又兴奋的神色。

陈一楠又说："快去拿出来，让主任看看。"

林小樱这才回到房间，从自己平时画的画里，找出一些自己觉得画得好的画，放在了任主任面前的茶几上。

任主任是中国画画家，师从国内一位著名的国画大家，虽然他只是在学院里担任美术系主任，但是他的画，在业内是有着很高知名度的。这些年，他自己的画不仅价格逐年攀升，他在艺术评论界也是风生水起，是画坛上一位举足轻重的人物。

他拿起林小樱的画，一张一张地看，没有落下一张。看完之后，他抬起头，眼睛越过老花镜的镜片看着林小樱，说：

"我太吃惊了，我太吃惊了。"

说完这句话，他又转头看着陈一楠，说道：

"这样的笔法，肯定是多年的积累，很静心地画，才可能有的，我们现在很多画家，都已经静不下心来画画了。"

陈一楠的脸上闪过一丝尴尬，但很快就恢复了笑容，说道：

"任主任夸奖了，她就是喜欢画画，没什么基础的。"

林小樱跟着说："我是平时没事干，乱画的。"

任主任立刻严肃了起来，说：

"你这可不是乱画，你不可能没学过。否则，不可能有这功力的。"

林小樱说："我爸喜欢画画，我就是小时候跟着他学了一点儿。"

任主任说："原来是这样，我说嘛，你不可能是没功底的。"

他说完之后，又将面前的画快速地看了一遍，然后对林小樱说：

"今年面向全国的绘画大赛快要开始评奖了，你赶紧好好创作一幅去参赛。"

林小樱一听这话，连忙说：

"不行不行……"

可是没等她说完，任主任就说：

"你还不相信我的眼睛吗？你画得这么好，参加比赛，有可能获奖的。另外，你们选几张画，放画廊里挂着，我来给你们联系画廊。"

任主任说完，站起身来准备告辞。

陈一楠起身送客，两个人在楼道里寒暄道别，林小樱听见任主任对陈一楠说：

"好好选几张，小林的画，肯定有人喜欢，说不定能卖出几张的。"

然而，陈一楠送走任主任，回家之后，脸上的微笑即刻变成一脸的冰霜。他看着林小樱问道：

"你居然跑到花市里卖画？你到底想干什么？这么出去给我丢人现眼！"

陈一楠压抑着声音，但是眼睛瞪得很大。

林小樱看到了他的愤怒，一时间不知道该如何回答他，只是愣愣地看着他。陈一楠又说：

"就你这两下子，也想卖画？你以为你是谁啊？你以为你自己真的是画家啊？"

陈一楠对自己卖画这件事竟然是这样的态度，完全出乎了林小樱的意料。

林小樱以为，陈一楠会为她高兴，因为自己的老婆不仅仅是一个普通的营业员，也是个会画画的人，而且得到了著名画家的赞赏。

林小樱刚想解释，说她卖画只是为了每月挣些收入，没有别的什么想法。但是，她想说的话，好像被什么东西挡在了舌头后，以至于她说不出一个字。

她不再看陈一楠，而是弯腰将自己的画从茶几上抱起来，放回了自己的房间。然后，她又走进厨房，从包里拿出回家途中买的蔬菜，开始摘菜。

外面沉寂了片刻之后，传来"砰"的一声巨响，林小樱知道，这是陈一楠出门时用力带上门发出的声音。这声音让她想起很多年前的一天，陈一楠被上海的大学录取时，他父亲在她身后用力关门的声音。

她觉得眼泪又在眼眶里快速地聚集，仿佛就要夺眶而出，但是，它们没有涌出来，而是在一阵涌动之后，又复归于平静。

她站立在厨房的水池边，仔细地清洗着蔬菜。她忽然感到自己今天又累又饿，她决定给自己好好做一顿晚饭。

次日下午，林小樱早早地回到家，精心挑选出三幅画。之后，她去找了任主任，将一幅准备参加画展的画，和两幅准备放到画廊的画，交给了他。

第十章

一

北京的秋天是最美的季节，天蓝蓝的，风没有了夏季的燥热，变得清凉，干净。一切事物在这样的季节中，开始变得轻盈。

林小樱放在画廊里的画已经卖掉了一幅，这让她感到意外，也打心眼儿里高兴。她觉得，自己的人生突然有了希望，从此，她可以名正言顺地开始画画了，再也不用像以前那样，因为怕人嗤笑而藏着掖着了，而这一切，都是从那天在花市遇到任主任开始的。她听说任主任喜欢喝酒，就从卖画的钱里拿了一些，买了两瓶高档酒送给任主任，算是对他的感谢。

然后，她每天依旧去花市里卖画，回家之后，做完家务就更加认真地画画。因为画画，她需要学习更多的东西，需要专心一处，这样，不仅让独自在家的孤独不再那么难熬，也避免了和陈一楠在一起可能引起的冲突和不快。

陈一楠出去讲课的频率变得越来越高，一个月里只有十来天是不外出的，但是，他在家的时候也不和林小樱说话。

一天，画廊打电话通知林小樱她的画卖完了，让她去拿卖画的钱，林小樱兴奋得忘了考虑陈一楠的心情，激动地跑去他房间里，告诉了他这个消息。

陈一楠抬头看了她一眼，脸上没有一丝表情。林小樱听见他喉咙里好不容易挤出一声"嗯"，就再也没说话。林小樱傻傻地站在他面前，本能地等待着他能说出几句话，不管说什么，她需要他的肯定，赞扬，需要感到自己也是有价值的。但是她错了，陈一楠并没有为她的这点小小的成绩感到高兴，他在想着他自己的事。

有时候，林小樱会莫名地想到，陈一楠是不是真的在外面讲课？有好几次，她想打电话到陈一楠说的地方核实一下，看他是不是真的在那里。但是她最终还是放弃了，万一他并不在那里，那他会在哪儿？那她又该怎么办？

她不想面对这样不堪的局面，她觉得最近这几年里，陈一楠又慢慢变回到了从前的那段时期。冷漠，自私，毫不关心自己，甚至厌弃自己。

她想，也许这就是他真正的性格。而每当她想起安平院里陈一楠家的吵架声，想到少年时的陈一楠走在过道时那瘦弱无助的身影……还有那个雨天的下午，他拉着他妈妈的衣角走在瓢泼大雨中的样子，林小樱就觉得，他心里有苦，有着说不出的苦，所以，对陈一楠的一切，她都是可以原谅和忍受的。因为，在她看来，人这一生，没有比感情更重要的事情，她对陈一楠的感情是毋庸置疑的，她也相信他对自己是有感情的，她相信陈一楠对自己说过的那些话是发自内心的。还有什么能比一个人的真情更加珍贵的呢？有了这份真情，就已经足够，别的什么都不重要。爱情不就是这样的吗？唯有真心，才是纯粹，唯有纯粹，才堪称爱。

林小樱永远记着陈一楠说的一句话，那就是：他爱她，只有她，才是他的家。

刚刚过完中秋节，林小樱就接到作品获奖的消息。

她被邀请去领奖，在那里，她见到了平日里只能在报纸电视上见到的画家们，和他们同桌吃饭，一起照相。她的画，还和其他获奖作者的画一起，被编进了当年的获奖作品集，这些作品被放到一个美术馆内展出。

此后的一段日子，林小樱突然间成了电视台和报纸采访的对象。他们将她学画的经历拍成了专题片在电视台播放，还写了五千多字的长篇报道，在报纸和杂志上发表。在大约两个星期的时间里，林小樱成了一个自学成才的新闻人物，被媒体包装成美术爱好者学习的榜样。

在那个专题片里，一位记者这样问林小樱：

"你的梦想是不是成为一名画家？"

林小樱对着话筒，眼睛看着记者回答道：

"我的梦想，是能画出好一点的画，并可以以此为生。"

北方的秋天非常短暂，美好的日子也总是让人感觉过得特别快，一转眼的工夫，就到了冬天。这个冬天，对林小樱来说，有些特别。

从十二月开始，陈一楠便没有外出讲课，而是一直待在家里。他现在在家里的时间，不仅仅用在了听音乐上，他还多了一份爱好，那就是跑步。

每当黄昏来临的时候，他就会穿上运动服和跑鞋，去附近的小公园里跑步，每天两小时，风雨无阻。

这让林小樱非常欣喜，她看到了陈一楠的改变，看到他从长久以来情绪抑郁的人，变成了一个喜爱运动的人。人们不是常说吗？热爱运动的人，都是积极乐观的人，都是热爱生活的人。只要热爱生活，一切就有希望。虽然他依然不爱和自己说话，但是林小樱认为，这不重要，重要的是，事情正在往好的方向改变。林小樱暗自揣度，发生在陈一楠身上的变化，一定是因为自己最近不断受到外界认同和肯定的结果。

在林小樱的潜意识里，一直有一种自卑感在作祟，那就是，在陈一楠婚姻里的女人中，一个是出生富裕的上海大学生，一个是北京的硕士研究生，而她什么也不是，连个正当职业都没有。所以，她自觉地位卑微，不能给陈一楠带来任何引以为傲的资本，这是她一直以来无力改变的现实。正因如此，她对陈一楠和陈小琪对她的冷漠，采取了包容和隐忍的态度。也正因为这样，她相信，陈一楠对她的爱是真心的，不然，凭他一个大学教师，一个小有成就的画家，为什么会娶自己这样的女人为妻呢？

但是，现在不一样了，情况发生了一些变化。林小樱的绘画得到了很多画家的赞许，有的还是非常著名的画家。这些是她从前不敢想象的事，现在却真真切切地发生了。所以，她暗暗下了决心，一定要好好画画，让自己得到更多人的认同和欣赏，让陈一楠为有这样的妻子而骄傲。

然而，不久之后发生了一件事，这件事让满心怀着希望的林小樱，又一次从刚刚爬上的半山坡，跌回到谷底。

那天下午，风很大，温度骤然下降，林小樱因为觉得冷，提前从花市回到了家里。

刚走进自家楼的单元门，就见一位穿着邮政绿色工作服的中年人手里拿着一封信，正要往她家的信箱里面塞。她连忙对那邮递员说：

"是我家的信啊，给我吧。"

那位邮递员回头看看她，停止了放信进信箱的动作，说：

"您家的啊，那我也别塞了，给您吧。"说完就将这封信递给了林小樱，然后走了。

林小樱平日除了卖画，跟外面少有接触，很少参加社会活动，自然也就没什么来往信件。家中的信件，都是陈一楠从他的办公室带回来，所以楼下的信箱很少有信件，即使有，也是广告之类的宣传单。林小樱有点好奇地拿着信，一边上楼，一边端详起这封信。

只见信封的上方写着他们家的门牌号，信封的右下角，是一个四川成都的地址，没有寄信人，只有收件人，这个人的名字是：孙婷。

林小樱一看，这不是我们家的信件啊，赶忙转身往楼下跑，打开单元门一看，邮递员早就没了踪影，她只好将这封信，先拿回了家。

陈一楠不在家，林小樱看了看墙上的钟点，现在正是他跑步的时间。她将那封信放在沙发前的茶几上，自己换了身衣服坐在了沙发上，准备休息一会儿，再去厨房做晚饭。

　　林子樱坐在沙发上，看着那封信，心里想着，该怎样处理这封信呢？她想，明天去花市的时候顺带着给邮局送过去，让他们联系收信人，免得耽误了别人的事情。

　　突然间，她的眼睛定在了信封的字上面。

　　这不是陈一楠的笔迹吗？

　　她的脑袋像是猛然间被一盆冰水浇透，让她禁不住地打了一个寒颤。

　　孙婷？孙婷是谁？

　　林小樱的心一阵慌乱，一种不祥的预感，让她对这封信起了疑心。

　　她看看钟，时间还早，离陈一楠回家的时间还有一段空隙。一种强烈的，想要拆开这封信的冲动，使她又拿起了信。

　　她看了看信的封口，封口很严实，没有可以顺势撕开的可能，但她想打开信件的心理，却变得强烈。她决定要看看这封信，看看这到底是怎么一回事。

　　她从浴室里拿了一块陈一楠剃胡子的吉利刀片，用刀刃轻轻划开了封口，信就这样被打开。一张印着陈一楠学院抬头的信纸上，是潇洒漂亮而又熟悉的字迹。

亲爱的婷婷：

　　离别多么难以忍受，短短的一个月，我想你想得快要疯掉了。你还好吗？

　　认识你之前，我不知道什么是快乐，认识你之后，我的心里才充满了幸福。这几年，如果不是你，我可能早就得了抑郁症……

等你陪你爸妈过完年三十，就赶紧回京吧。我实在是，实在是想你想得无法忍受了。年初一下午，就乘你上次坐的那次航班回来，我去接你。

切切，我想你，想得无法忍受。年初一下午见。

爱你的楠

林小樱只觉得眼前一阵发黑，仿如失去了视力，就要跌进黑暗的深坑里去。尽管她努力平定自己的情绪，但是，信纸上的字，变得越来越模糊，她感觉快要喘不过气来，她闭上了眼睛，眼泪像是决堤的水，一下涌了出来。

天啊，这是怎么回事？为什么会是这样？

原来他已经爱上了别人，而在这些年里，除了觉出他的冷漠，林小樱对这一切，竟然没有一丝一毫的觉察。

林小樱颓然地跌坐在沙发上，想到这些年陈一楠对自己的态度，由一开始的浓烈，到渐渐地疏远，她原本以为，随着时间的流逝，他们的年纪越来越大，相互间的感情自然会变得更加稳定，一切都会变得好起来。但万万没有想到，他态度的转变，是因为他再一次的移情别恋。

我该怎么办？我现在该怎么办？

林小樱不停地问自己。她很难过，可是这一次，她难过的，不是陈一楠对她的伤害，她难过的，是自己为什么变得这样的可怜？

历经周折，终于和自己心爱的人生活在了一起，而爱情，却没有像她想象的那样，因为相守而变得深厚。虽然她早就觉出，这份爱，正在她倾心相待的地方，云朵一般渐渐地消散，但是她以为，她是可以用自己的心，去温暖陈一楠和他的女儿陈小琪的，她自己也会因此得到她所渴望的，被温暖的感觉。

现在她明白了，她是不可能得到真正温暖的，也不可能获得她向往的那种爱的感觉。因为，在她倾注温暖的地方，其实并没有她的位置，而她自己，却将他们，当成了自己这颗心的归属之地。如今她才知道，这块属地，从来都不曾存在于现实，而只存在于她的幻想里。除她之外的每个人，都活在自己的世界里，她只是她，对于别人而言，并无任何的实际价值和意义。

走廊里传来陈一楠和邻居说话的声音。林小樱赶紧将那封信拿起来，转身走进自己的房间，她拉开书桌抽屉，将信藏在了抽屉的深处。然后，她用手背擦了擦眼泪，定了定神，让自己的情绪慢慢地恢复过来。

这时，陈一楠穿着一身天蓝色的运动服出现在林小樱的房门口。

"回来啦，开始做饭了没？"

他站在林小樱的房门口，匆匆扫了她一眼，问道。

屋内光线暗淡，他并没有看见林小樱眼睛里的潮湿。

"这就去做。"

林小樱应声回答，从自己的房间起身进到厨房。

陈一楠回到自己的房间，不一会儿，屋子里音乐想起，是卡巴耶演唱的《蝴蝶夫人》里的《晴朗的一天》。

"蝴蝶夫人"的声音，凄厉而哀伤，她在诉说自己的爱情，自己的思念，和失去爱人的伤心。卡巴耶的声音，犹如一根施了魔法的魔棒，好像要把人的心，从肉身里吸出去，让人不由自主地跟着她游走。林小樱第一次明白，音乐为什么会如此深入人心，令人魂牵梦绕。"蝴蝶夫人"的伤心，正如同自己此时此刻的悲伤。

和着音乐，陈一楠用他的假声，尖声尖气地跟着卡巴耶的声音在歌唱，他的心也跟随这缠绵悱恻的声音飞越了他身处的空间。林小樱意识到，他的心，其实早已不在这个家里，此刻，兴许已经飞到了成都。

林小樱心里这么想着，眼泪无法克制地潸然流下。

二

接下来的日子，林小樱佯装什么也没发生，她在等待，等待陈一楠的下一步动作。

除夕那天，原本说好了陈小琪要回家过年的，可是一大早，陈一楠就接到女儿的电话，她妈要她留在自己身边一起过年，所以，她不能过来了。陈一楠接完电话，脸色发青，狠狠地将电话摔到了沙发上，之后，便一直铁青着脸，也不和林小樱说话。

从中午开始，鞭炮声便在空中此起彼伏，绵延不断。

每当过年的时候，北京就成了一座空城，外地人早早地回老家过年，街上人影稀疏，北风凛冽地吹，但是，空气中依然渗透着浓浓的年味。

林小樱做了满满一桌子菜，陈一楠拿出一瓶藏了多年的红酒，给林小樱和自己各倒了一杯。然后端起酒杯对林小樱说：

"小樱，这些年辛苦你了，谢谢你。来，我敬你一杯。"

林小樱感觉眼眶又开始发热，赶紧举杯和陈一楠碰了一下，说："也谢谢你。"

"谢我什么？"

"谢你娶了我，你本来可以不这样的。"林小樱抿着嘴，苦笑了一下。

"别胡说了，咱们俩是命定的夫妻。"陈一楠回答。

林小樱说："是啊，我们是命中注定了要在一起生活一段时间的，没办法，这就是命。"

陈一楠看着林小樱，觉得她今天的神色有点奇怪，但他没有多想，埋头开始吃起盘子里的糖醋排骨。这是他和林小樱两个人共同喜欢的一道菜，也是林小樱做得最多的一道菜。

"一晃就几十年没了，人生太短了。来，我敬你，祝你多一点快乐。"林小樱端起酒杯给陈一楠敬酒。

"咱们一起快乐，一起快乐。"陈一楠说。

"这辈子，要是我有什么让你不满意的，你就包涵了吧……"林小樱说。

"大过年的，你说什么呢？什么这辈子，下辈子的。"陈一楠刚才还是微笑的脸，开始有了愠怒。

"我们没有下辈子，今生的所有，只能这样了，以后，什么都不会再有了，不会相伴，也不会相见……"

林小樱右手拿着酒杯，眼睛直直地盯着杯子里摇曳不定的红酒。

"你没醉吧，小樱，你怎么了？"陈一楠问。

"我没事，你有事吧？"林小樱问。

"我能有什么事？"陈一楠说，"哦，对了，任主任昨天碰见我，让我带话给你，说你那么多画，啥时候可以办个小型的个人画展了。"

陈一楠一边用两颗门牙撕扯着排骨，放进嘴里，一边说。

"画展？"林小樱有点惊讶。

"是啊，现在办画展的人多了，只要出钱就可以，不过，你的工笔真的不错，弄得好，画展上就可以卖出一些呢。"

陈一楠说着，用餐巾擦了擦嘴角，又仔仔细细地擦了一下胡子，他的胡子已经很久没有刮了，长长的，夹着一些白色胡须的络腮胡子蓬松而杂乱，暴露出他的年龄。他从饭桌的座位上站起身，说：

"我吃好了，你慢慢吃。"

说完，转身又回了他的房间里。

林小樱没有搭腔，只是低头吃饭，她将碗中的米饭一粒一粒地放进嘴里，一边想着十年前的那个年三十，陈一楠做了一桌子的菜，他们俩，还有小琪，三个人度过的那个温馨的晚上。

时间疾走，改变了一切，现在，她的心又变得空空如也，没有了一丝的暖意。她的眼圈开始发热，然后，她打断了思绪，开始收拾桌子上凌乱的杯盘碗筷。

洗刷干净之后，她打开很久没有打开过的电视机，将声音调得很轻，她怕打扰到陈一楠。然后，她双腿盘坐在沙发上，一个人看春节联欢晚会。在窗外一阵比一阵激烈的爆竹声中，在晚会的一片喜庆与喧闹之中，除夕之夜，就这样过去了。

大年初一早上，陈一楠把自己关在屋子里睡觉，直到中午，才起来吃饭。

他站在卫生间的水池边，对着镜子刮胡子，被清理干净的脸，重又恢复了良好的状态。林小樱知道他要出门，去机场接那个叫孙婷的人，便坐在客厅的沙发上，冷冷地看着他从衣柜里拿出他的烟灰色阿玛尼西服，对着镜子穿戴好，再打上领带，之后，又在手腕上抹了一些古龙香水，最后穿上他的米色羽绒外套，在他已经一丝不乱的头发上，又喷了一些定型发胶。

陈一楠走的时候对林小樱说：

"一个朋友请我过去一下，好久没见，会晚点回来。"

林小樱直直地坐在沙发上，没有看他。陈一楠看着她脸上冷峻的表情，有些好奇，定睛看了她一会儿，看她还是没有什么反应，就一转身，闪出门外。

直到夜里一点钟，陈一楠才从外面回来。

他悄悄地在客厅里走动，然后又进了卫生间里清洗自己。林小樱听见他长长地叹了一口气，然后回到了他的房间。

第二天，大年初二的早晨，林小樱做好早饭，全部放在了餐桌上。她坐在桌子旁，等着陈一楠起床。快到九点钟的时候，陈一楠从自己房间里走出来，蓬头垢面，脸色铁青。

林小樱猜想，昨天晚上的陈一楠，一定遇到了让他沮丧的事情。

"你没事吧？"林小樱问。

"我没事。"陈一楠看也没看她一眼，冷冷地答道。

"吃饭吧，都快凉了。"林小樱说。

"不吃。"陈一楠回答。

"为什么不吃早饭啊？"

"不想吃。"

中午的时候，林小樱做好午饭后叫陈一楠吃饭。

她敲了敲门，没有动静。再敲，还是没有动静。她有点担心，就打开了屋门，只见陈一楠用棉被捂着头躬身躺在床上。林小樱走到床前，用手掀开被子的一角。

此前一动不动的陈一楠，突然像个暴怒的狮子，一下掀开被子，从床上跳了起来，然后大声叫道：

"烦死我了，烦死我了，我快要被你烦死了！"

他一把抓住林小樱的胳膊，用力将她甩出自己的房间。林小樱的身体随着他这一甩，跟跄了几步之后，摔倒在地。

"你能不能不要再来烦我，烦死了，我不想看到你。你知不知道？我已经烦透了，我烦死你了……"

陈一楠压低了声音，但是这声音里透着一股凶恶的狠劲，这狠劲让林小樱觉得陌生又熟悉。

陌生的是，这个她从小到大一直当作挚爱的人，现在又变得绝情起来。只不过，这一次，林小樱明明白白地知道，他现在为什么会变成这样。

熟悉的是，在很多年前的那个春节里，当陈一楠怀疑自己跟石北海有什么见不得人的事时，有过同样的表情，同样的声音。他愤怒的时候，总是将本来就很低沉的声音压得更低，这是他的一个习惯，但是，这比平日里更加低沉的声音，却透出难以名状的冷酷和恶毒。林小樱知道，当他摆出这样的态度时，他已经不计后果。他对她的厌弃，已经是难以改变的了。

林小樱躺在地上，大腿骨被地面撞得很痛。她没有哭，而是慢慢抬起头，静静地看着低声嘶吼的陈一楠。

等他叫完了，她才平静地说道：

"为什么？你为什么这样对我？是为了那个孙婷吗？"

愤怒中的陈一楠被林小樱的这一问，惊得瞬间愣在了那里。

"你，你说什么？什么孙婷？……你在胡说些什么？……"

陈一楠的意识开始迷乱，说话也开始结巴。他在想，林小樱怎么会知道孙婷呢？

林小樱从地上爬起来，慢慢走到自己的房间，打开书桌的抽屉，从靠里的一角拿出那封信。她走到客厅，将信递到了陈一楠的眼前。

陈一楠在始料未及的状态里一下认出了那封信，他大惊失色，随即抬起右臂，一把将信抢了过去，然后，低头仔细地看。

原来，是自己在心神极端飘忽的状态下，将收信地址，写成了寄信地址，将寄信地址，写成了收信地址。

他的脸从惨白变成青白，大大的眼睛里泛着惊愕的眼神，这眼神继而弥散开来，在短暂的游移之后，那双好看的眼睛变得不再好看，眼白尽露，眼珠凸起，犹如一只陷入困境、竭力反击的猎狗的眼睛，闪动着不安和凶狠的光。

"你竟敢拆我的信？"他说，声音依然很低，但是带着掩饰不住的颤音。

"你竟敢拆我的信？"

陈一楠边说边走近林小樱，怒火中烧的他，突然扬起手臂，朝着林小樱的脸，狠狠地扇了下去，将她再次击倒。

然后，他转身走向自己的房间，"砰"的一声，狠狠地关上房门。

没有解释，没有愧疚，相反，陈一楠用了如此暴力的手段，将事情暂时压制了下来。这是陈一楠有生以来第一次对林小樱动武，为了另一个女人。

此时，在他的击打之下，林小樱既感到震惊，又觉得羞辱，但是，她的大脑却反而异常地清醒。

她清醒地意识到，这件事已经超出了她的能力范围之内，陈一楠的心，是真的变了。那个叫孙婷的女人，不仅偷走了陈一楠的心，而且占据了他的灵魂。无论她林小樱怎样做，是跟陈一楠吵闹，还是克制忍让，可能都无济于事。这段婚姻正无可遏制地，向着终结的方向，悄然滑去。

林小樱深深地吸了几口气，想让自己完全平静下来。

然后，她从地上慢慢地爬起来，她的脸上没有眼泪，没有愤恨，相反，此时的她，心中突然充满了愧疚。她为自己拆开这封信的行为感到羞耻。她觉得，无论陈一楠做了什么，犯了多大的错，拆人信件，都是令人不齿的行为。所以，她没再说一句话，而是安静地回到房间，轻轻地关上了房门。

回到房间的她一直在想，等到晚上，等陈一楠平静下来之后，跟他好好谈谈他们两个人的事情。她知道，自己不能再这样下去了，否则，她的精神会崩溃的。她想到了离婚，而且是马上离婚，那一刻，她在心里做好了主动提出离婚的决定。

三

大约一个钟头以后，外面传来了一声关门声，声音不大，但是，林小樱知道，陈一楠出门了。林小樱躺在自己的床上，等待着时间的流逝。她的内心纷乱如麻，不禁感慨起世事真是无常，让人难以把握。

她知道，现在，又到了她人生发生重大变化的时刻。

到了晚上，林小樱一直等到半夜十二点多，陈一楠依然没有回来。在无比伤感的情绪中，在身心疲惫的状态里，林小樱沉沉地睡去。等她醒来的时候，已经是第二天的早上七点钟。

她打开陈一楠的房间，一切如故，没有什么变化，但是，他放在衣柜夹缝的一只旅行箱不见了，这是他外出常用的旅行箱，显然，他是去了外地。林小樱的第一个念头就是，陈一楠一定是去了成都，去找那个叫孙婷的女人。

果然，第二天，他依然未归。

那一夜，林小樱辗转反侧，无法入眠。她在想，此时此刻，陈一楠和那个孙婷在做什么？是在缠绵不已，还是幸福地安睡？她想打断这些令她痛苦不堪的念头，但是她做不到。这些想象，如同从一个黑洞里往外散发的气泡，无法阻挡，没有止息。直到凌晨四点，在无数个噬咬心魂的想象之后，林小樱终于累了，在不知不觉之中，昏昏睡去。

一直等到年初八，才有了陈一楠的消息。下午四点，电话铃声响起。

林小樱的第一反应是陈一楠打回家的。她走到沙发旁坐下，拿起放在茶几上的电话话筒，"喂"了一声。

那边传来一个陌生男人的声音。

"喂，你是林小樱吗？"声音急促而冷峻。

"我是，您是哪位？"

"陈一楠是你什么人？"

"他是我丈夫。"

对方说话的速度稍微慢了一些，态度变得柔和。他告诉林小樱，他是公安局刑警大队的，姓陆。

陆警官告诉林小樱，陈一楠出事了，在四川，涉嫌故意杀人。当地公安局在山涧找到了他的遗体，已无生命特征。

他让林小樱记录下联系地址和电话，请林小樱在他们指定的时间跟随他们一起去一趟四川。他再三叮嘱，不要过于哀伤和激动，一切都在调查中。

然后，对方挂断了电话。

林小樱呆若木鸡，瘫软在沙发上，整个脑子一片空白，仿若置身于遥远的梦境，并未身处自己的家中。

她闭上眼睛，努力地想使自己能够回到正常的思维当中，但是，大脑意识的短暂错乱，让她有种存在于另一个时空的感觉。

这是哪儿？我怎么在这？刚才发生了什么？那个人说找到陈一楠的遗体，他死了吗？为什么好好的会死了呢？这是怎么回事？这一切是在做梦，还是在现实里？

大约过了五分钟之后，林小樱的意识才逐渐恢复过来。

她看着茶几上自己刚刚记下的地址和电话号码，她知道，出事了，出了大事，陈一楠可能已经不在人世了。

林小樱的后脊梁猛然打了一个寒颤，她从沙发上一下弹了起来。然后她走进卧室，从衣柜里拿了两件换洗衣服，又从抽屉里拿了一些现金，开始准备明天去四川的东西，思绪却像飞轮一样，在她的大脑里飞转了起来。

太可怕了，怎么会突然发生这样的事情？故意杀人？陈一楠这一介书生他能杀谁？

她的脑中随即出现了孙婷这个名字，难道会是她吗？他那么爱她思念她，怎么会杀了她呢？她想到陈一楠将她击倒在地时的神情，脑子里又闪现出他想要杀死自己的念头，是啊，如果说他要杀人，应该是杀了我才对啊，我才是他幸福之路上的障碍。

想到这里，她的全身不禁开始颤抖。她很害怕，脑子里是一团乱麻，怎么也理不出个头绪。哀伤在心底蔓延，仿佛锋利的刀刃，切开了她身体内部的一处血管，鲜血肆意流淌，淹没了她的神志，淹没了她的心。

林小樱想起了陈小琪，犹豫着是否应该告诉她，爸爸出事了。而后，她想到陆警官说，一切正在调查中，便决定暂时不告诉陈小琪，等她回到北京，那时候事情有了眉目，再告诉小琪。这时，她突然对陈小琪充满了同情，这个从小失去母亲关爱的女孩，现在又没有了父亲，而且，这种失去是以这样令人不寒而栗的方式，这件事一定会影响到她的一生。

"小琪。"

她失声叫了一声陈小琪的名字，心中无限悲凉。

林小樱慢慢回到自己的房间，在床上躺下，背对着房门，身体蜷缩成一团，她想哭，但是没有眼泪。她就那么睁着眼睛，她在等待，等待陆警官给定的时间。他们会来接她，一起去四川。

在阴暗冰冷的停尸房里，林小樱看到了被黑色塑料袋套着的陈一楠。

他的面颊上有几处浅浅的伤痕，伤口上的血迹已经变成褐色。头发蓬乱，面容消瘦。泛着青色的两颊，络腮胡须又冒了出来，短短一层，夹杂着零星的白色，旺盛的生长，戛然而止。

林小樱想起了陈一楠那天对着镜子刮胡子的情景，突然间，她失声尖叫起来，叫声里充满着惊恐，打破了停尸房的静默，旁边的两名警察，迅速将她带出了那个房间。

当情绪稍稍平定之后，她看到了陈一楠的旅行箱，和一个塑料袋里陈一楠的遗物。

一本灰色塑料封皮的小通讯录，只剩下两根香烟的烟盒，还有一张字条。

字条上面有一排绿色的字，但被撕去了大半，只留下英文"Hotel"的字样。这是一张匆忙之中，或者神志迷乱中，用酒店便签写下的字条。上面写道：

"小樱，这次回不了家了，对不起！"

只有十二个字。字很潦草，但清晰可辨，是陈一楠的笔迹。

林小樱用手在上面抚摸着，眼泪从眼角滑落。她想起十年前，在那个温暖的除夕之夜里，陈一楠对她说的话。

他说：

"在这个冰冷的世界上，只有你，才是我的归处，我没有家，到了哪里都是一个孤魂野鬼。只有你，才是我的家。"

而十年后，他给那个叫孙婷的女人写信说：

"认识你之前，我不知道什么是快乐，认识你之后，我的心里才充满了幸福……"

林小樱的眼前不断闪现出和陈一楠在一起的画面，他们在一起的时候，缠绵悱恻之间，他曾经对她说过很多情话，他的低沉、有些嘶哑的声音，依然在她的耳畔回荡。可是，现在，她不知道这些话里，哪些是真情流露，哪些是为了逗她开心，抑或，只是为了敷衍。

幸福那么短暂，痛苦却此起彼伏。一生就这样度过，犹如走在茫然一片的迷途，不知道方向在哪里？不知道何处是尽头？

林小樱难过地摇了摇头，她无法分辨十年前陈一楠说的是不是真话，但是她知道，她原本可以不这样生活的，这一切，都是她自己的选择。

林小樱很快得知，证据确凿，陈一楠的确是杀了人，他杀的人，正是那个他爱得神魂颠倒，名叫孙婷的女人。

因为孙婷有记日记的习惯，加上孙婷男朋友佟大庆的配合，案件很快告破。

四

原来，大年初一，陈一楠去机场没有接到孙婷。在陈一楠和林小樱的那场争吵之后，大年初二的下午，陈一楠去了机场，当即买了去成都的机票，于晚间抵达了目的地。

陈一楠心里怀着对孙婷的想念，他想要给她一个惊喜的，可当他突然站在孙婷房门口的时候，他的情人吓了一跳。

孙婷穿着睡衣直愣愣地看着陈一楠，惊骇地问道：

"你怎么来了？"

陈一楠被她的问题问住了，还没来得及反应，孙婷的身后就出现了一个男人，这个男人是孙婷刚刚交往半年的男朋友佟大庆。

佟大庆光着上身，只穿了一条三角裤，从里面冲出来，看到陈一楠时停止了脚步，但丝毫没有躲避的意思。陈一楠立刻明白，这是孙婷的另一个男人。

他瞪大了眼睛看着孙婷，又看看佟大庆，然后什么也没说，掉头就走。佟大庆问孙婷，这个人是谁？孙婷回答：

"这是我以前的男朋友，北京的。"

据佟大庆说，他和孙婷半年前在北京一个朋友的饭局上认识，那段时间，他正有将公司迁至北京的想法，和孙婷一拍即合后，很是投机。孙婷的美貌令他心神荡漾，所以，他在北京的两周内，见过孙婷五次，有三次是在一起共度良宵。他们的关系很快就确定了下来。此后的他，开始频繁出差北京，一是准备公司迁址的事，二是为了见孙婷。

佟大庆三十八岁，理工硕士毕业之后便开始创业，儒雅精干，事业有成。他和孙婷是同乡，比孙婷大五岁，是成都一家科技公司的老总。孙婷告诉他，自己在北京做平面设计师，在京有套小房子，是自己这几年打拼挣来的。他们见面的地点主要是佟大庆下榻的酒店，但佟大庆去过孙婷的房子，一处位于西四环的两居室，房子虽小，但被布置得温馨时尚，十分舒适。

警察在调查取证中，在孙婷成都住所和北京的住处，分别找到她的一些日记本。

日记本里，孙婷记录下她和陈一楠从认识到交往的一些片段。

从她第一次听陈一楠在成都的讲课，到他们在一次采风中互诉衷肠，开始热恋；从陈一楠每次到成都他们的相见，和几近疯狂的爱情，到她离开成都到北京发展；从刚开始，他们在陈一楠为她租住的房子里相见，再到在西四环买下这套房子的经过，包括周边的环境，房子的价钱，以及房产证写上她名字的经过。

孙婷在日记中倾吐心声的时候，对自己和陈一楠的关系是悲观的，她对自己介入别人婚姻的处境不满，又舍不得离开陈一楠。然而，在遇到佟大庆之后，她觉得遇到了自己的真命天子，她告诉自己，一定要珍惜这次机会，争取成为佟大庆的妻子。同时她又决定，对陈一楠隐瞒这一切，因为，陈一楠对她太好了，这些年为她买了房子，为她在北京找了一份体面的工作，在她身上花了太多的钱，太多的精力，她想的是，等到和佟大庆结婚之后，再跟陈一楠分手。

那天晚上，陈一楠看见佟大庆的时候，立刻明白了他们的关系，这个年轻人的气场过于强大，使得陈一楠一时间有些自惭形秽，所以，盛怒之下，他选择了先离开，避免了和孙婷，以及那个男人的正面冲突。

陈一楠在一家经常入驻的酒店住下，然后，他开始给孙婷打电话，让她立刻到酒店来。

孙婷对佟大庆说，陈一楠让她到他住的酒店，自己最后跟他见一面，然后从此划清界限。佟大庆答应了，开车将孙婷送到宾馆后，自己一个人回了家。

第二天，孙婷没有任何消息，晚八点钟之后，佟大庆开始给孙婷打电话，电话是通的，但是没有人接。他又去到她的住所，依然没有人。他当时只是以为孙婷跟那个男人在一起，但是，第三天，当他依然无法联系到孙婷的时候，他感到了巨大的不安，于是，找到酒店，在酒店前台的帮助下，找到陈一楠所住的房间。

房间的门上挂着"请勿打扰"的纸牌。敲门，没有人回应。佟大庆感到可能是出了什么事，便让前台给房间打电话，但是，电话座机依然无人接听，陈一楠也联系不上。

最后，佟大庆和酒店服务员打开了房间。

他们看到有人躺在床上，一动不动。服务员刚一走近，便失声大叫了起来。

躺着的人，正是孙婷。雪白的枕头上有一块已经变成暗红的血迹。他们随即打了电话报警。

警察在酒店的监控录像里看到，孙婷于当晚十点左右进房间，之后再也没有出来。第二天早上六点钟，陈一楠从房间出来，在门上挂了"无需清理，请勿打扰"的牌子，然后离开酒店。

隔壁的房客在被询问时说，那天晚上他们是听到男人和女人大声说话的声音，但是听不清说什么，然后，似乎听到女人的呻吟声，他们以为是情侣之间正常的声音，所以没有在意。之后，一切便安静下来，一点声音也没再听见。

孙婷穿戴整齐，躺在床上，乌黑的长发散落在雪白的枕头上。

当警察将盖在她身上的被子掀开之后才发现，除了那一小块血迹，枕头下方，孙婷的衣服上，床单上，并未发现大量血迹。除了头部之外，身体的其他部位，也没有发现任何的创伤痕迹。

之后，警察在房间茶几右上方的尖角上，发现了少量的血迹。

酒店的茶几是大理石材质，白色的桌面，边沿镶嵌着厚实的原色木料，整个茶几宽大而厚实，十分笨重。他们判断，孙婷是因为头部撞击到了茶几的边角上而受伤，陈一楠随后将受伤的她抱到了床上，枕头上的那一块血迹，是她被抱到床上之后的出血。

法医对孙婷的死亡鉴定是：头部遭到重创，颅内出血而亡。

第三天，有人在远郊南山的一个山谷中发现了一具男性尸体。

警察从监控录像中发现，该男子独自一人爬上了南山，在山上坐了大约一个小时，然后消失在监控范围内。因为正值春节期间，又是清晨时分，整个山上没有看见第二个人，以此可以排除他杀的可能性，他是自己跳下了山崖。

在现场，警察找到一个旅行包，里面是一些换洗衣服和牙膏牙刷之类的日用品。在他的阿玛尼西服口袋里，找到一本通讯录，和一张酒店的便签。

他们通过通讯录，很快证实了死者的身份，这个人，正是陈一楠。

在那天晚上的酒店房间里，和第二天的南山上，到底发生了什么？

除了可以得知的这些线索，一切都只能是逻辑上的推理。

人们推测，陈一楠眼见孙婷渐渐死去之后，知道自己犯下了天大的罪孽，无论他是否有意杀人，都是杀人偿命，难逃法网。于是，万般无奈之际，他选择了自我了断。

对陈一楠这样一个一贯孤傲清高的人来说，死，是最好的方式。一死了之，便可以逃避一切的困境和惩罚，并且也无需承担什么责任，不用面对舆论和评判。

这一切，依然只是推测，因为已经无法还原所有的事实真相。但是可以确知的一件事是，陈一楠和孙婷长达四年的恋情，是真实存在，确定无疑的。

在成都，林小樱看到了孙婷的照片，不仅漂亮，而且十分文静优雅，一看就是一个从事艺术创作的年轻女艺术家的形象。

林小樱看着照片上气质非凡，楚楚动人的孙婷，联想到她在北京西四环的住处，林小樱在心底问自己，这四年间，陈一楠在那里度过了多少的时间？

四年，跟她和陈一楠的婚姻比起来，的确还不够长，但是，对于一段恋情，也并不算短。想到眼前这个女人，在自己的生活里已经存在了那么久，自己的丈夫已经完全沉溺在她的世界，而自己却毫不知情，林小樱不禁在内心骂起自己，为什么你会这么傻？

其实，每一次陈一楠要出差的时候，他的脸上总是浮现出一种不易察觉的愉悦和兴奋，林小樱是察觉到了的，只是，她以为，这是他喜欢到处讲课的感觉，以为是他暂时逃离现实生活的一种轻松感，而她完全不曾想到，自己生活里还有其他女人的存在。

还有陈一楠回到家之后的沉默。

长久的沉默，持续了多年。他独自一人关在自己房间里看书，听音乐，无心画画，对自己所有的事情，是一副不关他事，无动于衷的表情。他的冷漠是拒绝，更是逃避，而她却对此，不知缘起，茫然无措。

现在，这一切，都有了答案。

好像就在那一刻，林小樱多年以来积郁心中的所有悲伤，裹挟着她对陈一楠绵延几十年的爱情，消失得一干二净。仿佛多年以来如咒附般束缚着她的无形桎梏，不知不觉间也自然消解，她感到了从未有过的轻松和自由。

那天下午，当林小樱听说孙婷从小就家境贫寒，父亲已瘫痪在床多年，母亲也是年老体衰，一直是孙婷在供养家庭的时候；当她后来看到孙婷母亲，一个满头白发的老人，悲痛得晕倒在地、不省人事的时候，她心中对孙婷的恨意和嫉妒，也随之消散。

林小樱在心里告诉自己，没有必要再去憎恨任何人。

每个人都有自己的宿命。有时候，除了一些无法抗逆的外在因素，人是自己选择了自己的角色，而角色一旦选定，便是选择了看似偶然，其实隐藏着必然的命运。受害者如此，施害者也是如此。被杀者如此，杀人者亦是如此。

五

林小樱回到北京的第一件事，就是给陈小琪打电话。电话里，还没等她开口说她爸爸的事，陈小琪就冷冷地说道：

"别说了，我知道了。明天上午九点钟，我回去一趟。"

然后，陈小琪"啪"的一声，挂断了电话。

第二天，陈小琪准时到达。

她上身穿着一件黑色羊皮短夹克，下身穿着一条黑色羊皮紧身裤，脚踩一双黑色马丁靴。她脸上的表情，和往常一样冷漠。没有哀伤，也没有愤怒，仿佛什么事情也没发生。

"你知道了？"林小樱说。

"我早知道会出事。只不过没想到会出这样的事情。"陈小琪皱着眉头回答。

"你怎么知道会出事？"林小樱惊讶地问。

"唉！"

陈小琪突然像个历经世事的中年人一样，长长地叹了一口气，说道：

"我妈就是为了这个事，后来跟我爸闹离婚。他改不了的。"

林小樱没有接话，指了指沙发，说：

"坐下来说话吧。"

陈小琪坐到沙发上，低着头，用脚轻轻地踢着茶几的一只脚。

"你没来之前，他就不断换女人，每次都是有了新的，换掉旧的，你……"

陈小琪抬眼看了一眼林小樱，低声说道：

"你是时间最长的一个。"

陈小琪说这话时，脸上带着一丝难以察觉的轻佻表情。

林小樱看着陈小琪，问她：

"什么叫时间最长的一个？"

在林小樱的心里，自己才是陈一楠最应该爱的女人，因为他们是青梅竹马，是从小就相爱的两个人。现在，被陈小琪说成是时间最长的女人，她的胃里像是被灌进一整坛陈醋，一时间翻腾起来，很是难受。她下意识地往旁边挪了一下，想离陈小琪远一点。

"你跟她们不一样的是，你有一张结婚证，对吧？"

林小樱没有说话，沉默了片刻，低下头继续听她说话。

"其实，你跟那些女人没什么不一样，就是时间长一点，然后，你有一张结婚证。"

陈小琪用力踢了一下茶几脚，重复了刚才说的话。

林小樱没有抬头，这时候，她隐隐地感觉到，今天的陈小琪，似乎来者不善。她沉默着，想看她还会说些什么。

陈小琪继续说道："其实，在我爸心里，女人都一样，你也一样，只不过，你比较傻一点。"

"是啊，我现在才知道，我很傻，很傻。"林小樱摇了摇头，苦笑了一下说。

"你知道吗？我爸出事，我一点都不奇怪，你知道为什么吗？"陈小琪说。

"为什么？"林小樱问。

"我早就知道他和孙婷的事。"

林小樱大吃一惊，她惊愕地抬起头直直地看着陈小琪，心想，原来，你也知道，只有我被蒙在鼓里。

"你别这么一副没见过世面的表情，这很奇怪吗？告诉你吧，孙婷请我吃过好几次饭。"陈小琪抿了一下嘴唇，又斜着嘴角笑了一下，说，"不过，她是真的长得漂亮，又会哄人，我老爸哪里是她的对手。我提醒过我爸，可惜，他不相信，他宁愿相信她。"陈小琪说到这里，从鼻腔里"哼"了一声，接着说，"现在怎么样？被我说对了吧？"

此时的林小樱，开始浑身发冷，身体从里凉到外，她冷冷地问道：

"你说对什么了？"

"我对我爸说，那个孙婷只是爱你给她带来的好处，她不可能只有你一个男人。"

林小樱长长地叹了一口气，没有接她的话。

"可惜啊，我爸这次是着了魔道了，竟然给她买了房子，你说，我爸他是不是有病啊？神经病吧！"

陈小琪又用脚狠狠地踢了一下茶几，然后站起身来，正想开口说什么，林小樱打断了她的话：

"你别这样说你爸了，不管他做了什么，他是你爸！"

陈小琪将正要说出口的话咽了回去，又坐回到沙发上。林小樱心下觉得一阵悲凉，她没想到，作为女儿的陈小琪，对父亲的死，会如此地无动于衷，像个冷血动物，毫无情感可言。

"对了，说到房子，我想问一下你。"陈小琪话锋一转，林小樱立刻猜到她要说什么，也从沙发上站了起来，问道：

"你想问我什么？是问这房子吗？"

陈小琪立刻回答："是啊，就是房子的事，你不会跟我抢这个房子吧？"

她说话的声音冰冷，脸上也是冷若冰霜。

"你知道的，这房子是我爸妈在一起的时候买下的，虽然我妈走的时候，得到一点补偿，可是那时候，那点钱太少了。现在，他们都走了，而我，什么也没有。"她停顿了一下，冷冷地看着林小樱，说，"你，不会让我一无所有，无处安生吧？"

林小樱此刻才明白，陈小琪今天来这里，只是为了跟她说房子的事。看陈小琪的架势，是决意要跟她争夺这套房子的所有权了。

林小樱站在原地，脸上没有任何表情，轻声说道：
"你来这里，是跟我讨论这房子归谁的，是吗？"
陈小琪从沙发上站起来，阴沉着脸，说：
"我爸早就跟我说过，这套房子将来就是我的，如果我要买
新房，他说好是要帮我的。你知道这件事吗？"
林小樱平静地看着她。

此刻，陈小琪白嫩的脸上依然透着一丝稚气，但是，这一
刻，她的神经绷得太紧了，以至于那张年轻的脸上，充满了戾
气，她那一副随时准备战斗的样子，暴露了她性格里的自私自
利、唯利是图的一面。

"我不知道这件事，不过，你知道吗？"林小樱语气平和，一
字一顿地说，"你以为，你爸死了，就没事儿了吗？"
林小樱走到沙发跟前，弯腰坐下，然后继续说道：
"我在成都的时候，一个警官告诉我，根据《刑事诉讼法》
的规定，杀人后自杀的，不再追究刑事责任。但是，受害人家
属，是可以提起民事诉讼，要求其亲属在遗产范围内赔偿损失
的。我让你来，一是想见见你，怕你太伤心了；二来，也是想告
诉你，要做好思想准备，我们可能会被要求赔偿。一般来讲，这
不会是一笔小数目。"

林小樱的话，让陈小琪一时间愣在那里，仿佛一根木桩，直
直地站着，一动不动。她脸上刚才紧绷着的神经，慢慢地松弛了
下来，眼睛里闪过一丝难以掩饰的懊丧。林小樱看在眼里，眼前
闪过她第一次见到陈小琪的时候，那娇小玲珑、美丽可爱的
样子。

突然，陈小琪怒目圆睁，大声吼叫着质问林小樱：

"你为什么当时不通知我，不第一时间通知我？为什么？"

林小樱不想再说什么，她轻声地说道：

"我刚回来，好累，你要是没别的事，就先回去吧。这边有什么事情，我会随时给你打电话。"

林小樱说着，站起身往前走了两步，准备送客。

她的话音刚落，陈小琪就冲到门口，用力拉开房门，然后"砰"的一声带上了房门。

门外，一阵急促的脚步声传来。陈小琪小跑着下楼，疾步远去。

林小樱坐在屋里，感到全身上下，从里到外都是寒意，尽管房间里暖气充足，温度已达三十摄氏度。但她仍觉得的冷，是一种彻骨的冷。

胃部开始隐隐作痛，这让她忽然想起，自己已经很久没有进食。但是，她什么也不想吃，没有一点食欲。

她起身给自己倒了一杯热水，又给自己装了一个热水袋，双手捂住，搁在越来越痛的胃部。然后，她在床上躺下，蜷缩成一团，昏昏睡去。

陈一楠的事情，在学院里引起了轩然大波，这样的恶性事件，当然是犹如旋风，消息骤然降临，即刻迅速弥散。这从林小樱出门买菜时，人们看着她时那种异样的眼神，和远处聚集的人们窃窃私语的样子，便可知晓。

一天早上，林小樱又遇到了任主任。任主任老远就和她打招呼，并向她快步走来。

任主任轻声地对林小樱说：

"太不幸了，太不幸了，您千万节哀。"

然后，他用一只手在林小樱的右肩上轻轻拍了两下，问：

"小琪还好吗?"

林小樱回答：

"还好。"

任主任又凑近一步，更加低声地说道：

"我们一定会尽最大可能保护他，保护他的隐私，放心吧。"
说完，转过身，双手背在后面，踱步离去。

林小樱对着任主任的背影，鞠了一下躬，说：

"谢谢，让您费心了。"

第十一章

一

一个月以后，林小樱处理完家中的各种事情之后，从自己的一堆画里挑选了一部分觉得画得好的留下来，剩下的全撕碎了，当作垃圾处理掉。林小樱准备带着挑出来的画，先离开北京，回燕江自己的家住上一段时间。

这天下午，家中的电话铃声突然想起，林小樱接过电话一听，原来是顾平。

"我有事求你呢。"顾平说。

在北京，除了当初在石北海那里工作时走得近的同事，林小樱在北京没有什么朋友。她跟陈一楠结婚之后，这些同事也就断了联系。现在听到顾平的声音，自然十分惊喜。她连忙说：

"快说什么事，怎么会求我啊？"

顾平说："还是见面谈吧，不然说不清楚。你也该出来散散心了。"

　　林小樱一听这话就明白，顾平可能已经知道陈一楠的事情了。她想了一下，觉得这些天里，自己一个人孤独痛苦和惶恐不安的状态，已经快要达到极限，这也是她想要快点回燕江的原因。于是，便爽快地答应了下来。

　　顾平说："我去接你。"

　　林小樱说："不用，我自己过去。"

　　顾平也没坚持，说了一个茶馆的名字和位置，约好在那里见面。

　　到了茶馆，林小樱看到了顾平。十年了，这是林小樱第一次见到他。跟从前比起来，他已经显老，尽管仍是短短的小平头，但是头发稀少，还多了一些白发。

　　"你有什么打算？"

　　顾平没有谈有关陈一楠的事情，而是直接切入话题。但是，他脸上的表情，和他说话的方式，让林小樱更加确定，他知道陈一楠出事了。

　　林小樱一时语塞，想了一会儿说：

　　"我想，先回燕江待段时间，好好想想，我该怎么办？"

　　顾平说："我找你，是有个事儿，你看这事儿你能不能接？"

　　他说着，从随身带着的一个黑色公文包里拿出一份文件，递给林小樱。

　　林小樱接过文件一看，是一份广告公司的介绍，有些狐疑地看着顾平，问道：

　　"这是……"

　　顾平赶紧说："我一哥们儿的公司，设计总监本来干得挺好的，现在全家要移民，所以，我想到了你。"

林小樱说："可是，我能做什么？"

顾平说："我想，你能帮我个忙，去顶一下。"

林小樱连忙说："不行，不行，我这些年，设计方面没有长进，跟不上了。"

"你有底子，又会画画，你那幅获奖的画，我们都看过呢。"顾平十分有把握地说。

林小樱面露难色，说："但是，毕竟是负责一个部门啊。"

顾平说："你不是也负责过设计部门吗？你干事认真，可以的，干了，就什么都知道了。"

"我想回燕江住一段时间。"林小樱说。

顾平看她还是不愿答应，便安慰她说：

"先别回了，先帮我这个忙，以后再回去。"

"让我想想，想好告诉你。"林小樱说。

顾平点点头，说"好"。然后，他端起桌子上服务员刚刚送来的茶，喝了一口，说：

"放心吧，还有我们。"

这是林小樱听见顾平第二次说到"我们"这个词，她想到了石北海，便问顾平：

"石大哥还好吗？"

顾平的眼睛从林小樱的脸上移到了桌上的茶壶，然后他眨了眨眼，目光又移向林小樱，回答她的话：

"他还好。"

说完，他抬起手，在那已经没什么头发的脑袋上挠了几下，又指了指放在桌上的文件，故意岔开了石北海的话题，说：

"你拿回去，好好看看公司情况介绍。他们着急呢，你要是能接的话，就尽快上班吧，我等你消息。"

林小樱说"好"，将文件装进随身带着的包里。

顾平说："那就这样，等你电话。"

顾平站在柜台前结账的时候，林小樱站在他的身边，忍不住又问：

"好久没见石大哥了，他孩子现在该上中学了吧？"

"孩子倒是有一个，"顾平笑了笑，说，"再过两个月吧，就该出生了。"

"啊？刚结婚不久吗？"林小樱有些惊讶。

"结啥婚，没结婚。"顾平回答说，看也没看她一眼。

林小樱更加好奇了，又问："是和小叶吧？"

"嗯，孩子是小叶的。"

顾平付完茶馆的费用，从口袋里掏出一张名片递给林小樱，然后说：

"我送你到你家大门那儿吧，这是我名片，回去好好看看，尽快做决定。"他指了指名片，说，"我等你电话，就打上头这个号码。"

说完之后，他用手指了一下停车场的方向，说："车在那边，咱们过去吧。"

林小樱站着没动，说："不了，今天的天儿真好，我散散步，走回家。"

顾平说："也行。"跟她摆了一下手，以示告别。然后，独自一人向着停车场走去。

回去的那天晚上，林小樱做了一个梦。

她梦见陈一楠穿着一件天蓝色的 T 恤，在人头攒动的大街上，隔着人群呼喊她的名字，然后对她说："我迷了路……我迷了路……"

林小樱被这个梦境惊醒，起身坐在床角，两只手臂环抱住膝盖，头埋在手臂中，开始啜泣。

她想起年轻时的陈一楠，每天走在安平院的走道上，那消瘦又孤傲的样子。想到他们一起在山上写生；想起他离开自己去上海的那天晚上，他站在轮船上，使劲摇晃着的那只瘦长的胳膊；想起他们在上海医院准备堕胎的情景，还有他愤怒时失去理智的样子……

她想，警察也许无法想象他让孙婷丧命的细节，但是她，一定是最有可能还原出那些细节的人。

陈一楠愤怒时的样子实在是太可怕了。那种完全不能控制的暴怒，和不计后果的举动，令她记忆犹新。

她永远记得很多年前的那个晚上，陈一楠对怀着身孕的她，恶语相加，愤怒的样子……记得就在刚刚过去的大年初一的中午，当他看到自己拿出他给孙婷的信时，那疯了一般的神情，还有他扬起胳膊，狠狠抽打她的脸，将她击倒在地的情景……

想到这里，林小樱不禁一阵后怕，后背发凉，浑身战栗。

她埋着头低声哭泣了好一会儿之后，停止了哭泣。她用睡衣的袖子，擦干了面颊上的泪水。她的眼前又浮现出自己和陈一楠在美术馆的重逢。

她想，那段时间里，其实她是知道自己想要做什么，知道自己想要什么样的生活的。那时候，道路就在眼前，只要她心无旁骛，坚定地走下去，她就有可能看到自己期望的另一番风景。

可是，当陈一楠再次出现，她内心深处埋藏着的对感情失败和所受痛苦的不甘，对曾经无从把握的爱的执着，还有对陈一楠失去理智的迷恋，让她轻易重置了自己的角色。最终，她选择了陈一楠，放弃了石北海。那时候的她觉得，只要陈一楠回心转意，真的爱自己，两个人能够有一个在别人眼里稳定幸福的家庭，之前所受的苦，以及之后所需要的一切付出，都是值得的。于是，她将自己的命运，交托给了曾经背叛自己的人，从此，她的心，便随着陈一楠的喜悦而喜悦，随着陈一楠的不快而不快，在不知不觉之中，她慢慢地失去了自己。

开始的那几年，多么美好啊，一切都跟想象中的一样。可是，后来，一切又都开始改变，不再是那几年的模样。

林小樱又想起石北海曾经对她说过的一句话：人是会变的，人的情感，是会随着环境和外物的变化而随时改变的。

想到这里，林小樱不禁感慨万千，她想，梦境里的陈一楠说他迷了路，可是，迷了路的人，又何止是陈一楠？她自己，又何尝不是走在了一条迷途之上呢？

那天夜里，林小樱翻来覆去地想着这些事，再也无法继续睡觉，便干脆起床，坐在了书桌前，打开台灯，拿出一本从来没有用过的笔记本，用钢笔在扉页上写下一句话：

从现在开始，放下过去的一切，重新开始！

然后，她拿出顾平给她的那份公司介绍，仔细地看了起来。

当她看到这家公司在北京西边的山里有个陶瓷工厂的时候，她的眼前一亮。

介绍中有一些拍摄精美的宣传图片，那些陶瓷器皿上的各种图案，有中国画风格的山川河流，有花卉动物，也有西洋画风格的风景和花卉，图案精细别致，格调很高，一下就吸引了她。

她决定，不去公司做什么设计总监，而是去公司下面那个在大山里的陶瓷厂。去那里画画，然后烧出各种美妙好看的陶器。她不再想做别的其他事，往后余生，她只想做画画这一件事，用她的画挣一份薪水，养活自己，然后，继续画画。

第二天一早，她就给顾平打电话，告诉他，她想去陶瓷厂上班的决定。

顾平一听，连声说道："不行，不行，那里啥也没有，生活太不方便了，啥东西都得开车出来买。"

林小樱说："我看了介绍了，那些陶瓷上的图案好漂亮啊。陶瓷厂里缺人吗？我就想干那个，给我个机会，让我学习一下，怎样在陶器上画画吧。"

顾平在电话那头说："哪里都缺有才华的人，但是那里太艰苦了，没暖气，只能烧炉子取暖。"

林小樱说："不怕苦，有炉子就行"。

顾平看她坚决要去的样子，只好说：

"那我得回去商量一下，如果可以的话，我给你电话。"

两天以后，顾平打电话过来，说她可以去陶瓷厂上班。

林小樱将挑选出来的那些画、一些换洗衣服和日用品装在一个大箱子里，一周之后，就跟着顾平去了陶瓷厂。

二

陶瓷厂位于大山山谷处的一块平地上。这里有山有水，空气清新，风景秀丽。不远处的村子里，有一些城里过来的商人、文化人在那里租住，有的租约一签就是几十年。他们将简易的农舍，改造成各种风格的居所，成为春夏季节休闲度假之所，也有的人，是在这里做些农作物之类的小生意，或者卖些牙膏肥皂卫生纸之类的生活必需品。

陶瓷厂的职工多数是当地的村民，他们日出工作，日落回家。几个城里过来的职工，男女分开，住在两个宽敞的院子里，每个人一间房。

院子外面，是一大片菜地，绿油油地长着各种应季蔬菜。菜地的北面，是陶瓷厂的窑炉，所有制作好的陶坯，都在那里完成最后一道工序。

北京的冬天寒冷而漫长，已经三月天了，房屋里依然寒冷，所以，这里的每家每户，依然烧着炉子取暖。

林小樱主要从事图案设计工作。每天除了在屋子里画画、读书，就是和工友们一起干活。她和他们一起生活，吃些简单粗粝的食物，并且很快就学会了在陶坯上刻花、施釉、上彩。

有时候，她会长久地守候在窑炉旁，等待瓷器经过多次烧制后最后一次的出窑。瓷器烧制的过程需要耐心，失败是常有的事儿。所以，在一次次的等待中，有对失败的失望，也有对符合期待，甚至超出预期效果的快乐和满足。林小樱在这样平淡而重复的劳作中，得到了一种内心的宁静与自由。

三月将尽，四月来临。漫山遍野，开满了花朵。有桃花、杏花、梨花，还有樱桃花，以及各种不知名的植物花朵。

这天早上，林小樱正站在一棵开着大红色花的桃树下看花，顾平来找她。两人回到屋子，坐在依然燃烧的火炉旁，顾平说：

"我来告诉你个消息，石北海过几天要来。"

林小樱一听这话，十分高兴，连忙问道：

"啊？他来这儿？"

顾平点点头，然后"唉"的一声，叹了口气。

"年初，他做了一次大手术。有一天，他跟我说：'这一年不知道小樱怎么样了'。我一直想告诉你来着，可他不让说。后来，知道你家里出了那么大的事儿……"

林小樱打断顾平的话，着急地问：

"他怎么了？做的什么手术？"

"他得了那病。"顾平说。

"啥病？"林小樱问。

顾平说："去年九月，他在体检的时候发现了肺结节，观察了三个月，医生说要做手术，今年一月份做的手术，术后确诊为浸润性肺腺癌 1A 期。"

"天哪！怎么会这样？"林小樱失声叫道，然后站在那里，呆呆地。她怎么也没想到，石北海那么好的身体，会得这样的病。

顾平见状，赶紧安慰她说：

"医生说，手术很成功，恢复得也越来越好，现在，一直都在复查。"

林小樱听着顾平说话，眼泪又要涌出眼眶。一时间，感慨世事真是太过无常，太多的事情无法料及。

顾平说："天再暖和一些的时候，他想到山里住上一阵子，这里空气好，对他的恢复有利。"

林小樱吸了一下鼻子，眼睛和鼻子都红红的。

顾平说："别难过了，说不定，这家伙命大，以后，也许就没事了。"

林小樱又吸了吸鼻子，说：

"我想去看看石大哥。"

顾平说："你别看了，过些天，他就过来了。到时候，你多陪陪他。"

林小樱点了点头，又想起了小叶，问道：

"都是小叶在照顾他吧？"

顾平站起来，双手叉着腰在屋里走了一圈，然后说："没，他有我们，不用她照顾。"

林小樱突然又想起顾平那天在茶馆里跟他说的孩子的事，忙说：

"对了，我忘了，她怀孕了。"

顾平笑了笑，说："嗯。"然后用手指了指林小樱宿舍的南面，说：

"离这二里地，有个院子，是给他准备的，我得过去找下厂长，让厂长找几个工人把那片地，还有院子屋子的，都收拾干净。"

林小樱说："我还是想现在就去看看他。"

顾平说："我也想你去啊，他不答应，我也没辙啊。"说着，走出了林小樱的宿舍，又回过头来，说道，"后来他做了几期化疗，挺伤人的，他大概是不想让你看到他不好的样子。放心吧，过段时间你就能见着他了。"

林小樱此刻恨不得立刻见到石北海，可是，听顾平这么一说，也就不好再勉强，只能作罢。她对顾平说：

"那，你们快点来吧，我等着呢。"

顾平说："好，你这儿真是太冷了，你要好好照顾自己啊，别生病了。"

顾平走了之后，林小樱想到自从父母离开这个世界，真正一心想要见到她好，愿意给她指路的人，其实就是石北海。这是一个她从来没有真正用心对待过的人，却是在她生命的紧要关头对她帮助最大的人。而那个她用生命去爱的陈一楠，从头到尾，未曾希望她的生命变得更好过，除了索取之外，就是毫不怜惜地伤害。

我真的是让猪油蒙住了心啊，分不出个好歹了。怎么会傻成这样？

林小樱的心里，这时像是被人用手揪住了一般隐隐作痛。她突然害怕起来，她害怕石北海真的遭遇不测，就此从她的生命中消失。她的脑中滑过小叶的影子，于是又想到石北海的孩子，他已经年过半百，现在却遭此厄运，他的孩子还没有出生呢……

想到这里，林小樱一时不能自己，难过得流下了眼泪。她在心里不断地默念道：

老天啊，求求你，请你让他好起来，让他好起来吧！

也就在那天晚上，林小樱刚吃过饭，就接到一个电话，是小叶打来的。

她很惊讶，也有些激动，她们俩已经十年没有见面。想当年，从到北京上学，到后来进了石北海的工厂，她俩在一起的时间最多。而此时，林小樱正在惦记着石北海那个尚未出生的孩子。

林小樱正要开口问候，小叶先开口说话了：

"小樱姐，我过段时间快要生了，刚听说你在陶瓷厂上班，我现在很想见见你，你啥时候有时间？"

林小樱连忙说道：

"好啊，我正想去看石大哥呢，明天我请个假回去，去看看你们……你一切都还好吧？"

"我还好，我没跟石总在一起，我自己住。"小叶说。

林小樱一时有些糊涂，问道：

"那我们怎么见面？我去哪儿找你？"

"我现在坐车不方便，你来我家吧，咱俩说说话。"

小叶说着，告诉了林小樱地址，又约好了时间，就挂断了电话。

林小樱放下电话，心里觉得有点怪怪的，但又说不上怪在哪里？她们虽然都在一个城市生活，可毕竟是十年没见，也未曾通过一次电话。她在心里想着，这么些时日不见，小叶也是快四十岁的人了，不知道她现在变成什么样了？

三

第二天一大早，带着有些急切的心情，林小樱乘坐第一班去城里的公交车回了城。按照小叶给的地址，找到她居住的小区。小区绿化很好，建筑也很气派，房屋的四周都是高大的树木，一看就是价格不菲的高档小区。

林小樱敲开了小叶的房门。

小叶打开门，挺着大肚子，满脸笑意地说："天哪，太久没有见到你了。"然后欠身拥抱了一下林小樱。

"是啊，你还好吧？我昨天才知道石大哥的事。"林小樱回抱着她，轻声说。

小叶将林小樱引进房间，又从冰箱里拿出五颜六色的果汁，快速地混合在一起，做了一杯饮料端给林小樱。然后，两个人坐在客厅里的浅咖啡色皮质沙发上，开始说话。

"你这里真漂亮，房子好大，好豪华啊。"

林小樱打量着小叶的房子，高兴地说。

小叶笑了笑，没有接林小樱说房子的话茬儿，而是说了这么一句话：

"我听说了你们家的事。"

林小樱没有想到小叶这么快就提起了这件事，她稍稍沉默了一下，说：

"这么多年了，你们都还在惦记着我。真的是让我很感动。"

小叶说："说实话，这太出人意料了，他那么斯文的人，怎么会……真是太出乎我的意料了。"

林小樱无奈地说："唉……世事难料，我也是做梦都没想到，这种电视剧里才有的事情，会发生在我身上。"

"他在外面有人，你一点都不知道？"小叶问。

"我之前不知道，春节前才知道。"林小樱回答。

"天哪，你这么敏感的人，怎么都没感觉啊。"

小叶突然扬起了眉毛，一边斜眼看着林小樱，一边大声地说道：

"你平时是不是对他太冷淡了？不然，你这么好的人，他怎么还会出去找人啊？"

林小樱听小叶这么一问，感到她话里带着刺儿，似乎并非善意。但是，想到她从前就是这个样，依仗着自己年轻漂亮，说话做事，不知道顾及别人的感受，所以，也就没太放在心上。只是在心里想着：这么多年过去了，大家都从年轻人变成了中老年人了，有些人的个性真的是一点儿都没有变化啊。林小樱想起在自己很小的时候，总是听见陈一楠的奶奶骂陈一楠妈妈的一句话：江山易改，本性难移。不禁觉得，这句俗话，还真的是很有道理的。

林小樱端起手上的果汁喝了一口，说：

"也许吧，说实话，我性格有弱点。他出事后，我一直都在反省。他这样，肯定我也是有责任的。但是，不是我对他冷淡，你正好说反了。"

小叶侧过身来，定睛看了看林小樱，突然感慨地叹了一口气，说：

"人跟人在一起，真是奇怪啊。你们从小一起长大，这么多年，竟然弄成这么个结局。唉……真是让人感慨。可是我呢，跟着石北海，我俩在一起的时间虽然没有你们长，可也是十年了。十年啊，我要是跟哪个男人结了婚，孩子也都快要上中学了。可是，你看看我，"小叶拍了拍自己隆起的腹部说，"都这样了，现在，还是一个单身。"

小叶说话的时候，脸色阴沉，目光暗淡。林小樱看着她因为怀孕有些浮肿的眼睛下方，有着两条明显的横纹，这是她从前没有的，也是跟她的年龄完全不相符的。小叶在笑着的时候，这两道横纹并不出现，只有阴沉着脸的时候，才十分明显，令她陡然间就苍老了许多。

"你们为啥还不结婚？"林小樱问。

小叶眼睛直直地看着林小樱，说：

"因为你啊。"

林小樱听见这话，大吃一惊。

"因为我？"林小樱本能地即刻反问道："为什么会是因为我？"

小叶仰起头，透过硕大的落地窗玻璃，看着远处重重叠叠的树木。那些树，有的已经长出一些鲜嫩的绿叶，有的依然还在寒气逼人的初春里，在风中摇晃着瘦骨嶙峋的枝干。

"我跟着他这么些年，眼见着那些女人想要贴近他，得到他，可是，他都是应付得面面俱到，那些女人确实没法跟他亲近。是他不喜欢美女吗？肯定不是，对吧？"

小叶从沙发上站起来，双手扶着后腰，在屋子里慢慢地来回走动。

林小樱没有动，只是看着小叶紧锁眉头的脸，听她说话。

"我就这么死乞白赖地跟着他，以为只要坚持下去，总会有个结果的……"

小叶走到落地窗前，看着窗外，但是目光不再盯着那些树木，而是飘向遥远的天际。天空中正弥漫着淡淡的薄雾，让她看不清更远的地方。

林小樱看到小叶眼神里的不甘与无奈。她没有说话，依然在倾听，她想听小叶说，为什么是因为自己？

"他病了，他得的是绝症，你知道吧？"小叶问。

林小樱说："我知道。"

"我知道以后，第一时间跑去看他，跟他说结婚的事，我愿意承担下以后照顾他的责任。可是，他还是那样，他根本不打算结婚。"小叶的语气变得开始恼怒。

林小樱问："石总他，这些年里，可有对你许诺过什么？比如结婚之类的事情。"

"没有，从来没有。我只要跟他提结婚的事儿，他就会立刻疏远我，所以，我轻易不敢提这个事儿。"小叶的语气更加愤怒。

"他从来都没跟你说过结婚的事儿？"林小樱问。

"没有，从来没有。所以，我肯定他心里有人。这个人会是谁呢？"她的目光从天空中收了回来，直直地盯着林小樱，说，"不是你，又会是谁呢？"

这一次，还没等小叶说出口，林小樱就知道她要说什么，她尽量压制住内心起伏不定的情绪，然后语调平缓地说：

"小叶，你听着。我跟石总曾经是很亲近过，不过，不是你想的那样，我们并没有真正地谈过恋爱，而且，他一直都知道的，我心里装着陈一楠。"

小叶拦住林小樱的话，抢过话头："所以啊，我觉得这太难以理解了，我曾经查过他的电话，这些年，好像也从来没有跟你联系过，不过……"

"不过什么？我们的确是没有联系过，我也没想过再联系什么人了。"林小樱有点激动。

"但是，你一有什么事，他全都知道。"

小叶控制不住地放大了嗓音，愤怒的情绪使她原本漂亮的脸有些变形。

"我就想不明白，为什么？他为什么对你这样恋恋不舍？"小叶皱着眉头，仿佛在寻找她想要的答案。

林小樱说："我们是老乡，多年的好朋友，而且，他是同情我，才帮了我很多。你不要想太多了，都是没有的事。"

"我没有想太多，相反，我想得还不够多。我就是想不明白。你知道不知道？现在你上班的陶瓷厂，也是石北海公司旗下的一个厂！"

林小樱一下呆在那里，半天说不出话。她想，原来是石北海的厂。她咬了咬嘴唇，平复了一下怦怦乱跳的心，对小叶说道：

"现在好了，你们的孩子马上就要出生了。听说他的病情也在好转，说不定，一切都会慢慢变得好起来的，你别再多想了，这样，对你肚子里的孩子不好。"

"嗯。"

小叶答应着，突然眼里涌出泪水，一双依然好看的眼睛泪光盈盈地看着林小樱。然后，她回到沙发旁，紧靠着林小樱坐了下来，说：

"小樱姐，我，我还是想跟他结婚。可是，他都病成这样了，到现在，还是不肯答应我。我想，现在也只有你，能说动他了。"

说到这里，小叶停顿了一下，伸出两只嫩白纤细的手，握住林小樱放在膝盖上的那双已经布满细密皱纹的手，说：

"你这几天，要是有时间的话，我想让你帮我说说，我现在也只能依靠你了。"

林小樱点了点头，说：

"我一听说他病了，我就想去看看他，可是，他不愿见我。不过，他过些日子要去山里，我只要见到他，一定跟他说。我会尽我所能说服他的，你放心吧。"

"嗯，谢谢小樱姐。"小叶破涕为笑，高兴了起来。

林小樱嘱咐小叶好好保养身体，多吃点好东西，准备迎接婴孩降临的时刻，然后起身道别。

四

从小叶那里回来之后，林小樱一边继续在陶瓷厂上班，一边等待着顾平那边的消息。

两周后的一个下午，大约四点多钟的时候，顾平的电话终于来了。

电话里，顾平语气凝重，情绪低沉。开头就说：

"林小樱，你大概要过来一下了……"

"怎么了？又发生什么事情了吗？"林小樱立刻预感到事情不妙。

"嗯，昨天去复查，居然查出了有部分转移了。医生说，治疗要加大力度，恐怕要受不少罪了。"顾平说。

"天哪！"

林小樱没有想到，等了这些天，等到这么一个消息。心一下沉到了谷底。

"昨晚上他跟我说，让我跟你说一声，看你是不是可以过来一下，他想见你了。"顾平说。

林小樱连声回答："好的，好的，我这就过去，"她看了看放在桌子上的闹钟，说："现在是四点钟，还有班车去城里呢，你告诉我地址。"

顾平说："不用，现在着急也没用，明儿早上吧，早上去接你，这不是着急的事儿，要准备打持久战了。"

林小樱从顾平的话里，感觉到事情可能很严重，心里着急，但知道着急的确也没用，就说：

"别，你们别过来，免得来回折腾，我这里坐公交车方便得很，我自己去。"

"还是早上去接你，你来了还得找地儿，到处堵车，太折腾了。你就好好待着，明儿一早车就过去，明天见。"顾平说。

林小樱答应着，挂断了电话。

第二天早上六点半，一辆黑色的奔驰轿车来到林小樱住的

地方。

开车的是一个二十来岁的小伙子，瘦小，精干，脸上带着轻松的微笑。见到林小樱后，叫了声"林老师好"，然后，自我介绍说，"我姓钱，是石总的司机，叫我小钱吧"。

林小樱向他点头致意，说："小钱好。"走到车前，刚想去拉开副驾驶的车门，小钱抢先一步，将车的后门打开，林小樱说："我还是坐前面吧。"

小钱说："好嘞。"

透过明亮洁净的挡风玻璃，林小樱看着窗外的风景。刚从寒冬里过来的花草树木，渐次开始发芽，开花。

"时间真快啊，又到了春天了。"林小樱说。

小钱说："是啊，时间真快，我来公司都五年了。平时总是听见您的名字，就是没见过您。"

林小樱有些吃惊，问："你都听谁说我的名字了？"

"石总和顾总老说起您，耳朵都快听出茧子了。"

"他们都说我什么了？"

"也没什么，主要是打听您消息吧，我知道，您跟石总是老朋友。"

"是啊，我们年轻时就是朋友了，是石总跟你说的吗？"

"不是，石总只是爱和顾总说起你，和别人不说。我是听公司里人说的。"

林小樱更加吃惊了，问道："啊？公司的人都说我什么了？"

"也没说什么，就是说您把石总甩了，跟个大学老师去结婚了。"说到这里，小钱停了一下，见林小樱没有接话，又说，"不过，我觉得石总还是挺在意您的。"

"怎么这么说呢？"林小樱问。

"第六感吧。"

林小樱听小钱说"第六感"这个词，觉得他看着不大，倒是很有心的一个人，就问：

"石总什么时候开始身体不好的？"

"就这一两年吧，他太累了。"

"是公司的事情吗？"

"是啊，整天的应酬，唉……做企业就是这样吧，方方面面，没办法。"

"现在整个公司多少人了？"

"一千多号人了，这些年竞争太激烈了，石总压力也大。他生活不注意，经常一个人，吃喝什么的，都凑合着。"

"是啊，他要是有个家就好了。"林小樱说。

"谁说不是呢？我都替他着急，毕竟岁数大了。"

"平时你也经常照顾着他吧。"

"以前我总跟着他，去年我结婚了，他就不让我照顾他了。石总人心眼儿好，总说快回去陪媳妇，嗨，他自己却不找媳妇。"

"叶老师呢？他们不是经常在一起吗？"

林小樱心里对石北海和小叶的事情很是好奇，不知道为什么他们两人在一起这么多年也不结婚，他们的真实关系到底是怎样的？和小钱的话既然说到了这儿了，她就忍不住地问道。

小钱稍稍沉默了一下，然后说：

"嗯，据我观察啊……"

他说话的时候，正好碰到前面有一块从山上掉下来的大石头，所以，停止了说话，专注地绕过了障碍物，进入前方一片平坦之路后，又接着说话：

"只是我的判断啊，我感觉石总，他不会和叶老师结婚的。"

"为什么，为什么这么判断呢？他们在一起好多年了。那时候你还在上中学吧。"林小樱说着，笑了一下，说，"好了，不说别人了，这样不太好。你多大呢？看上去刚二十出头的样子。"

"哪里啊，我二十三岁退伍，回来就跟着石总了，现在二十八了，快奔三了……"

两个人聊着家常话，就到了公司顾平的办公室。小钱想给林小樱泡茶，顾平说：

"别泡茶了，我们这就走了。"

"好嘞。"

小钱退出房间，下去等候他们。

顾平看到林小樱的第一句话就是：

"真是不太好，现在情况变得复杂了。"

林小樱平静地答道：

"没什么，既来之，则安之，我能做什么，你尽管说就是了。"

"他这个有点麻烦，不扩散还好，一扩散就麻烦。"

顾平皱着眉头，脸色严峻地说。

"他现在自己的预感也不怎么好，前天跟我说，要找律师立遗嘱了。他想如果真有不测，就把公司转让了，财产全捐出去。"

林小樱"嗯"了一声，没说话。

顾平没再继续刚才的话题，而是对林小樱说：

"我带你过去吧，他现在住院，他说他还是想见见你。"

林小樱说好，心里已经着急想要见石北海了。

到了医院，顾平对小钱说："你去停车场等我"，然后便带着林小樱走进住院部大楼。

两个人站在电梯口等电梯的时候，突然一个女人的声音传到林小樱的耳际。那声音高亢而有力，带着一股毋庸置疑的霸气，她和顾平同时侧目向传来声音的方向看去。

只见不远处，大约七八个人跟着一个女人往电梯这边过来。那女人穿着一件黑色貂皮大衣，下穿一条黑色紧身裤，脚踩一双长至膝盖的黑皮靴，身材细长高挑，外形看来显得雍容华贵。走近一看，这女人抹着暗红色的唇膏，面部经过精心的修饰，但是脸上已经有些细密的皱纹，年龄应该是五十左右的样子。

林小樱看到这张脸的时候，猛然间觉得似曾相识，好像以前见过，但一时又想不起来在哪里见过？她好生疑惑，心想：这人为什么看着这么眼熟呢？

正在疑惑的时候，那女人也看到了她。在看到林小樱的那一瞬间，女人的眼神就像被定住了一般死死地焊在了林小樱的脸上，四目相对片刻，那女人收回了目光，继续和身旁的一群人说起话来。

这必定是曾经认识的人。可是，林小樱怎么也想不起她是谁？

林小樱正在脑中飞快搜索这个人的来由时，电梯到了。

走进电梯之后，那女人没再看她，而是一直仰头盯着电梯的楼层数字。站在女人侧面的林小樱忍不住又打量起她，这时，站在女人身后的一个年轻男人说话了。

"陶姐，咱们看完病人后，是不是可以好好聚个餐啊？"

那女人回过头来，看了一眼男青年说：

"行啊，你们说，想上哪儿？带你们去吃海鲜吧，志新桥南面新开了间海鲜馆儿，听说不错。"

就在那女人回过头来的时候，林小樱看到了那双酷似小鹿纯子的圆圆的眼睛，和两个深深的酒窝。

陶姐。林小樱恍然意识到，眼前的女人的确是故人。原来，这正是当年和陈一楠站在阳台上说话的那个叫陶曼丽的邻居。

林小樱一时间犹如置身梦境，恍惚间，她又想到了从上海到北京的陈一楠。

"天哪！"林小樱心里暗暗叫了一声。

电梯里每到一层就发出一声清脆的提醒声，一个轻柔的女声播报着楼层的数字。林小樱的意识在那轻柔的声音里出现了断档。

我现在是在哪里？这是什么地方？

她感到自己透不过气，胸闷得快要窒息，眼前黑乎乎的一片。

这时，顾平说：

"到了，咱们下。"

林小樱清醒过来。电梯停稳后，她跟着顾平出了电梯。走出电梯门的时候，她眼睛的余光看到那女人正盯着她看。

电梯门从后面关上。林小樱一边像踩着云朵一样地跟着顾平走着，一边回忆着陶曼丽和陈一楠在安平院的二楼阳台上愉快聊天的情景。

林小樱定了定心神，不住告诉自己：不能再这样漫无边际地想下去了！她对自己说，已经过去了，有关陈一楠的一切事，已经和自己没有了任何关系，想别人如何，有何意义？

林小樱斩断了有关陶曼丽的思绪，深吸两口气，振作了一下精神。她加快脚步赶上走在前面的顾平，两人一起来到了石北海的房间。

五

石北海住在一间单独的病房里，里面生活用品样样俱全，如同宾馆房间，唯有色调上的素白，显示出医院的特征。

尽管在见面之前，林小樱已经无数遍想象了石北海现在的模样，她认为，很多重病，会迅速消耗掉人的精气神，一个人一旦知道自己患了重病，那个时间点，基本就成了这个人的生命转折点，由此身体状况一路下滑，犹如烛火，慢慢耗尽。林小樱想，石北海一定是一副形容枯槁、消瘦虚弱的样子。

但是，真正见到石北海的时候，还是有些出乎她的意料。石北海当下的状况，比她想象的还要糟糕。

石北海真的老了，头发稀疏花白，曾经高大挺拔的身躯变得有些佝偻，宽阔的肩膀，因为脊椎的变形，微微有些前倾，整个身形比从前单薄了许多。他一见到林小樱，立刻咧嘴笑了起来，年轻时那满口洁白整齐的牙齿，现在变成微黄，不再那么醒目。只有那双眼睛，没有显示出衰微的迹象，依然闪耀着如电的光芒。

"小樱啊，终于见到了。快坐，快坐。"

石北海说着，伸出一只手，指着靠墙的单人沙发，让林小樱在沙发上坐下，自己也在另一只沙发上坐下。他说话的语调依然还像当年那样有力，热情，他的情绪还是那么稳定，波澜不惊。

林小樱人虽然坐下，心中却五味杂陈，翻腾不已。她被和石北海这样相见的感受所深深地冲击着。她看着石北海，好久说不出话，心中第一次对石北海有了一种想要关心和爱护的冲动。

顾平坐在石北海病床的床沿上，看看林小樱，又看看石北海，然后打破沉默，对石北海说：

"我把人给你带到了，我先回去办点事。"

"好，你去忙你的。"石北海说。

于是，顾平站起身跟林小樱道别，自己先离开了病房。

"你听说没？燕江要旧城大改造了。我们家那边，还有你们家那边，都被划在改造范围里了。"石北海看着林小樱说。

林小樱这时已经慢慢地从一种低落的情绪里缓过神来，而这个消息，同样让她很吃惊。

"是什么意思？怎么改造？"

"估计是要全部拆掉吧。"

"天哪！"

林小樱立刻想到安平院的那个家，还有那些年年生长的树木、花草。不禁问道：

"那样的百年建筑，为什么要拆了呢？"

石北海见她开始焦虑，便故意扯开话题：

"不用管它，要来的总是要来，你操心也没用。放心吧，政府会安置好一切的。"

"也是……"

林小樱口中嘟囔道，一脸无奈的表情。

见林小樱情绪渐渐安定下来，石北海这才笑着对她说：

"瞧瞧我，是不是老得有点不像话了？"

"挺好的，比我想象中的要好。"

林小樱故意违心地说话，她不想令石北海难堪或者难过。在她见到石北海之前，她就已经决定，从此以后，所说的一切话，都要本着鼓励他、温暖他的原则。她想，现在，是到了她帮助他的时候了，自己一定要尽一切力量，努力帮助他渡过难关。

"石大哥，现在得这病的人很多的，好多人生了病，最后也都没事儿了，你也会没事儿的，放心吧。"

林小樱提高了嗓门，大声说道，仿佛是她自己要跟病魔决战一番的样子，她那一向温柔的眼睛里，闪动着坚定的光亮。

石北海将林小樱的这副神情看在眼里，心里当然明白，她的这些表现是为了自己。石北海心里有些感动，也有些惊讶。

"多年不见，怎么感觉你好像是变了一个人？"

"啊？没有吧……"林小樱有些不好意思起来。

"变了，真好。"石北海笑着说。

林小樱也跟着石北海一起笑了起来，她说：

"病了没什么，抓紧治呗。不过这些年你是太累了，老天爷在提醒你呢，要好好歇歇了。"

然后，又故作轻松地说：

"小叶现在不方便，我来替她照顾你吧。"

石北海看着林小樱，突然又咧嘴笑了起来，说：

"你真这么想啊？你可得想好了，我这以后麻烦大了，你可别让我给累坏了。"

林小樱看着石北海，见他虽然身患绝症，却并没有一丝的恐惧和软弱，尽管他的确是衰老虚弱了很多，但精神依然如故，还是那样积极阳光，脸上看不见一丝阴霾。所以，也就真的放松了起来。她心里惦记着小叶那天嘱托她的事情，觉得现在也许正是说这话题的时候，便对石北海说：

"对了，我跟你说个事儿呗。"

石北海问："嗯，啥事？你说。"

"我那天见到小叶了。"林小樱说着，看了看石北海，见他低下头，正听她说话，于是接着往下说，"我觉得吧，她对你感情挺深的。你也该有个家了，很快，孩子一出生，一家人和和美美的，多好啊，你也该享受享受天伦之乐了。"

林小樱说完，看看石北海，是什么反应。

石北海还是低着头，还是不说话，一副在听她说话的样子，为了避免尴尬，林小樱只好又接着往下说：

"我觉得吧，你应该跟她结婚了，这样，她和孩子也都有个名分，你说呢？"

这时，石北海终于抬起了头。他看着林小樱，想说什么，但欲言又止。于是再次低下头，不再说话，似乎想听林小樱将想说的，全都说出来。

"这么多年了，小叶不容易。对吗？"

石北海点点头，显然赞同她说的小叶不容易。

"你生病了，她还是这样，一心想要跟你在一起，你就跟她好好成个家吧。以后互相有个照应。"

石北海抬起头来，看着林小樱，问道：

"你是不是受小叶之托，跟我说这些的？"

林小樱没想到被石北海猜到，一时语塞，心想：他心里明镜似的，与其想着法子遮掩，不如真诚相待，撒谎是毫无必要的，因为会显得自己很蠢。林小樱镇定了一下，语气柔和地说道：

"她是想跟你结婚，我也这么想，我想看到你能好好的，别整天一个人没人管没人顾的。"

这时，石北海从沙发上站起身来，拿了两个杯子，又从桌子上装茶叶的铁盒里拿些茶叶。林小樱一见他准备给自己泡茶，连忙起身说：

"让我来吧。"

石北海伸出手，示意她坐下，一边往杯子里放茶叶，倒水，一边说：

"你啊，还是那个样子。"

林小樱问："哪个样子啊？"

"唉……"石北海轻轻叹了口气，说，"自己被困在半道儿，心里却想着帮别人。真是江山易改，本性难移啊！"

石北海让林小樱放心，说应该怎么做，自己心里有数，让她别再为别人操心了。

林小樱心想这也算是种回答了吧，便不再说话。

从医院出来的时候，天色已经暗淡下来。道路两旁，白蜡树的树干虽然长出了新叶，但看上去依然是光秃秃的，在清冽的风中摇晃，已是初春时节，眼前却是一片萧瑟之气，这景象让心里本就沉重的林小樱，更觉得寒意深重，她不禁打了一个寒颤。

路边的小商店开始亮起了灯，林小樱看到一个店铺的柜台上放着一个红色的电话机，于是想起自己得给小叶一个回话。

她站在小店的柜台前，拨通了小叶家的电话。

她告诉小叶，现在安心养着，等孩子出生之后，石北海这边的治疗也快结束一个疗程了，到时争取尽快地把婚给结了。

第十二章

一

陈一楠的案子因为脉络十分清晰，很快便结了案。

孙婷的父母并没有像林小樱原先设想的那样提起民事诉讼，要求家属做出赔偿，这让林小樱感到有些意外。

她给陈小琪打电话，告知了这件事，并且请她回家一趟，说是要跟她商量房子给她的事情。

当天下午，陈小琪便回了家。

一进家门，她就一屁股坐在了沙发上，看也没看林小樱一眼，开口就说：

"说实话，我也不是非要这房子的。"

"那你是什么意思呢？"林小樱看了看她，问道。

"我就是不甘心。"

"傻孩子，你不甘心什么？"

"我这辈子，除了心理受伤害，什么也没得到。"

"你才这么点大，怎么就这辈子了？还早呢。"

"我什么都没有，现在好了，更加干净了。"

"其实，你爸妈都很疼你，只不过，他们没办法处理好自己的事情，让你也跟着受委屈了。"

"你能理解我吗?"

"我理解。"

"那你不跟我抢房子了?"

"我就没想过要跟你抢房子。"

"你的意思是……"

"我准备去山里陶瓷厂那边了，那工作很适合我，我也喜欢那里的环境。"

陈小琪瞪大了眼睛看着林小樱，她有些不敢相信这件事突然变得如此简单。她沉默片刻，问林小樱:

"你是说，你要搬出去了?"

"是的，我该离开了，等我把东西收拾好了之后，就把钥匙交给你，行吗?"

陈小琪连连点头说:"行，行。"

同时，她从沙发上站起身，说:"我带你去个地方，晚上请你吃饭。"

林小樱跟着陈小琪下楼，来到学院操场旁边的一块空地上，那里停着几辆小汽车。陈小琪走到一辆白色的小车旁，打开车门，让林小樱上车。

"你都开上车啦?"

"我妈送我的。"

"真厉害啊，你啥时候学的车。"

"驾照拿了快一年了。"

林小樱坐在副驾驶的位置上，看着陈小琪熟练地倒车，开出学院，上了马路。

汽车开过了西四环的定慧桥，又过了两条街，陈小琪将车停在了路边，她招呼林小樱下车。两个人走进一条狭窄的街道。陈小琪在一座七八层高的住宅楼下停止了脚步。她右手挽起林小樱的左胳膊，左手指着靠东边的一个阳台，说：

"看，那个阳台。"

林小樱顺着她手指的方向看过去，疑惑地问：

"这是哪里啊？"

"孙婷的家。我亲爱的爸爸给她买的房子。"

陈小琪一边说着，一边死死地盯着那间阳台，好像要看到那里出现什么人一般。

林小樱抬头向着陈小琪指的方向看去，楼挨着楼，密密麻麻的窗户和阳台，林小樱没法一下判断出哪个是孙婷的阳台，便问道：

"你来过啊？"

"来了好几次了。"

"你爸知道吗？"

"不知道。"

"你自己找来的？"

"当然不是啦，是孙婷请我来的，每次都有好吃的。"

"你们都聊些什么？"

"聊怎么取代你。"

"取代我？我都不知道她这个人的存在。"

"是啊，你什么都不知道。说实话，我觉得你这人挺好的，就是太老实了，大脑太过简单。"

"好了，现在我已经全部明白了。"

林小樱突然感到了一丝强烈的愤懑之情从胸腔里冒了出来。她挣脱了陈小琪的手，径直向陈小琪停车的方向走去。

陈小琪快步跟上她，又挽起了她的胳膊，说：

"唉……人各有命，人是争不过命的。"

两人坐上车后，林小樱说：

"以后好好学习，好好生活，好吗？"

"嗯，我听你的。"

陈小琪答应着，一脚油门将汽车开出老远。

"以你跟她的交往，你觉得，她对你爸的感情是真的吗？"

林小樱问陈小琪。这个问题，自从看了陈一楠的信以后，她想了很多次，也没想出个结果。

陈小琪手握方向盘，扭头看了一眼坐在旁边的林小樱，说：

"我是真想不明白我爸怎么突然对女人上起了心，从前都是女的上赶着陪他玩儿，是不是变成没了青春尾巴的老人家，就傻了吧唧地想要抓住别人青春的尾巴啊？"

陈小琪说到这，从鼻子里哼了一声，冷笑着又说道："我不确定她是不是对我爸真的有感情，不过，我可以确定的是，她对北京户口是真的有感情……"

林小樱看着陈小琪一脸玩世不恭的样子，突然觉得这神情真是像极了陈一楠。她的眉眼和气质，很多继承了她的父亲，她父亲漂亮，她也很漂亮。

和陈小琪见面后的第二天，林小樱就开始整理自己的东西。

一周之后，她打电话让顾平找人将整理好的物品送到陶瓷厂她的宿舍里。然后，她将房子的钥匙交给了陈小琪。

办完这些事情之后，林小樱又在医院附近临时租了间只有十平方米的小房子。一切准备停当之后，开始每天做饭，然后去医院给石北海送饭，照料他的日常起居，陪他一起做化疗。

每次化疗，不仅对石北海是种身体上的折磨，对林小樱的心理，也是一种折磨。看着石北海被病痛摧残的样子，还有每一次如同被敲骨吸髓抽掉魂魄一样的治疗，眼前这个原本高大挺直的人如今已经衰弱得不堪一击。她知道，这个曾经在她心里永远打不垮的男人，如今正在生死路上苦苦地挣扎着。她告诉自己，无论如何，不能流露出半点悲伤，一定要用最饱满的乐观态度，让石北海感受到生命中积极的部分，毕竟，这是一场战争，是石北海的，也是她的一场战争。

一个需要化疗的早上，石北海做完治疗后疲惫不堪，回房间不一会儿就睡着了。

正在熟睡中，护士长带着一帮小护士进屋检查。林小樱一见护士查房，立刻站起身闪到一旁。

护士长已经满头白发，据说明年就到了退休的年龄。她看着病人已经睡着，立刻做了个手势，一起进屋的护士们，悄然无声地离开了病房。

护士长看了看林小樱，见她面目憔悴，却满脸微笑，不禁摇了摇头，走出房间。林小樱跟在后面送她出门。护士长走出房间后，回过头来对林小樱说：

"他情况不好，你们要有思想准备，尽量做些他喜欢吃的吧……"

林小樱口里"哎，哎"地答应着，心里不觉悲从中来，眼睛有些湿润。

"都是这样的……"护士长看了她一眼，同情地说。

送走护士长，林小樱站在病床边看着石北海。

此刻，他睡得像个玩累了的孩子，林小樱想着刚刚护士长说的话，怎么也不能相信接下来的结果，会是像护士长说的那样。

几天后的一个下午，林小樱陪着石北海在楼下的小花园散完步，回到房间的时候，发现病房的门半开着，回想起刚刚是关好了门才下楼的，林小樱觉得奇怪。又一想，也许是护士在房间里换床单吧？谁知道，推开房门之后，看到的是小叶正挺着个大肚子坐在沙发上。

小叶一看到两个人互相搀扶着走进房间，立刻从沙发上站起身，一只手指着林小樱破口大骂起来：

"你这不要脸的，你想干什么？你男人死了又来跟我抢是吗？"

林小樱被小叶骂得目瞪口呆，无言以对。

"你说什么呢？你理智一点好不好？"石北海大声呵斥道。

"你，你还有点良心吗？这么多年，是谁一直照顾你，陪着你的？你咋这么傻啊？她是死了男人了，现在又想到了你，你怎么这么傻啊？"小叶对着石北海大声喊叫。

护士站的护士听见这边的吵闹声，全都跑了过来，看发生了什么事情？隔壁的病友们也过来看热闹，一时间，走廊里站满了人。

"石北海，我跟着你十年了，没有功劳还有苦劳吧，你为什么这样对我？"

小叶说完，号啕大哭，哭声引来了更多看热闹的人，石北海对着门口的一堆人说：

"快回去，快回去，没什么好看的。"

然后，他将扒着门框看热闹的人往外推，又将病房的门用力推上，锁好。就这几个动作，让他立刻头晕目眩，大汗淋漓。

石北海慢慢地走到病床旁边，稍稍定了下神，看着不知所措的林小樱，又看看哭泣中的小叶，然后，他从桌子上拿起手机，给小钱打了一个电话，让他立刻来医院一趟。

把手机又放回桌子上后，他对小叶说：

"你别哭了，一会儿小钱来接你，你赶快回去，别伤着孩子了。"

小叶一听石北海说到孩子，立刻又大叫了起来：

"你还知道孩子啊，你这样对我，就不怕天打五雷轰吗？"

林小樱无论如何没有想到，小叶会有这样歇斯底里撒泼的一面，可是看着她即将临盆，实在是不敢说什么重话，只好说：

"小叶，你误会了，不是你想的那样。"

可是小叶哪里肯信她的话，不仅没有停止叫骂，反而声音更大了，指着她说：

"林小樱，你这虚伪的老女人，你怎么这样不要脸啊？你知道这些年是谁陪着他过来的吗？你知道我有多么不容易吗？他难的时候你跑哪里去了？你跟别人过舒服日子去了。现在，你男人死了，你就又来勾引他了？你，你咋这么不要脸啊？"

石北海再也忍不住了，厉声呵斥道：

"叶敏，你是不是疯了？我认识她的时候你还不知道在哪儿呢？要不是她，我知道你是谁啊？你要是再这么胡说八道，可别怨我不客气了。"

小叶一听石北海这么公然地站在林小樱一边，更加生气了。她用手指着林小樱，大声叫骂道：

"你说你是不是虚伪，特别虚伪？表面献殷勤，背后干的都是什么事儿？是不是借着照顾他，又想旧情复燃啊？你都这岁数了，咋还这么不要脸呢你？"

林小樱不会吵架，这辈子没说过一个脏字儿。这会儿被小叶骂得竟不知道如何是好。她脸色煞白，就那么呆呆地站着，眼里含着委屈看着小叶。石北海实在听不下去了，他厉声对小叶说道：

"你给我滚，快点从这里滚出去！"

林小樱见状，赶紧说：

"我走，我走。"说完就往外面走。

石北海一下从床沿上站起来，一把抓住林小樱的胳膊，说：

"你别走，我还有事找你呢。她这是胡搅蛮缠，无理取闹。"

小叶见状，哭声一下变成了撒娇一样的哼唧声，她对着石北海说：

"为什么，你为什么这样对我？"

石北海这时也在心里提醒自己："要冷静，要冷静，小叶是个即将待产的孕妇，千万别闹出什么事儿来。"

他憋住气，又深深地吸了口气，吐出这口气后，他语调温和地说：

"小叶，你冷静冷静，赶紧回去，孩子快生了，你这样不仅伤的是你自己，也会伤着孩子的。"

"那你还让我滚？你这样你知道我多伤心吗？你个没良心的……"

说完，小叶像个孩子一样哭泣了起来。

林小樱看小叶的态度这么快就有了转变，也连忙为自己解释道：

"我这还不是替你照顾石总吗？要是你好好的，也用不着我操心啊。"

小叶立刻反驳道：

"你还是操好你自己的心吧，别为我操心了。"

这时，护士长从外面回来，听小护士们汇报了这里发生的事情，立刻来到门外敲门。

"开门，快点开门。"

林小樱打开了房门，护士长看看里面的三个人，大声说：

"你们这是干吗呢？这儿是病房，不是酒店，也不是你们家，没事儿的赶紧走了！"

护士长说完，将门外伸着头向屋里张望的两个人往外赶。

石北海对着护士长的背影说：

"不好意思啊，护士长，这儿没事，一会儿就走，一会儿就走。"

说话间，小钱也到了，看见屋子里的人，不知道发生了什么事，一脸狐疑地看着石北海。

石北海说："小钱，你帮我把叶老师送回家，好好照顾着点叶老师。"说完，又转头对小叶说，"你先回家，别闹了，好好养着身体，好好生下这个孩子。"

小叶此时的情绪完全平静了下来，知道再闹下去，石北海可能就真的要翻脸不认人了，况且自己的身体也吃不消，于是，就借着石北海给的台阶下去了。

"那我先走了，你好好养病啊，别把自己累着了，过段时间我就可以来照顾你了。"

说完两手扶着后腰往门外走，看也没看林小樱一眼。

等小叶离去之后，林小樱叹了口气：

"唉！也怨不得她生气，我说是替她照顾你，其实，搁着我，也会起疑心的。"

"你又内疚了，又开始反省，是吗？"

石北海说："这么多年了，这个世界发生了这么大的变化，大家都在变，好多人已经变得面目全非了，可是你，你怎么能这样，一点都不变呢？"

林小樱轻声地说："要变成什么样，才是对的呢？要怎样做，才是应该的呢？"

石北海看着林小樱，不再说话，好一会儿之后，他摇了摇头，然后对林小樱说：

"帮我倒杯水，我好渴啊！"

二

到了晚上，林小樱将石北海这边的事情忙完之后，回到了自己的小房间。想起白天发生的事情，觉得还是要给小叶打个电话。

林小樱拨通了小叶的电话，可是电话响了很久也没人接。她心想，小叶肯定是看到自己的电话号码不愿意接电话。她想了想，决定继续打电话，她有话要对小叶说。

连续打了五次，小叶终于接了。

"喂？你找我干吗？"小叶态度冷淡，但是口气绵软，已经没有了白天在医院闹事儿的那股劲头。

林小樱说："你别挂电话，好好听我说完，好吗？"

"你说。"小叶回答。

林小樱说："小叶，你真的是误会我了，石总以前对我有恩，我以为这辈子没有机会回报他了，没想到现在，他遇到这么大的事儿。这是老天爷给我的机会，让我能帮他做点什么。这点你能理解吗？"

小叶拿着电话不说话，但是林小樱知道她在听，于是又接着说：

"再说了，我这也是在替你照顾他。如果你不是身体不方便，照顾他的事儿也轮不到我啊。现在他是真的很虚弱，这病说难听点，可能就是他最后的一段日子了。你也不希望随便安排一个人来照顾他，对不对？所以我才决定，去照顾他。你想啊，要是他不生病，他能用得着咱什么呢？"

电话那边，小叶叹了口气，说：

"但愿你说的都是真心话吧。"

林小樱说："你也不想想，你怀着他的孩子，他的骨肉，他这岁数了，好不容易有了自己的孩子，你想他心里该有多高兴啊。他傻啊，不要你，他还能要谁啊？而且，我这情况，这么一把年纪的，我怎么跟你抢啊？"

小叶在电话那头听着林小樱说话，又半天没声响，林小樱以为她电话断了，便问：

"你在吗？"

小叶回答"我在"。停了一会儿，小叶说：

"我是不知道，他为什么不愿意跟我结婚？除了你，我实在是想不明白这是为什么？所以……我今儿情绪有点失控，对不起啊，我错怪小樱姐了。"

林小樱说："你都快当妈了，别再耍小孩子脾气了，好不好？"

小叶乖乖地答应说：

"好。"

林小樱说："今天真累了，都赶紧休息吧，明天还有事儿。"

两个人放下电话，林小樱这才安心地洗漱，睡下。

第二天一早，林小樱带着做好的小米粥和煎鸡蛋去了石北海的病房。石北海匆匆吃完早饭之后，让林小樱在沙发上坐下，然后说：

"昨天，让小叶这么一闹，倒是让我想起了好多事儿。"

林小樱看着他，等他说话。

"你走那段时间，公司遇到很多事儿，全都是来自各方面机构之间的障碍。那段时间真的是太难了……和刚开始办厂时遇到的难不一样。"

"嗯，明白的。"

林子樱想到企业做得越来越大，一定是遇到过她不知道的困难，只不过这些困难被石北海攻克了而已。

"那会儿，小叶没少跟着我受累，整天地跟着我吃饭喝酒，还陪过人跳舞……"

石北海说着，眉头紧锁，脸上呈现出痛苦的神情。

"我记得你刚走那会儿,有一次,陪个客户吃饭,一笔很大的订单。我瞅着那人一看到小叶,眼神就开始飘起来,我就知道他对她上了心。我虽然心里知道,可必须装着不知道,应他的要求,晚上还是带着小叶去陪他们喝酒。酒喝完了,又去卡拉 OK,在包间里,那人借着灯光的昏暗,对小叶动手动脚。我都看在眼里,真想给那人一顿暴打,可我还是得忍着。最后只能给他塞了些红包,提前结束了那晚上的活动。那时候的小叶,但凡遇到这类的事情,也都是忍着……"

林小樱有些感慨,叹了口气:

"唉,也真的是难为她了。"

"我昨晚上想了很多,想我做这个企业的前前后后,我是怎么一点点地立足、站稳、慢慢做大的。想到自己虽然也算是拼了命的,可是,像我这样拼命的人,多了去了。实话说,自己创业的人,哪个不是白手起家?哪个不是遭了好大的罪?哪个不是被架在火上翻来覆去地烤?哪个不是被人一遍遍打击?只不过,有的人成了,有的人败了。成功不过是天时地利人和,时也运也罢了。"

林小樱想起当初跟着石北海到北京,整天看着他忙东忙西脚不沾地儿地闲不下来,眼瞅着他一日一日地变瘦变老,她那时只是很敬佩这个人,却没有想过这个人的内心正在经历着什么。石北海是个从来只报喜不报忧的人,他所经历的一切,不会跟人说。今天,是他第一次这么坦率地说起过去那些不堪的事儿,林小樱不禁恻然心动,对眼前的这个人,不只是充满了敬意,还有一种强烈的希望能关怀他的冲动。

"唉……我那时一走了之,做得太少了,真的好抱歉。"林小樱有些内疚地说。

石北海说:"这都不关你的事儿。"

他站起身,开始在房间里来回踱步。他绕着房间走了几圈之后,对林小樱说:

"说实话,生病以后,我一直在想,也许到了该收手的时候了,不能这样无休无止地下去了。"

林小樱接着他的话说道:

"是的,咱们现在好好把病治了,以后,就别太累了,好好享受一下生活吧,你这大半辈子都在工作,是该停停了。"

石北海停下脚步,喝了口水,对林小樱说:

"这几天有事要处理,一会儿小钱来接我去公司。我跟护士长请假了,她说病床一直紧缺,请假超过三天,必须得办出院手续,要是再来的话,重新办个住院手续就可以了。今天公司有人过来办手续,你就乘着这时间,自己回家好好休息休息,我要是回来的话,再联系你。"

林小樱也没多问,说:

"好,那你自己多注意点儿身体。别着凉,也别累着。"

"嗯,我会悠着点儿的。对了,小叶那边,你有空的话,也要多关心关心,没事打个电话问候一下,估计她快生了。"

"好的,你放心吧,我会的。"

两人说完话,石北海开始收拾东西,林小樱跟他道过别,自己先回了租住的屋子。

三天之后,顾平给林小樱打来电话,告诉她石北海回了燕江老家,说是老家拆迁,有些事情要处理。然后,他告诉林小樱:

"这几天,他让律师立了遗嘱,已经做了公证,他的身体一旦发生意外,公司将由我来办理转让手续,还掉公司用于资金周转所欠的债务之后，剩下所有的财产，包括他的个人财产，全部捐给慈善机构。"

林小樱听顾平这么一说，心里禁不住又难过了起来，想到石北海一定是真的感觉不太好，才会这样着急立下遗嘱，而且，带着这么重的病，还自己回老家办拆迁的事。不知不觉地，眼眶发热，眼角又湿润了起来。她问顾平：

"拆迁的事，他怎么也不跟我说一声儿，我们那片也要拆，我可以帮他跑腿的啊，反正都得跑几次的。"

顾平说："他大概是怕给你添麻烦吧。"

林小樱又问："那他的治疗，就这么搁下了吗？"

顾平连忙说："对了，我忘了说呢，你还是先把租的房子退了吧，他一时半会儿可能不会再去医院化疗了。石总说，你们老家有个专治疑难杂症的老中医，他想这次回去的时候找下他，试试中医的保守疗法。这样吧，你就先回陶瓷厂里上班吧，现在春暖花开了，天气也没那么冷了，你就在山里待着，等我们完事儿了，再联系你。"

林小樱说好的。心想，要是中医治得了，那就太好了。

突然间，林小樱想起昨晚上给小叶打电话的事儿，就问顾平：

"万一石总真有什么事儿，财产又都捐出去了，小叶和孩子怎么办？"

顾平隔着电话，"嘘"了一声，长长地呼出一口气，说：

"遗嘱这件事儿，等小叶生了孩子，坐完月子，再告诉她。"

说完又叮嘱了一句：

"等石总回来，我给你电话。"

林小樱说："好的，我等着。"

三

林小樱没有想到，这一等，就是一个月。

那天早上，小钱开着车和顾平一起来找她，说是石总住在了二里地之外的院子里，正在等她过去看他呢。

林小樱一阵惊奇，觉得石北海有点神出鬼没，让人摸不着头脑呢。忙问：

"那个老中医说能治吗？他现在身体还好吗？"

顾平说："这个事，谁都说不好，只有老天爷知道，现在只能是试一试，看看能不能出现奇迹。"

林小樱想，是啊，谁的命，其实自己都没法说了算，只能是尽自己最大的努力，争取活得更好更久一点，其余也只能交给上天了吧。但愿奇迹发生在石北海的身上。她在心里默默地念叨了一句：老天保佑石大哥！

然后，林小樱跟着顾平和小钱，去了石北海的院子。

虽然只隔着二里地，可是周围的环境，却是有着很大的不同。

紧贴着院子，是一片清澈的湖水。这一片湖，据说是和不远处的河道相通，连着太行山的水系，常年流淌着活水的。更远的地方，是郁郁葱葱的大山。正值四月，林海苍茫，漫山繁花，风景十分地美。

车在一个很大的院子前停下。三人下了车，小钱忍不住地说：

"石总这里的风景真好啊！"

然后，便站在那里，眼睛朝着远处的山林张望，欣赏起大山的风景来。

林小樱一心只想快点见到石北海，没心思看风景，拉着顾平就往院子的方向走。

院子的中间，是一片水泥铺成的空地，放着两把圆形的白色藤椅，还有个圆形的小桌子，上面放着些西红柿和黄瓜，红色和青绿叠放在一起，十分显眼。

院子四周的土地上，种着些青菜、韭菜、菠菜、黄花菜和大葱之类的蔬菜，以及各种各样像月季、大丽花、芙蓉这样的花草，还有一个硕大的葡萄棚，和几棵正开着粉色、红色和白色花朵的树木。石北海坐在屋子门口的竹椅上，一边晒着太阳，一边等着他们的到来。

顾平快步走近石北海，交给他一个文件袋，低声说着些什么，之后，他转过身来，对林小樱说：

"你们好好聊聊天吧，我还有事儿，先走一步了。"说完，便上了小钱的车，汽车一溜烟地开走了。

林小樱看到石北海，感觉他的气色比在医院做化疗的时候好了一些，脸上微微泛黑的皮肤明显有了一些光泽，眼睛也越发明亮，精气神仿佛是好了许多。

"你回燕江怎么也不跟我说一声？"林小樱问。

石北海说："我们城北那边先拆，你们那边也快了，你就等着消息吧。"他用手指了指院子向南的方向，又说，"你过来，看看你还认得不？"

他走到一棵只有枝干，没有什么叶子的树前站着，指了指这树问道：

"认得不？"

林小樱定睛看着树上仅有的几片树叶，说：

"这是一棵樱桃树吗？"

她欣喜地笑了，问石北海："你从哪里弄来的？"

"你再仔细看看。"石北海说。

林小樱又仔细打量起来。突然，她的眼前仿佛闪过一道炫目的白光，她想起来了……

"天啊，这是真的吗？"

她认出来了，这颗樱桃树，正是安平院里自己窗户外面的那一棵，那棵父亲为它剪过枝、培过土，他们父女曾经很多次画过，陪伴过他们很多年的樱桃树。

石北海站在一旁，咧着嘴笑着，看着林小樱说：

"是的，你还没忘了它啊？"

"我怎么可能忘记它……"林小樱急切地问道，"你是怎么把它搬到这里来的？"

石北海咧嘴笑着，说：

"我这次回去，干了好几件事，也顺带着去看了看安平院。院子里的人都搬得差不多了，很多的花草已经不见了，有些树也不见了，我看着它，居然还好好地在你的窗户外面，我想着，过不了多久，这一切都将不复存在了，不知道它会被人怎么处理？所以就找到管拆迁的人，跟他们商量，想带走它。他们说'行，你挖走吧'。然后我就找人挖树，开车把它运了过来，栽在了现在咱们这个院子里。"

石北海慢慢说着，林小樱却已经泪流满面，一时间，她竟不知道该说些什么？

石北海说："它今年已经开过花了，想要看到樱桃花，得要等到明年了。"

"不是说，树挪死吗？这树年纪挺大的了，从南方挪到这，居然还能活？"林小樱问。

石北海呵呵一笑，说：

"这是需要技术的哦，我这次找了园林专家，他们给挪的。先是挖好了树穴，然后挖的时候带上了完整的土球，再剪干净枝叶。来北京后，又找了懂行的朋友帮着栽好，现在看来，还不错！"

"南北气候差异这么大，它真的能活下来吗？"林小樱还是有些担心，问道。

"放心吧，能活。"石北海说。

"你为什么这么肯定？"

"那位园林专家说了，没问题。"

"他那么肯定，有什么依据吗？"

"那专家跟我说，他看了这树的根，就知道它能活，放心吧。"

林小樱站在樱桃树前，心里想着石北海说的话，一时间感慨万千，思绪又飘向了当年的安平院。

当年的一切，那些快乐和痛苦的回忆，又在脑中刷刷地闪过。她不由自主地耸动着双肩，轻轻地啜泣起来。

石北海走过来，轻轻拍了拍她的肩膀，说：

"不哭了，以后不要你再哭了，都过去了。"

"好像在做梦，从前的事情，跟昨天刚刚发生的一样。可是，树依然还在，其他一切却再也不能重现。"

　　林小樱说着，眼泪不断越过眼眶，滑过已经有些松弛的脸庞。石北海知道，她一定是又想起自己的父亲和母亲了。

　　"我虽然没见过伯父，可是我知道，他是内心有爱的人。"石北海说。

　　"我爸爸，他的往事，他的记忆，虽然他从来也不跟我和妈妈说，可是我知道，他的内心有我们不知道的痛苦……"

　　石北海说："虽然有痛苦，可是他却依然用尽情感地爱，爱你母亲，爱你，爱自然中的花草树木，还有艺术。所以，他这一生，并没有白白活过。"

　　"是啊，我到现在都还记得，他站在这棵树下，带着我画樱桃树开花的样子。他跟你的个头差不多，他站在木梯子上面，在树枝间系上花布条的样子，我妈在下面扶着木梯，仰头看着他的眼神。还有，他带着我，给园子里的花浇水，松土，给樱桃树剪枝……"

　　林小樱用手背擦去眼角的泪水，摇了摇头，沉浸在对过往的回忆中……

　　林小樱的话，将石北海也带进了记忆，他也想起了自己的父母。

　　此时，他看见院子外面阔大的空间，悬挂天际的太阳，正穿过重重的山林照在静静的湖面上，山风在树木和花丛中悠然穿行，他的思绪也在风中飘散开来。

　　"父母虽然已经离开，但是，他们对我们的爱，却永远不会消失，就像这阳光，日复一日地照着大地上的万物，万物又因阳光而茁壮生长，无限轮回。"石北海喃喃地说道。

　　林小樱听着石北海这些意味深长的话，心绪随即从悲伤里走了出来。

"是啊，虽然相处短暂，可是我从没真的觉得他们已经死去，他们是活在我心里的。"林小樱说。

"你是我见到过的从来没有过恨意的女人，这太罕见了。"

石北海仰头看天，说道：

"每次和你在一起的时候，我就觉得很安心，很踏实，我也不知道是怎么回事？"

林小樱低头不语，细细思量着石北海的话。

看着林小樱若有所思的样子，石北海突然问了一句："你知道吗？"

林小樱被他这一问，不知如何作答，便反问：

"知道什么？"

"我在做化疗的时候，那种在死亡的边缘摇摇欲坠的感觉，对死亡的恐惧，对所有一切的绝望，如同孤独地躺在深不见底的深渊里，你知道我想得最多的是什么吗？不是钱，不是企业，我想得最多的是父母和弟弟，还有一起同甘苦、一起回城的妻子。我的脑子里全是跟他们在一起的记忆，美好的记忆。年幼时温馨的家，父母的慈爱，一家人相依为命，和弟弟一起漫山遍野地玩耍……想到这些，很奇怪，所有的恐惧，还有曾经有过的痛苦和烦恼，都不见了，全部不见了。只留下那些好的，美的部分，在脑子里不断地浮现，让我贪婪地想要永远地拥有它们，直到带着它们一起去到另一个世界……

所以，我有时在想，其实，人活到最后，真正能带走的，就是这点记忆，关于爱的记忆……"

林小樱对石北海说的话感同身受，因为每当她虚弱不堪，几近崩溃之时，她想到的就是自己的父母。

"是的，这点我跟你真是一样的感觉。"林小樱说。

"不应有恨，何事长向别时圆……那句话怎么说来着？"石北海看了看林小樱，问道。

"人有悲欢离合，月有阴晴圆缺，此事古难全……"

林小樱说完之后，仰天看去，一群飞鸟在空中齐刷刷地上下翻飞，又齐刷刷地落在一棵高大的老树上。

石北海像是突然想起了什么，说了句：

"对了，我这有上好的铁观音，我们喝茶去。"

说完，石北海转身向着自己的房间走去。

四

正是植物繁盛的季节。

阳光和煦，山风一阵一阵地从遥远的山谷间吹来，葱郁的树木不停地发出"哗哗"的响声，林小樱刚才的忧伤情绪现已消散。

她在藤椅上坐下，石北海从屋子里拿出一套茶具，开始像一个南方人那样泡起了铁观音。

"这院子我租了五十年，以后可以经常回来住一住，你喜欢这里吗？"

林小樱说："好喜欢，我就是喜欢这样的小花园，还有小菜地。"

石北海说："以后，我再给你弄个大点儿的花园。"

林小樱这时突然想起了小叶，便说："小叶也来过吧？"

石北海看了林小樱一眼，说：

"以后你就不要再提小叶了，我跟她已经结束了，呵呵，应该说，早就结束了。"

林小樱听见这话，一时摸不着头脑，想到小叶和她即将出生的孩子，她直愣愣地看着石北海问道：

"你这话，是什么意思？"

石北海在藤椅上坐下，说：

"我从来没有对她许诺过结婚。她跟着我，她说她这辈子不会喜欢谁，也不会嫁给任何人。我怕耽误她，跟她好好谈过不下十次，让她去找男朋友，去结婚。可是每次她都说，只要能陪着我，就可以了。"

林小樱静静地听着。她是相信石北海的话的，因为小钱那次说的那些话，让她明白了是小叶追石北海的了。但是，一想到那个孩子，林小樱还是不由得犯疑惑。难道，石北海连自己的孩子也不要了吗？

于是，她追问道：

"但是，但是，人家已经为你有了孩子，十月怀胎，很不容易的，不是吗？"

"我也有我的错。"石北海叹了一口气，说，"那时候，因为陈一楠又出现在你身边，我心里很不舒服。小叶想搞业务，不管她动机是什么，公司里搞业务也缺人，我便同意带带她，人是很脆弱的，明明知道那人不适合自己，不能要，可是，还是会不由自主地……你结婚以后，她更是跟着我，十年了。"

石北海一只手提着那个小茶壶，往一圈小杯子里倒茶，一只手按住这只提壶的盖子，林小樱看见，石北海的手在轻微地颤抖。倒完茶后，他说：

"她那个孩子，不是我的。"

石北海的这句话，让林小樱大吃一惊，她瞪大了眼睛看着石北海，问道：

"你怎么知道不是你的？"

石北海放下茶壶，用两个手指捏着一个小茶杯，递给林小樱，说：

"你还记得吗？很多年前那个雪夜，我们刚刚相识，你坐在我的自行车后面，我跟你说，我刚进木材厂那会儿，受过一次伤。"

"嗯，记得。"

"当时医生就跟我说：'你这伤，可能会影响你今后的生育。'他说可能会，我也不知道会不会。"

林小樱想起了那天晚上，石北海骑着自行车一边用力踩着脚踏板，一边和她说话的情景，仿佛就在眼前，就是刚刚发生的事情。

"后来，我生病了。那天晚上，我得知自己患了这病之后，快要崩溃了。我很害怕，从来没有那样害怕过。她陪着我，我们又在一起了。说实话，那会儿，我是动心了，我当时想，要是我死不了，我会娶她的。"

石北海拿起一只装满了茶水的小杯子，端起来，一口喝了下去。然后，他放下杯子，眼睛看向远处，接着说道：

"可是，有一天，我在复查的时候，忽然想起当年医生说的那句话，又想到我跟她曾经发生过很多次关系，但一直都没有孩子，我一直心里存着疑惑，就在检查身体的时候，顺带着又检查了一下。果然，医生给出的结论是，我那时落下的伤，是让我这辈子，不可能再有孩子的了。"

此时此刻的林小樱惊得睁大了眼睛，她微微张开嘴，一股带着寒意的风悄悄滑入她的口中，她感到嗓子有些不适，于是紧闭起双唇。她回想起当年自己因为医生告诉她，那一次的"引产手术"可能导致她终生无法怀孕之后，她在石北海向她求爱的时候，曾经有过的纠结，禁不住脱口叫了一声：

"天哪！"

石北海看了看惊愕的林小樱，接着又说：

"检查得出结论后，我立刻打电话告诉她，我这是绝症，不可能再好起来，这辈子也不可能跟她结婚，让她赶紧找别的男人结婚去。可是……"

石北海摇了摇头，端起一小杯茶，仰起脖子一饮而尽。

"可是，她竟然告诉我，她怀孕了。"

石北海说完，抬起手来，将手中那只空的小茶杯用力掷向远处，那只杯子瞬间淹没在一片花草之中。

"你知道吗？无论表面怎样恩爱，因钱而生的感情不是真的，她爱的不是我，是钱。"

林小樱听到这，猛然间明白了过来，这孩子，原来根本就不是石北海的。她禁不住又低声叫了一句：

"天哪！"

石北海看着林小樱，知道她一定是被发生的这一切事情震撼到了。他的眼睛突然有些酸涩，他用手按了一下自己的眼睛，然后又看看林小樱，眼里充满了同情，那是兄长对着自己懵懂无知的妹妹那种怜爱的眼神。

等林小樱的情绪稍稍平复下来之后，石北海又开始说话。
"其实……"
说出这两个字之后，他停顿了一下。林小樱静静地坐着，等他继续往下说。
"其实，我早就知道陈一楠这个人靠不住，我早就知道了。"
"什么时候知道的？"
"那次，在上海，我心里就知道，你们不是一类人，你不适合他。"
林小樱低声问道："那你，当时为什么不告诉我？后来为什么不拦着我呢？"

石北海站起身来，长长地舒了一口气，轻声地说道：
"因为我知道，他在你心里的地位，是没有人能够替代的，你们毕竟是青梅竹马，两小无猜。如果我拦住了你，将来，你的心里会带着永远无法抹去的遗憾。人就是这样的动物，在未经验证之前，一切的幻想都会被当成是真相。你在他身上消耗了太多的情感和精力，从心理学角度说，人都有一种心理，某件没做成的事，在没有实现之前，是不会甘心放弃的，只要有机会，潜藏在内心的意志，就一定会令人再次想要去实现它。我不想让你在这样的状态下过一辈子，我知道你是那种一条道走到黑，不撞南墙不回头的性子。所以，我想来想去，决定还是要放你走。但是，我并没有放弃，我一直在等待。我在想，也许有一天，你说不定就会回来的。"

林小樱想起她走的那天，石北海在办公室里对她说过的最后一句话：

"不管什么时候，我这里对你都是敞开大门的，你什么时候想回来了，就回来。"

林小樱红着眼睛，哽咽着说道：

"我选择是到北京还是上海学习的时候，就是想着，陈一楠在上海，我不想再看见他了，我以为，到北京了，这辈子，就再也不用看见他了……"

石北海用手摸了一下鼻子，挺拔的鼻梁，因为身体的不断消瘦，骨节微微有些凸起，这使他的鼻子显得更加高挺。他说：

"我也这么以为，我想我们在北京，可能再也不会遇上他了。"

林小樱说："我遇上他之后，也不知道为什么，就开始犯迷糊，我心里知道，这是一件很危险的事情，却还是无法控制地去接近他。唉……命运真是太折磨人了。"

"所以，有些事，别人是代替不了自己的。有些苦，是非得自己受过之后，才能真正明白的。"石北海说。

"唉……"林小樱轻声叹了口气，又说，"该遇到的劫，真是躲也躲不掉。"

石北海若有所思地说：

"是啊，但是不要后悔，哪怕是做错了，哪怕是撞了南墙，只要情出自愿，真心付出过，就没什么可后悔的。"

林小樱回味着石北海的话，沉吟片刻之后，好像忽然想起了什么，她问石北海：

"你那时，是真的喜欢上了小叶吧？"

石北海被林小樱一问，有些语塞，他低头想了想，说：

"其实，我一开始就知道，她喜欢的不是我这个人，我有什么可喜欢的？一个老家伙。她是喜欢虚荣，喜欢钱。我只是想给你一个机会，也给自己一个机会。"

林小樱问："这话怎么说？"

石北海想了想，说：

"我怕万一，万一不让你和陈一楠结婚，你心里过不了这道坎呢？或是我们结了婚，你忘不了他，放不下他呢？还有，你和陈一楠结婚，万一陈一楠浪子回头真的变了呢？因为你的好，而变得好起来了呢？你知道，很多事只能从概率学角度去推测，但是人其实是无法真正预测到未来可能会发生什么的。我要是拦了你和他结婚，那我就不只是害了你，也害了我自己。但我没想到，他还真的是……"

石北海本来想说的话，被他咽了下去，他说：

"我们到湖边走走去，现在水特别清。"

说完，石北海就向院子外面走去。

林小樱跟在后面，回应着：

"嗯，好的。"

五

院子外的湖，湖面宽阔，据说有三十多公顷，湖水最深处有近二十米。

沿湖的田埂上，可以并排走好几个人，石北海两手背在身后，和林小樱一起悠闲地散着步。

这时，林小樱的情绪已经慢慢恢复到正常，说话也放松了起来。她禁不住心中的好奇，又问石北海：

"你对小叶，应该也是有感情的吧？谁不喜欢年轻貌美的人呢？"

石北海抿着嘴笑了笑，说：

"人都是一样的，我也喜欢年轻美貌的女孩子，也喜欢她们喜欢我。只不过，我比你年长，又经历了太多，我比你清楚，人的各种情感背后，都是什么在起作用。"

石北海说到这儿，停顿了一下，伸出手摘了一朵路边的紫色花，说：

"这，就是人性吧。你看着好了，她生完孩子以后，知道了我立遗嘱的事情，还会不会再说要跟我结婚的事情吧。"

林小樱不再说话。

"有时候，我也反省自己，觉得只要是个人，就有弱点，都是经不起推敲的。"石北海接着刚才的话继续说道：

"实话说，在对小叶这件事情上，我自己也有见不得光的一面。有时想想，挺卑劣的。我知道她是一个靠不住的人，她对你也没有真心。你知道吗？"

林小樱说："不知道。"

"你遇到陈一楠的事，小叶当天就告诉我了。我一听，就知道那个人是陈一楠。从她告诉我你们遇见这事开始，我就觉得这女孩不一般，但我没说什么。之后，她就跟我要求换工作，说她想尝试一下新的挑战。后来，我带她出差，就更验证了我的感觉。"石北海说。

林小樱听后有些好奇，她问石北海：

"发生了什么事呢？"

"在广州的一天晚上，有个朋友请我吃饭，我带着她去了。

那天喝了很多酒，她帮着朋友把我送回酒店，我睡着了一会儿，醒来时，发现她躺在我的身边睡着了。那时已经是凌晨两点，我用力把她给摇醒，问是怎么回事？小叶说，我醉了，她照顾我。我当时一着急，从床上跳下来，大声地问她为什么要这样做？她突然哭了，说她爱我，一直都在爱我。"

林小樱听到这里，摇了摇头，说：

"我知道她很聪明，学习也好，做事也很努力，所以我才向你推荐了她。我一直觉得她对我一片真诚，什么都跟我说，她家里的事情，她自己的事情，所以只是为有这份友情而感觉很快乐，很满足。唉……"林小樱轻轻叹了一口气，说："不过，她爱上你也是件很正常的事，应该有很多女孩子会喜欢你的。"

石北海看了一眼林小樱，接着说：

"那段时间，我知道陈一楠来找你之后，只要一想到你俩在一起，心里就难受，那滋味可真不好受，可是还得克制住自己。唉！可恨漫漫长夜，孤独的日子里，我居然也很享受跟小叶在一起的时光。如果，我既知她不是我真正想要的女人，断然远离，也许……可惜！嫉妒冲昏了我的头脑了。"

石北海话还没有说完，眼神就开始有些恍惚起来。他抬起右手，用手背揉了揉眼睛。

林小樱看出了他在自责，便安慰他说：

"都过去了，别再想了。说起来人真的是脆弱，有时候，人最可怕的就是，管不住自己。你这样，我不也是一样吗？"

石北海说："是啊。"他用手挠了挠头发，他那一以贯之的小平头，现在因为发量的减少，而理得更加短了。虽然病中的样子有些疲惫，但是这样的发型，却令他那张瘦削的脸显得更加清爽干净。

过了一会儿，石北海问林小樱："小叶住的那套房子，你好像去过吧？"

"是的，很漂亮的房子。"林小樱回答。

"我让顾平把那房子过户到她名下了，算是她这么多年跟着我的补偿吧。就像你说的，她也不容易。无论那孩子的父亲是谁，我都祝福他们。"石北海说。

"唉……"

林小樱长叹一声，抬头看着石北海。

石北海也看着林小樱。四目相视，两个人突然都为这些年发生过的事情而感慨。

"好了，现在是该放下的时候了。经历过，然后放下，让过去就此过去吧。"石北海说。

"嗯嗯。"林小樱连连点头，表示赞同。

此时，一只背上闪着蓝色羽毛的小鸟正在湖面上方轻盈地飞翔，看似悠游自在，漫不经心，可是突然间，只见那只鸟垂直向下，直接插入水中，一条足有三寸来长的鱼儿被它咬住，拎出了水面。飞离湖面的途中，那鱼在鸟的嘴里拼命地挣扎，想要挣脱，但是鸟儿长而尖利的嘴死死将它咬住。伴随着"滋滋，滋滋"声，鸟儿含着猎物，迅速飞远。

"是翠鸟。"

石北海说，他的眼睛追随着那只鸟。

"可怜的鱼呀，"他自言自语地说着，"是正在舒服地戏耍，还是，正在同类中寻找猎物？"

湖水在短暂的骚动之后，复归平静，仿若什么也不曾发生。

"你看，这水面是不是很平静？"石北海说。

"是的，感觉不出水下有鱼。"

"你再看看，它们在干吗？"

林小樱半蹲下身子，仔细地观察起湖水。

这个季节，水很清澈，可以看得很深。原来，静默无声之中，大大小小的鱼，和一些不知名的水中生物，正在急速穿行，匆忙而急切。

"表面平静，这就是水中的世界。"石北海说。

林小樱若有所思，站起身来，石北海抬起头看着远处那一片树林，说道：

我插队的时候，曾经有过一杆猎枪，不记得究竟打下过多少只鸟了。有一次，枪响之后，鸟儿应声落下，我正要捡起地上受伤的小鸟，突然发现它的眼睛一动不动地看着我，我蹲下身子，也看着它，我们对视了很久，不知怎的，突然心中感到一丝愧疚。那天下午，我就那么坐在地下，一直陪着那只小鸟，直到它闭上眼睛，静静地死去。我埋了它，从那天以后，再也没有碰过那杆枪。

山风在林间窸窣穿过，山那边一片白色的花朵正在随风颤动。

"那是什么花？为什么是雪白雪白的花儿？可是，真好看啊！"林小樱问。

石北海说："不知名字。不过山里树多，花儿多，都是好看的花儿。"

此时阳光正烈，照在他们的后背上，让他们觉得既温暖又舒服。可是，因为这样长时间的散步和聊天，石北海的额头上出现了一层细细的小汗珠，林小樱说：

"你累了，赶紧回去休息。"

石北海笑着说："我现在成废物了，不知道还能在这世上活几天？"

林小樱一听这话，佯装生气地说道："快别瞎说了，好日子才刚刚开始呢。"

然后，她扶着石北海，两人往屋子走去。

他们回到屋内，林小樱将床铺好，让石北海躺下。然后，她坐在他的床边，看着他，说：

"相信我，你会没事的，会好起来的。现在，好好睡觉吧。"

石北海平躺在床上，乖乖地，像个听话的孩子。他闭了一会儿眼睛，不到一分钟的时间，又睁开了眼，问林小樱：

"我说，你会离开我吗？"

"不会，"林小樱想都没想，坚决地说，"我会一直陪着你的，只是你别嫌我烦。"

石北海闭上眼睛，轻声说：

"我才不会嫌你烦呢。我是怕你到最后，会嫌我烦的，这病你该知道的，希望很渺茫，最后很烦人。"

"咋又开始说胡话了？"林小樱佯装不知地问。

"我是真的不希望你离开我，现在，只剩下我一个人了，我很需要你。"

说完这话，石北海伸出手来，抓住了林小樱的右手，用力地摇晃了几下。然后，他屏声静气，默然地看着屋顶，目光有些迷离。

林小樱心想，石北海大概是想起了什么人，或者想起了什么让他挂心的事了。她说：

"快闭上眼睛，好好睡一觉。"

林小樱用一只手将被角往上拉了拉，遮挡住石北海的肩膀，然后，又将被子往里掖了掖。石北海听话地闭上了眼睛。

整理好被子之后，林小樱将两只胳膊平放在床沿，温柔地看着石北海，说：

"对了石大哥，一直想问你一个问题。"

"啥问题，你问我答。"

"这么多年了，为什么你一直对我这么好？"

这是很多年里，林小樱藏在心里一直想问石北海的问题。

石北海睁开双眼，咧着嘴笑了起来，他侧过脸，看着林小樱说：

"因为，你是我这辈子见过的最傻的女人。"

他说完这话，停了一下，又说道：

"从那天晚上，你冒着大雪送我妈回家的时候开始，我就再也忘不了你这傻姑娘了。"

林小樱说："是为这事啊？"

石北海说："从你离开公司的第一天开始，我就告诉顾平留意你的消息。这么些年，你过得好，我心里为你高兴，尽管很不舍。我知道，你一直是我想找的女人。善良，有上进心，但得不到，就祝你幸福吧。"

石北海真的累了，好像已经困倦到了极点，他停止了说话。不一会儿，就睡着了。

林小樱坐在石北海的床边，望着他消瘦的面庞，看着他沉沉地睡去。在她的心里，一种从未有过的安心的感觉，弥漫开来。

等石北海发出轻微的鼾声之后，林小樱蹑手蹑脚地走出房间，关好了门。

然后，她走到了那棵樱桃树下，又仔仔细细地端详起那棵树。

林小樱曾听人说过，一棵樱桃树的寿命大约是七十年至一百年。在她出生的时候，这棵树就已经在那里了。那时它还年幼，枝叶细嫩，树干俊秀。

这些年，从凛冬死亡般的沉寂，到来年春日的枝繁叶茂，开花结果，一年又一年，一个又一个轮回，这棵树已经历了无数次暴风骤雨冰霜雪冻的酷烈打磨，以及一次次毫不留情的损害和侵蚀。悠长岁月之后，它没有长高，也没有长大，只是，它的躯干和枝蔓，比起从前，变得更加粗壮，更加苍劲有力了。

已是仲春，花期已过，樱桃树的落花之处，长出了一些很小的果粒。林小樱心想，再过大约两个多月，它就会结出今年的果实了。

林小樱随即想起了父亲曾经对她说过的那句话：

"这棵樱桃树，它开花并非是为了给人看，它结果也不是为了给人或者小鸟食。它只是依照自己的天性，开花、结果，尽力生长，完成自己的生命过程。万物生长，生生不息，都是同样的道理。"

现在，她终于明白了父亲这些话里隐含的真意。

上苍造物，各具天性。万物有时，本自具足。

四月的大山里，依然裹挟着丝丝寒意。阵阵微风吹来，山风清冽干净。

林小樱透过院子的栅栏向远处望去，蓝蓝的湖水在微风的吹拂下，正泛起层层的波澜。阳光温柔，照在湖面，湖水闪着粼粼的光亮。

所有的花草树木，还有那棵樱桃树，都在随风摇曳，翩翩起舞。

尾　声

　　我和林小樱在安平院拆迁的那段时间里再次相遇。

　　此时的我们已经历经世事，年过半百，再也没有年轻时的青涩和矜持。我们在一起开怀畅饮，诉说着曾经共同经历的过去。从此，我们成了无话不谈的好朋友。

　　那天在我们安平院，我陪着她一起在院子里转了好几圈。她站在她窗外的那片花圃边，樱桃树已不在，但蔷薇、月季和栀子花依然茁壮地生长着，我们对它们不久之后的命运一无所知。

　　林小樱轻声对我说：

　　"不知道为什么，过去那些艰难痛苦的经历，现在回想起来的时候，竟然夹带着莫名的温馨的感觉。"

　　她说，她无法解释这样的感觉。我猜想，她在怀念她的父亲和母亲，怀恋一切曾经属于她的过去，无论是幸福，还是伤痛，正是这些，成就了她今天的一切。

　　我们院子拆除的时候，我打电话告诉了林小樱。她有些伤感，她说，她再也不会去看院子曾经在的地方了。她不想看到我们住过的地方成为平地，或者高楼大厦的样子。因为，那些逝去的记忆，将再也无法找到任何的痕迹。

林小樱拿了拆迁的补偿金，在北京开了一间艺术工作室。

她的绘画因为在传统的工笔画里，加进了现代设计元素，具有很强的视觉冲击力和装饰性，暗合了现在人们日益丰富的物质生活和审美需求，所以一直卖得很好。她设计的图案被商家印在了扇面上、陶瓷器皿上、挂毯和一些物件上。她实现了自己的梦想，终于过上了以画画为生的日子。

李春梅在安平院缝纫店的时候，我找她做过好几次衣服，后来，她离开了林小樱的家，自己开了一家缝纫店。再以后，她又开了一家服装店，成了燕江市的再就业模范，我在我们当地的电视节目里，看过一个关于她的专题片。

那个曾经是林小樱父亲徒弟的赵厂长，在服装厂倒闭之后，去了南方某个城市，在那里开办了新的工厂，成了一个民营企业家。

安平院里的徐妈，早在十多年前就已经过世。她的儿子徐志伟，从运输公司下岗之后，在燕江夜晚的街道边卖炒面。后来开了一家饭馆，人来人往，生意十分火爆。再后来，他又开了家更大的酒楼，成了燕江小有名气的老板。

有钱之后的他，性情也发生了变化。他开始嫌弃和他一起创业的老婆，两个人打打闹闹了一阵子，终于还是离了婚。他又娶了年轻漂亮的女人。可惜，好景不长，没过多久，徐志伟就得了病，年轻的老婆受不了每天辛苦照料的劳累，带着他的钱，和另一个男人去了国外。

陈一楠的父亲买下安平院的房子后，很快就转手卖给了别人。那以后，我就再也没有见过他们家的人。陈一楠的事发生后，院子里有人念叨了几天，很快地，也就忘了这件事，倒是还有一些人，一直记得林小樱。

我这辈子除了会摆弄些文字，其他一无所长。后来，凭着多年积累的一堆文字，幸运地进了一家报社做了记者，写些文化艺术方面的报道。

二○一五年的秋天，我去北京出差的时候，特意去看望了林小樱。

那会儿，她的个人画展刚刚结束。可惜，我没赶上。

不过，她让我看了画展上的很多照片，她还带我参观了她的工作室，让我看了她办画展时的那些画。说真的，我有些不敢相信，那些画，是那个曾经瘦弱内向、敏感忧伤的女孩画出来的。

那一天，在三里屯的一间酒吧里，我和林小樱，还有石北海，我们一起坐了整整一下午。

石北海的身体已经彻底痊愈。果然如石北海所料，当小叶得知他将财产全部捐出去之后，她就再也没有出现在他的生活里。后来，她嫁给了那个孩子的父亲。

在石北海患病治疗这段时间里，林小樱无微不至地照料他的生活，陪伴他度过了最黑暗、最绝望的时光。

在他们对未来完全无可把握的时候，两个人决定开始漫长的环球旅行计划。

在旅行的途中，他们在法国南部停留，在梵高画下《向日葵》《星空》等一大批作品的阿尔勒小镇举行了婚礼，度完了蜜月。

当整个旅程全部结束，他们从遥远的南非飞回北京之后，石北海的主治医生告诉他，他体内的癌细胞已经消失不见了。

林小樱祈祷的那个奇迹，果真神奇地在石北海的身上应验了。

而石北海，在经历了这次生死劫难之后，对生命，对这个世界，又有了跟之前不一样的认识。他明白了，当死亡降临之时，拥有再多的财富其实也没有任何的意义。

他捐出资产之后，除了偶尔参加一些公益慈善活动，已经完全退出商场，进入退休、休养生息阶段。

就在那一天的下午，我知道了他们所经历的事情，关于林小樱和陈一楠，以及石北海和小叶的故事。

"下一次，等春天到来的时候，或者初夏时节，樱桃成熟的时候，到我们家山里的小院儿去玩儿。"

林小樱面含微笑地对我说。

"嗯嗯，说实话，我到现在都还记得那樱桃的滋味呢。下次一定要等它结果子的时候去你家。"

我说着，一边回想着多年以前，那棵樱桃树结的果子的甜美。

那天，空气特别地清澈。

秋天的阳光，穿过酒吧的大玻璃窗，照在林小樱白净瘦削的脸上。她的两鬓已经斑白，面部肌肤，也有了些许细密微小的皱纹。

只是，她的眼睛依然澄澈，如从前一般，闪耀着温暖的光芒。